"艺起来——东莞文艺名家推广计划"项目

塬上童年

陈玺 ——著

南方出版传媒
花城出版社
中国·广州

图书在版编目（CIP）数据

塬上童年 / 陈玺著. -- 广州：花城出版社，
2018.11（2019.12重印）
　ISBN 978-7-5360-8772-9

　Ⅰ.①塬… Ⅱ.①陈… Ⅲ.①长篇小说－中国－当代
Ⅳ.①I247.5

中国版本图书馆CIP数据核字(2018)第240658号

出 版 人：肖延兵
策划编辑：张　懿
责任编辑：邹蔚昀
技术编辑：薛伟民　林佳莹
封面插画：舟蒲麦
封面设计：WONDERLAND Book design

书　　名	塬上童年 YUAN SHANG TONG NIAN
出版发行	花城出版社 （广州市环市东路水荫路11号）
经　　销	全国新华书店
印　　刷	佛山市迎高彩印有限公司 （佛山市顺德区陈村镇广隆工业区兴业七路9号）
开　　本	880毫米×1230毫米 32开
印　　张	8　3插页
字　　数	180,000字
版　　次	2018年11月第1版　2019年12月第2次印刷
定　　价	36.00元

如发现印装质量问题，请直接与印刷厂联系调换。
购书热线：020－37604658　37602954
花城出版社网站：http://www.fcph.com.cn

童年 ——— 生命之根

自 序

从记事起，爷爷蹲在屋檐下，眯眼瞄着暮暮的日头，絮叨着自己童年的事。他的童年，虽经世事沧桑，依旧可以在我的周围，找到存留的印记。

为让我勤奋励志，田间歇息时，爸爸咂吧着旱烟，恍惚间说起他的旧事。他的童年，除了刻骨铭心的饥饿，和我的成长的环境，没有本质的差别。

十几年后，已为人父的我，看着坐在麦当劳里的儿子，啃着麦乐鸡，喝着可乐，讲起自己的童年。儿子眨巴着眼睛，瞥着窗外闪烁的霓虹，听着人流的喧闹，仿佛那是个久远的年代。在他的成长环境中，我的童年记忆，已经看不到踪迹了。

生命是粒饱满的种子，澎湃着本能的意志。童年是青葱的，拥抱天地日月的生命之树，没有给我们品味童年的时间，她总是在懵懂和不经意间溜走了。随着生命意志的垂落，当人们隐约瞭望到死亡黑洞的时候，童年又像是一壶尘封的老酒，储存着宿命的酒曲，品味中，人生的困惑，豁然开悟。

二十世纪七十年代前半期，历史长河中的一朵浪花。村子的孩子，像水中的蝌蚪，在阳春三月消融的麦田中，拾雁粪，挑野菜，爬树采洋槐花；麦收季节，他们穿着白衫蓝裤，系着红领巾，扛着红缨枪，敲锣打鼓，"六一"巡游，村口站岗放哨，跟着妈妈，踩着晨露，随着潮水般的人流，捡麦穗；仲夏时节，他们像蝌蚪般游弋在田间壕渠，偷西瓜，摸鸟窝，坐在树梢瞭望，潜到水中嬉戏；秋雨中，他们挖红薯，拾棉花，收玉米，种小麦；寒风猎猎的冬天，他们缩着脖子，跺着脚，猫在用蛇皮袋堵着窗户的教室中，手操操在袖筒中，哈着白啦啦的气，盯着讲台上的老师；过年了，他们眼巴巴盯着田野，哑吧着干裂的嘴唇，盼望大人们从"平整土地"的工地上回来，更期盼着生产队杀猪。

　　生命的轨迹本已铺就，我也会像父辈一样，将生命皈依于土地。几千年的生生不息，冥冥中，我们生命的年轮，搭上了改革开放的巨轮，个人的生命轨迹瞬间变轨，我们成了华夏古国生命排序中幸运的一代。童年的塑造，没有依从惯性自然地绽放，她深藏在骨子中，在一个没有先例多彩的时序中，历经淘洗，成为历史的绝版。

　　给童年一个浮标，年老体弱的时候，坐在岸上，瞭望漂曳的浮标，那也是世事变轨前，弥足珍贵的生命之忆。

　　给童年一个浮标，让垂钓的少年，记住几十年前，一群蝌蚪曾经在水下嬉游。

目 录

春天里

1. 牧羊 ················· 002
2. 荠荠菜和洋槐花 ········· 010
3. 小蒜、苜蓿和醋 ········· 017
4. 卖羊羔 ················ 027

麦子黄了

1. 梭镖 ·················· 038
2. 麦客 ·················· 048
3. 捡麦穗 ················ 055
4. 站岗放哨 ·············· 060
5. 耙柴火 ················ 069

暑假

1. 配种 ………… 078
2. 暑期基训 ………… 084
3. 看电视 ………… 092
4. 棉花地 ………… 097
5. 民权和转眼 ………… 105
6. 牛犊、挑客和地道 ………… 113

秋风秋韵

1. 红枣与柿子 ………… 128
2. 秋雨绵绵 ………… 140
3. 分油与大雁 ………… 158

寒冬腊月

1. 火热的工地 ………… 178
2. 沸腾的牛肉和飘逝的呜咽声 ………… 191
3. 野火中激战 ………… 208

过大年

1. 年味渐浓 ………… 218
2. 杀猪 ………… 231
3. 过年 ………… 240

春天里

chun
tian
li

1. 牧羊

上房传来了风匣的乓乓声，屋脊的烟囱扑哧冒着烟。厨房漫浸的淡淡香味炊烟，从老式狭小的窗户，飘了出来，袅袅浮在屋檐和院墙天井的树冠上。鸟雀扑棱着翅膀，抖动着身体，吱吱盘旋在高悬树梢的鸟窝上，也在欢实地嗅着人间的烟火。红日透过隔壁屋子的夹道，映着墙头簌簌颤抖的茅草，透过窗户，照在炕上。

"栓娃，太阳照到屁股上了，还不起来，你爷给你咋说的？"奶奶松开风匣柄，从炉膛前站起，在水缸舀了半马勺水，将锅盖揭开，透着撩起的水汽，隔着窗户喊道。

栓娃揉着眼睛，打着哈欠，晃着胳膊伸了几下懒腰，眯眼看着光束里飘浮的尘，应了一声。他极不情愿地撩开被角，穿好衣服，下了炕。出了厢房，他拿起屋檐下一根系着红布絮，用细竹子做成的鞭子，好像还没睡醒，荡到前院。

奶羊见栓娃走来，晃着头，前腿撑起来，哼哧着，后腿打着战，站起来，耷拉着耳朵竖起，晃了几下。两只羊羔从墙角撒着欢，跑过来，咧着赤红的嘴唇，对着他的脚踝搓着。奶羊仰头咩咩叫着，羊羔跟着张开小嘴，黑亮亮的眼睛盯着他，像要吃奶一样，仰起头，嘴巴嗫他的裤子，晃着尾巴，欢实地附和着。

栓娃穿着露着大拇指，有两道松紧的布鞋，他抬起脚，搓撩着乌亮亮的羊屎豆，解开拴在核桃树上的绳子。奶羊抖动着赤红干瘪的奶袋，将缰绳绷得紧紧的，往前窜着。他向后趔着身子，在奶羊的牵引下，向村口的涝池旁走去。

涝池就像一个葫芦，斜躺在三个村子间。东边岸上，顺着葫芦的不规则，是栓娃家的自留地。西边是四队的饲养室，岸上堆着高高的土堆。荒草丛中，有几道瓷实闪亮的坡道，那是大家结伙溜肚肚的地方。南边是一个正方形的坑，生着茂密的树，摞着麦草垛子。西南角有一缓坡，上面是学校的围墙。墙内的皂角树，就像一位沧桑的老人，蹲在院子中间。东北角是一条沟坎，越来越浅，通向田野。

羊扯着栓娃，顺着斜坡，见一汪静水，嘴唇敷在水面上，吱吱嚅动着。栓娃解开了缰绳，站在自留地的田埂上，不时挥着鞭子，嘿嘿地叫着，将爬上涝池斜坡的羊赶下去。草丛结着露水，打湿了鞋面，脚面凉丝丝的。他蹲在田坎上。朝霞爬上了屋脊，穿过树梢，洒在涝池岸上，像盖上了碎花的布。

背阴的斜坡上，奶羊的嘴巴撩着草皮，轻轻地晃着扯着，湿漉漉的青草还没有见到阳光，就流着汁入了羊嘴。两只洁白的羊羔，像调皮的孩子，在斜坡上恣意蹦跳着，间或用嘴巴撩一口高高的野花。彩蝶扇动着翅，一会儿在阳光里，一会儿落在野花上。羊羔乌溜溜的眼珠，默然好奇地看着，见蝴蝶落在花蕊上，撒开小蹄，跑到跟前，撅着屁股，一个急刹，晃着头盯着。它伸长脖子，拱了过去，蝶飞了，花瓣落入嘴中。

羊群顺着沟，向东北方向攒动。栓娃扬着鞭子，沐着霞光，看着沟里折成几段又连在一起长长的影子，他晃着身子。奶羊干瘪的奶袋涨了起来，夹在后腿间，嘟囔囔闪动着。记忆中，冬夜里，飕飕的寒风吹着窗户，房门吱吱作响。奶奶顺着被子，摸着他的头，轻轻地拍一下，说一声喝奶了。栓娃条件反射地刺溜从被窝钻出来，揉着半闭的眼睛，坐在炕上。奶奶下炕，蹲着揭开炕门，伸手拿出冒着热气，盛着羊奶，裹着柴灰的坑坑洼洼的铝缸，直起腰递给他。他接过来，眯眼看着结了奶皮的奶液和漂着的几丝灰烬，张开嘴巴，咕咚咚几口，喝掉羊奶，抹着嘴唇，又像泥鳅一样，刺溜滑进被窝。

栓娃记事的起点，是在皎洁的月夜，奶奶盘腿坐在院子的草盘上，抱着他，手撩着他的头发，拍着他的后背，盯着树下斑驳的月光，喃喃着："我娃生下没有奶，羊就是你的奶妈，你是吃着羊奶长大的。"

爷爷喝了碗稀饭，将碗递给栓娃。指着树下的奶羊说："这羊在咱家有七年了，和你同岁，是你的恩人，你得好好放羊！"

太阳竹竿高了，挂在靛蓝的天宇，炫目的光晕就像铁匠熔炉的铁水，染红了边上的云。生产队收工了，社员们扛着农具，三三两两沿着田埂，往村里走。栓娃站在坎上，挥着鞭子，嘘嘘地喊着。奶羊仰起头，瞄着霞光里的栓娃，耳朵扑啦几下，转头往涝池岸边走来。

和爷爷在饲养室喂牲口的转眼，站在涝池的水边，婆娑着咕溜溜的眼珠，笑嘻嘻试探着，凭借感觉和习惯，将水桶放在水中。眼珠对上焦的瞬间，就是一个清亮的世界。他提着桶，摁在水里，来回晃动着，装满水，挂上扁担钩子，身子翘趄着，脚步在前面试着踩实，摇晃着上了坡。

栓娃放下鞭子，提着缰绳，撅着屁股，踩着湿草，从坡上溜滑下去。奶羊转过头，咩咩地叫了几声，羊羔跑了过来，偎在它的臀边。他将缰绳绑在奶羊的项圈上，勒了一下，羊群欠着身子，乖巧地跟着，爬上了斜坡。

爷爷将槽头没有下地的牲口牵出来，拴在饲养室门前。东风袭来，清凉中夹裹着土腥味和牲口粪便的气味。栓娃牵着羊群，见爷爷拿着扫帚，从饲养室往外扫地，他瘦弱黝黑的身子，包在土尘里。牛犊皮毛泛着油光，站在饲养室门前的土堆上，摆着尾巴，愣愣盯着蠕动的羊群。它突然扬起蹄子，身子前倾，瞪着黑亮的圆眼，晃动着刚刚露出前伸的犄角，颈下的肉圈，裹着赤黄的皮毛，嘟嘟抖动着，从土堆上撒着欢，俯冲下来。鸡群从树沟爬上来，低头咕咕觅食。公鸡抖动着冠子，迈着方步，眼睛乌溜溜转着。飘动的牛犊的光影，将公鸡的头，晃在阴阳交替的光斑中。公鸡抖着冠子，见影子后面，是一头嘟着脸凶神恶煞的牛犊。它瞬间扬起翅膀，扑啦啦颤动着，跳跃起来，耷拉着的冠子竖了起来，嘎嘎地尖叫了起来。鸡群赶紧下到树沟，聚在一起，呆然地看着站在沟坎上的牛犊。牛犊张着嘴巴，流着口水，晃着头对着鸡群喷气。

粪堆上泛着一堆粒粒状的虚土，两只乌黑闪亮的屎壳郎，晃晃悠悠蠕动着，从土中爬出来，抖动着甲壳，伸出触角。羊羔好奇地看着，蹦过去，低着头，摆着尾巴，鼻子扑哧扑哧对着露出羽翼的屎壳郎喷气。屎壳郎架在土尖上，扑棱着滚下，翻了个身，肚下的脚凌乱地刨着，头壳下的缝隙中泛着汁，好像也在吹气，骂着少见多怪的羊羔。

牛犊前蹄刨着,撩起柴草,扬向树沟。鸡群挤在一起,用哀求的眼光看着,缩着脖子,咕咕叫着。牛犊仰头,见两只如雪的羊羔,站在不远处的粪堆上。它摆着头,伸出舌头,扑啦啦喷了几口气,突然加速,向羊羔冲了过去。奶羊驻步,扯着缰绳,对着粪堆叫着。栓娃怕牛犊,他不知哪里来的勇气,撂下缰绳,抡着鞭子,飞奔着站在粪堆上。看着抡起的鞭子,牛犊撅着屁股,一个急刹,前蹄在地上滑出两道印。它伸着脖子,死死地盯着栓娃。栓娃知道它在犹豫,思默着要不要攻击。他喊着爷爷。爷爷停住了扫帚,直起腰,手搭凉棚瞭望。他晃着罗圈腿,挥着扫把,撩起一团团烟尘,嘴里呜呜地喊着。牛犊转过头,瞥见光晕烟尘中主人熟悉的影子,瞬间低下了头,紧绷的脖子松开了,颈下的皮毛嘟噜噜垂了下来。它眨巴着眼睛,变得温顺,转过身,对着主人哞哞叫着,晃着尾巴,垂头丧气地走开了。

　　拴好奶羊,栓娃走进二门楼子。厨房里烟雾缭绕,奶奶正在将锅里蒸好的馒头提出来。他走过来,趴在窗台上,看着粉嘟嘟的蒸馍,咽了几下口水。奶奶轻快地扳着馒头,撩起围裙,擦了几下手,摘下头顶上的帕帕,抹了几下被热气蒸熏泛着眼液的眼睛,对他说:"你给婆挤一瓷缸奶,东头你二婆病了,等下我给她端过去。"

　　栓娃应了一声。他拿起靠在院墙上的脸盆,撩起挂在铁丝上的抹布,走进厨房,揭开水缸盖,舀了瓢凉水,又在后锅里加上开水,手指撩着水温,端着脸盆,走到奶羊边上。看着冒着热气的盆子,奶羊本能地趔着后腿,向墙靠了下。他将脸盆放在奶羊胯下,手在肿胀的长着一层白色绒毛的乳袋上捋了几下。奶羊抬起腿，跨开来，转头叫着。他将抹布浸在温水里，蘸上温水，搓洗着乳袋。乳袋像一个球，暴露着奶管和青色的血管。羊羔头伸到奶羊肚下，噗喋着嘴巴，舌头舔着嘴唇，想咂摸几下。栓娃拍着羊羔的头，将它们推开，拿起砖头上的瓷缸，放在乳房下。他用合口夹住上端，几个手指递进用力，顺着乳房捋了下来。一股酱白的奶汁，吱啦射进缸中，击得缸底乒乓作响。

一家人围着炕桌，蹲在厨房吃早饭。爷爷拧下一块馒头，将老碗边上的稀饭擦干净，嘴里嚼着馒头，抬起头说："羊羔到了卖的时候了，奶羊也要搭羔（交配）了。栓娃，你好好放羊！过几个星期，跟爷到马嵬镇赶集，卖羊去！"

栓娃抹着嘴唇上的辣子蒜水，问能不能再等一段时间。爷爷笑着说，羊羔卖了，奶羊搭羔了，小羊会生在秋天，那时还有草。如果生在寒冬腊月，奶羊和羊羔都不好养。栓娃站起来，擤着鼻涕，吸纳着口腔里的辣子和醋，走到前院，靠在核桃树上，呆愣地打量着活蹦乱跳的羊羔。

每年卖羊羔的时候，栓娃都莫名地伤感。他想起羊羔出生的情形：村子的人都下地干活了。学校放学回来，他放下书包，牵着羊，准备去放。母羊卧在地上，脖子一起一落地喘着粗气，尾巴一抖一落地晃着，他知道羊要生产了。跑到饲养室，喊回爷爷，后面跟了一群看热闹的伙伴。

爷爷不紧不慢地走回来，蹲在羊后面，撩起尾巴，见一坨青白的肉团一闪一缩。他解开缰绳，让栓娃端来一盆水，将手在清水里浸一会儿，撩起羊尾巴。当肉团憋着快要闪出来时，他伸出长长的粘着灰垢的指甲，对着肉团一掐，一股水扑哧涌了出来，溅湿了他的裤脚。孩子们屏住呼吸,弯着腰,直勾勾盯着羊屁股,见粘着黏液的白毛忽闪着,好奇地嚷着羊羔。羊羔的头滑将出来。爷爷攥着羊羔的耳朵,随着一起一落憋着气的羊肚子,使劲一扯,一只羊羔裹着黏液,落在地上。爷爷拿起剪刀,剪掉脐带。奶羊挣着回过头,舌头舔着,闷叫两声,又开始憋气。第二只羊羔落地了,奶羊精疲力尽地转过身,伸出舌头,舔着乳羊面颊上的黏液。

小羊就像破壳后的雏鸟,婆娑着身子,迷离地闪开眼睑,羞涩地瞄着母羊,嘴巴向前一拱一拱的。爷爷抱着羊羔,将嘴巴放在母羊的奶头上。羊羔循着,逮住奶头,嘴巴咂着,一扯一拱的。奶羊抖着湿淋淋的屁股,将腿跨开,看着羊羔吸食,它颤颤巍巍地试探着,从地上站起来。爷爷铲来干土,撒在羊圈里,让栓娃抱来麦草,点上火堆。一群伙伴围着火堆,用树枝撩着,将火苗向羊羔边上拨。爷爷蹲在边上,掏出烟锅,捻上一锅旱烟,捡起一根燃着的柴草点着,咂摸着,静静地看着。

割草回来,栓娃本想给羊撒上青草,跟一帮伙伴去玩。想起回来的时候,提着担笼,在壕岸上歇息,那棵老槐树飘着洋槐花。他走到后院,在竖起的竹竿堆中,找到一根细长的竿子,将镰刀绑在顶上。他牵着羊,来到槐树下,将羊拴在树干上,把竖起的竹竿靠在树上。他脱掉鞋,往手掌上吐了口唾沫,搓了几下,踩着树干的结疤,抱着粗糙的树皮,爬上了树冠。站在树干上,栓娃拿起竹竿,从树枝缝隙中伸上去,映着斜阳斑驳的光影,扯着竹竿,将树梢的花枝削了下来。羊正在叫唤,见一束束洋槐花落下来,它们摆着尾巴,伸长脖子,叼着花叶,得劲地吃着。

　　一个星期里，栓娃放学后，会将羊群牵到壕渠上。发呆的时候，他揪上一撮花草，揽住羊羔的脖子，捋着温软的羊毛，放在嘴边喂着。爷爷搓着浑浊的眼睛，扯着手里的柴草，说羊羔要离开，奶不用挤了，留给羊羔。

2. 荠荠菜和洋槐花

三月里，正午的阳光暖暖地洒在身上。村民们解开穿了一个冬天的老棉袄。东头壕里向阳的地方，一群人蹲靠在柴草堆上，聊着天。没有了渗凉的感觉，顺着敞开的衣襟，风吹得捂了一个严冬的身体麻酥酥的。几个社员抽着旱烟，眯着眼，瞅着暮暮的日头，有的拽着前襟，扯着棉袄，搓着后背。有的站起来，背靠着树干，来回搓着，他们耷拉着眼睛，脸上露出惬意舒坦的神情。几个小伙子干脆脱掉棉袄，将内衣放在腿上，指甲顺着衣缝划着，抬起一看，指甲缝里沾着虱子的肉酱。

冰冻的土层消融了，挣扎了一个冬天的麦苗，脱去黄叶，泛着油汪汪的嫩绿，在向暖阳献媚中摇曳着。春节积聚的油水，黄天三月中已经消耗得差不多了。社员们啃着红芋，嚼着黄拉拉的玉米塌塌，喝着玉米稀粥，蜡黄的脸上泛着菜色。小麦起身了，埋了社员们的脚腕子，麦垄中生出了荠荠菜。

学生们排着队，走出了校门。童老师转身进了校门，队伍倏然乱了。大家搵着胯间的书包，嬉闹喊叫着跑回家，提着担笼，拿着铲子，拥向生产队的麦田。回到家，院子的羊摇着尾巴，对着栓娃欢实地蹦跳着。他知道羊群算准了时间，等着他牵出去，啃地皮上的青草。想到人家明天早上都有荠荠菜吃，他跑到厨房的檐下，提起担笼，隔着窗户对奶奶说，要去麦田挑荠荠菜。奶奶揭开冒着气的锅，摘下头上的帕帕，挥着手同意了。

出了头门，见二蛋站在树下，望着栓和家的门。栓娃知道他在等栓和，和他一起去挑菜。爷爷拿着铁锨，在饲养室前，正给架子车装晒干的土。栓娃走过去，将担笼晃了几下。爷爷站直身子，拄着锨把，疑惑他没有放羊。见几个孩子都提着担笼，啃着冰红芋，他扬着手，遂了栓娃的愿。

跟在栓和后面，沿着壕岸，他们到了东边的麦田。不远处，妇女们挥着锄头，嬉笑着给麦垄松土。男社员弓着身子，铲掉水渠的杂草，将淤积的泥铲起来，培在渠岸上。西落的日头，映在壕崖上刚刚长出嫩叶的杂草上。栓娃踩着自己长长的影子，弯着腰，提着铲子，脚拨着麦苗，盯着麦垄，寻找抖动着嫩叶的荠荠菜。想着明天早上，荠荠菜做成的美食，他口里浸着味液。口液慢慢集在一起，他直起腰，憋气咽了下口水，期望着荠荠菜的出现。

走了几垄地，夕阳下，麦叶摇动的影子变得模糊，清亮的地垄敷上了一层灰色。栓娃使劲地揉着眼睛，弓着身子，摆着头，扫视着麦田。他无奈地直起身子，见半笼荠荠菜，想到愿望实现了，他绽开了笑容。走到田头，翠绿的麦田变成了灰蒙蒙的墨色，只有东边高耸的渠岸上，依旧挂着夕阳。闸门边传来吵闹声。二蛋脚站在水泥桩上，手扒在闸门螺丝的铁柱上，另一只腿荡在空中，迎着夕阳，喊着让栓娃过去。

循着声音，栓娃爬上干渠的坡。栓和坐在中间，周围围着一圈同学，每人面前都放着担笼。他用铲子挖了个方形的小坑，将土挑虚。栓和坐庄，和每一个人对赌。大家举着铲子，抡起来，挥向土坑，如果铲子倒了，就要在笼中抓一把荠荠菜，放到赢家的笼中，如果平手，还要继续比下去。栓和有备而来，他的铲子闪着银光，刀口锋利。好多同学的铲子，一个冬天没有用了，锈迹斑斑。一圈下来，栓和的担笼装满了荠荠菜。他提起担笼，晃了几下，满意地笑了，说明天继续比赛。他瞥了一眼外围的栓娃。栓娃低下头，揪着地上的草，就是不承接他的目光。

栓和站起来，拍着屁股上的土。二蛋帮着提起担笼，一伙人推搡吵闹着，撅着屁股，下了渠坡，沿着田埂，湮没在灰墨的夜色中。走进头门，见树下的羊圈空着，栓娃知道爷爷牵着羊，出去了。妈妈打散工回来，从厢房的门背后取下围裙，拍着身上的尘土。栓娃将担笼在空中晃了一下。她放下围裙，撩起一条菜，直说很嫩，抬头问他：想咋吃？

吃完晚饭，一家人蹲坐在厨房中。妈妈将笼中的荠荠菜，倒在炕桌上，和奶奶择着。她们掐掉黄叶，捋掉根须，放在脸盆中，浇上水，搓揉清洗干净。奶奶端起脸盆，来回晃着。水淋淋的荠荠菜，没有离开大地的蔫巴，依旧勃勃地抖着。爷爷抹着下巴，浑浊的眼睛盯着屋梁垂下来的裹着灰尘的七瓦昏黄的电灯泡，咧着嘴巴，默然一笑，挥着手说："明儿个早上，蒸一顿荠荠菜疙瘩！"

栓娃家有几座连在一起的祖坟，在碑楼子的地里。早些年，为了好耕作，公社组织平坟运动，坟被平掉了，坟头三棵粗壮的洋槐树，依旧突兀地挺立在麦田中。周日清晨，栓娃牵着羊，在晨露霞光中放羊回来。爷爷安顿了饲养室的活，吃完饭，放下老碗，瞅着窗外湛蓝的天说："地里的洋槐花行了，等一下去采洋槐花。"

村子只有几家有洋槐树,在自家院子中。栓娃兴奋了,他跟在爸爸后面,从后院的屋檐下取出沉寂了一年的拴在长长竹竿上的铁钩,在背篓底上铺上单子,放在架子车上。爷爷从饲养室回来,站在头门外,对着院子咳咳了几下。爸爸拉着架子车,栓娃提着钩钩,跟在后面。

出了村口,场边是邻家的一片杏园。每年杏子黄了的时候,那家的老婆婆拄着拐棍,穿着一身玄色的大襟衣衫,扎着裤腿,挪着小脚,只要看到和听到孩子站在她家树下,就会挥着拐棍,口沫飞溅地喊骂一通。栓娃举起铁钩,对着杏树冠上的嫩枝,扯了几下。小脚老婆婆提着担笼,从麦草垛子出来,看着地上黄嫩的杏叶,抖着担笼,骂了起来。他提着钩子,赶紧跑开。

站在洋槐树下,爷爷弯着腰,脸色凝重地拍着粗糙的树皮,抠着树干上的结疤,踹着地面的土,似乎在找寻久远的记忆。他蹲在树下,仰头打量着阳光下婆娑的树影,搓着面颊,叹着气说:"可别小看这一树槐花,年馑的时候,那可是能救命的东西。"

沉默了一会儿,爷爷站起来,往手掌上吐了口唾沫,踹掉开裂的老布鞋,手抓着树干,顺着有点倾斜的树身,瘦弱的身子离着树干,几乎是走上了树杈。栓娃平时都是抱着树干上树,见爷爷灵巧的身子,他羡慕得摩拳擦掌,就像拴着的羊,围着树干打转转。他将铁钩递给爷爷,仰着头看着蓝天艳阳下,白啦啦的槐花和穿着黑衣不断攀缘的爷爷的影子。

见栓娃爬树,爷爷在树冠上跺着脚,不让他上来。栓娃咧着白牙，对着缀满花铃的枝头笑着，抱着树干，像蚯蚓一样，蠕动着爬上了枝头。他攥着树枝，扯下一串花铃，放在嘴里嚼着。低头一看，下面是一望无际翠绿翻滚的麦浪和散落在田间地头亦如麻点一样的人影。成群的蜜蜂，颤抖着翼，嘤嘤嗡嗡穿梭在花蕾间，用触须撩着沾着露水的点点花蕊。平视北望，塬下是一条宽阔的黛色的川道，川道北起的缓坡尽头是沉睡在大地上，守护着这片水土的端秀威仪的姑婆陵。转身南望，土塬南沿下，是飘着白雾的八百里秦川，中间镶嵌着一道白啦啦的水带，南岸是雄浑透迤的秦岭山峦。

爷爷挥着铁钩，一条条挂满花铃的嫩枝，在清风中飘落了下来。爸爸仰着头，移动着脚步，在空中接到，将树枝放在一起，招呼着栓娃下来，捋下枝上的花铃。栓娃攀着树梢，新奇了一会儿，抱着树干，一溜一顿地下到地。他捡起树枝，站在背篓边，将捋下的花铃卸在里面。地头的几个社员走过来，捡起几根树枝，摘掉烟锅，捻着槐花，放入嘴巴，津津有味地嚼着，临走时，手里拿上几条。

正午时分，爷爷从树上下来，拎起背篓里的槐花，掂了几下，抹着脸上的汗水，满意地笑了。爸爸掐灭了旱烟，背起背篓。爷爷让栓娃将去了花尚有一串嫩叶的树枝，放在架子车上。回到家，爷爷将树枝堆在羊群间。摇着靠在墙边的槐花背篓，按照惯例，他将槐花分给左邻右舍。爸爸搅了两桶水，从厨房搬出瓷缸，将槐花倒进去，加上水，挽起胳膊，搅和了几下，拣掉上面的柴草和树叶。槐花横七竖八地浮在水上，蔫巴的花瓣瞬时鲜泽了起来。

奶奶端着盆出来，滗掉槐花的水，放进盆子。她走进厨房，揭开面粉瓮，舀起一碗面粉，撒在槐花上面，来回掂了几下，面粉顺着漫了下去。她将盆子放在案上，手搓着槐花，散开的花铃粘在一起，变成了花团。水开了，奶奶揭开锅盖，将花团放在蒸架上，盖上锅盖，用纱布围住了冒气的锅沿。坐在炉膛前，她加着柴，间或拉几下风匣，用油裙擦着被蒸汽熏湿的眼眶，看着透过窗户，照在灶台上，被蒸汽缭绕的阳光。

　　蒸汽中浸满了槐花的清香。爷爷去饲养室了。爸爸蹲在案下，从绛红色的粗瓷小罐中掏出一咕嘟蒜，蹲在麦囤前，剥了皮，放进僵窝中。他挥着蒜锤，捣成蒜泥，用勺子挖出，抖动着淋进碗中，撒上辣椒粉和粗盐。他取下挂在墙上的小铁勺，抹了几下，拿出案板下油腻腻的油瓶子，拔掉木塞，倒下一团菜油，递给了奶奶。奶奶将铁勺放进炉膛，轻轻地摇了几下风匣。炉火燃着铁勺下面的油垢，扑腾着蓝色的火苗。爸爸将碗放在灶台上。奶奶取出铁勺，伸长脖子，噗地吹灭了油面上的火，吱啦倒进蒜泥中。随着一股青烟缭起，厨房里蹿起浓烈的蒜油和辣椒的香味。

　　下地归来，妈妈将锄头放在屋檐下，啜着香味，笑着走进去。她揭开锅盖，将蒸架提出来，放在案板上，用钩勺在醋缸打了几勺醋，加进碗中，用筷子搅拌着。她用筷子尖蘸着蒜水，让爸爸试一下味道。爸爸闭了下眼睛，嘴巴卟吱了几下，笑着说行了。栓娃咽着口水，肚子咕咕叫，拿着筷子，不停地翻动着冒着热气的槐花疙瘩，间或夹上一筷头，放在嘴巴里嚼着。

　　爷爷回来，奶奶站起来，说可以吃了。栓娃赶紧夹了一碗槐花疙瘩,淋上蒜水,飞快地搅拌着,夹起一团,放进嘴巴里,吸啦吸啦地嚼着。他端着碗,出了头门,见栓和蹲在涝池边。他走过去,晃着碗里的槐花疙瘩。栓和瞥着四周,喉结刺溜了几下,站起来,要过栓娃的碗,蹲在麦草垛子的夹道,三下五除二干掉了。他抹着嘴角的辣子,吸着蒜水的余香,歉意地嘿嘿着,将碗递给了栓娃。

3. 小蒜、苜蓿和醋

　　上一年深秋，生产队收完玉米，总要留出一块地休耕。公社的拖拉机突突着，冒着黑烟，开进村子，后面拉着犁铧。这是一个暮春周日的下午，司机熄了火，从驾驶室跳下来，拿着一个本本，蹲在树沟边，和队长商量耕地时坐在后面架子上，升降犁铧的人。

　　栓和领着一群同学，有的站在拖拉机的履带上，扒着窗户，看着驾驶室里的推杆；有的坐在犁铧架子的座椅上，转着圆盘；有的往闪亮的犁铧上，吐一口唾沫，用手搓着，好奇地打量着犁铧上变形的脸。

　　年轻的时候，虎子在三线工地，上了几年班，眼看就是正式工了，却阴差阳错地像当兵的一样，被复原回了老家。他喝了一碗玉米粥，刚走出头门，就被队长招呼过来，让他坐在拖拉机后面，升降犁铧。虎子扯着夹袄的前襟，紧了几下腰带，挠着脖子，嘿嘿点着头。驾驶员扔掉了烟头，捡起一条树枝，在拖拉机上拍了几下。同学们像蜂群一样，从拖拉机上散落下来。他从驾驶室拿起一根绳子，搭在拖拉机里面的轮子上，缠绕了好多圈。跳下履带，他双手攥着绳子，铆足了劲，一扯，拖拉机冒着黑烟，勉强地突突了起来。快要息声的时候，他跃进驾驶室，摁了几下油门，拖拉机的声音变得匀速了，黑烟变成了白烟。

　　拖拉机出了村口，一群同学提着担笼，跟在后面。栓和对着虎子，献媚地笑着，抓住犁铧的架子，一只脚踩着犁铧上面，一只脚跟着跐着，随即挺着身子，坐在架子上。虎子嘴巴叼着烟，眯着眼睛，瞥着他，晃着头，让他抓紧架子。拖拉机跑得越来越快了。栓和坐在上面，神气地挥着手，后面拖成一溜的土尘中，是一群喘着气，推搡嬉闹的同伴。

拖拉机到了地头，去年秋季的玉米根，变成了褐色，地上飘着枯黄的叶子。驾驶员伸出脖子，打了个手势，脚踩着踏板，将一根扳手扳倒在怀里。拖拉机原地来了个九十度的直角转弯，俯着身子，碾过地头的沟渠，下到田里。虎子啜掉了烟头，挽起袖子，来回扳着犁铧上的构件。四个铁铧奄拉了下去，四道褐黄的泥土，顺着犁铧翻晒在地上。

同学们弯着腰，赤脚踩在松软透凉的湿土上，欢叫着盯着土面上一串串白晶晶的小蒜咕嘟。他们提起一串，抖掉上面的泥土，放进担笼。见到大粒的小蒜，他们驻足，扯掉上面的皮，掐着蒜须，放进嘴巴里嚼着。浓烈清润的辛辣味，呛得他们皱着脸，嘴巴噗喋着，往外吐着嚼碎的蒜末，手对着嘴巴扇着，蹲在地上直喘气。

栓和看着虎子操纵着扳手，转过头来，见同伴蹲在地垄中间，他感到脱离了拥戴的群体。拖拉机到了地头，他趁着转向，从犁铧的架子上跳了下来。他脱掉鞋子，踩着光润的土面，用脚趾拨着划开躺在泥土上呻吟的小蒜咕嘟。见几段被犁铧切断，在土面上蹦跶蠕动的褐色的蚯蚓，他捡起一根树枝，蹲在地上，拨弄着。伙伴们围了上来，他每只手攥着一段蚯蚓，将断开的泛着黏液的蚯蚓对接在一起，举在眼前，对着阳光吹着。感到差不多了，他将蚯蚓放在土面，慢慢松开，蚯蚓蠕动着，又成了两截。

上了渠岸，大家围着栓和坐着。栓和拨着二蛋笼中的小蒜，扔掉树枝，站起来，拍着屁股上的尘土说："这片地里的小蒜不行，咱到公墓地去！"

栓娃看着担笼的小蒜，想到放羊的事，他尾随在后面，装作要到渠里方便，蹲了下去。人群走远了，他提起裤子，踩着麦田，抄近道，回到村子。

同学们在坟冢间出没，挥着铲子，揪着一撮撮小蒜，看到一串串饱满晶莹的蒜头，互相比试着。栓和走上一个坟堆，拿起砖头，踹掉了砖下的白纸，坐在砖头上，看着边上好像点缀着繁星，漂着紫色花朵嫩绿的苜蓿地，寻思着得找个时间，到生产队的苜蓿地，揪一些苜蓿。想到蒸出来的绵软无丝的苜蓿疙瘩和汤面上漂着的下锅菜，他的味蕾啜动着，一连咽着唾沫。

晚饭的时分，社员们聚在饲养室的老槐树下。有的端着盛着玉米粥的碗，上面敷着一堆醋拌的小蒜，他们转动碗沿，嘴巴搭上去，喝上一口粥，筷头夹起一瓣小蒜，放在嘴里嘎嘣嚼着；有的拿着刚烙出来的表皮焦黄的玉米塌塌，掰开后，里面夹着小蒜的末子。条件好的人家，将掺着麦面的玉米面揉好，擀成薄饼，撒上混着少许菜油的小蒜末子，烙成烧饼，或蒸成花卷。午饭时分，一锅片片面，炒一铁勺小蒜，伴在汤面中，淋上几勺油泼辣子，那又是小蒜时节绝美的享受。

中午放学，大队的喇叭响了。大队书记说，公社为了活跃广大社员们的生活，周三晚上，在大队的戏楼放映电影，影片是《南征北战》。走出校门的队伍乱了，尽管看了几遍这部电影，同学们还是盯着电线杆上的喇叭，依旧高兴得手舞足蹈。栓和眯着眼睛，摸着脑袋，歪着头，眯眼瞥着喇叭，嘿嘿窃笑着。他在二蛋耳朵边，叨咕了几句。二蛋跑过来，拽着栓娃的胳膊，眼睛斜着，摆了几下头。

栓娃随着二蛋，来到涝池边上。栓和蹲在水边，手里攥着几颗碎瓦片，抡起胳膊，对着水面，撇着水花。见他们过来，他拍着手上的土，走过来，坐在他们中间。他摇着头道："《南征北战》，咱都看了那么多遍了。听说王村饲养室喂牲口的老汉，就是国民党军队的参谋长，他在饲养室炕头，给村里人讲的那场战争，比电影还精彩。去年六一节，我碰上了王村学校的一个亲戚娃，他给我讲了一遍。"

二蛋盯着栓和，不停地点着头。栓和低下头，将边上的两个头揽在一起，低声说："我想吃鲜苜蓿。咱们不如趁社员们看电影，到公墓地揪苜蓿去。"

二蛋和栓娃兴奋地点着头。栓和叮嘱他们，这事就咱们三个知道，不准对任何人说，包括家里人。

回到家，几个人心里装着谋算，清澈的眸子中浸含着神秘，潮红的脸上不时露着傻笑。晚上，栓娃躺在炕上，奶奶纺着线，他将枕头从窗户边移到靠墙的炕头，边上是纺车的嗡嗡声和撩起的阵风，窗外是一轮明月。夜色中，墙头漫着白雾一样的茅草，他好像看到了田畴坟冢间好似绿色缎带一样，随风飘动的苜蓿。想着汤面上漂着一层苜蓿，淋上几坨油泼辣子，刚出笼的苜蓿疙瘩，淋上酸辣的蒜水。他噗喋着嘴唇，咽着口水，在嘤嘤嗡嗡中进入了梦乡，梦见自己贼头鼠脑地匍匐在苜蓿地里。

课堂上，栓和、二蛋和栓娃不时回目对望，咪眯一笑中，强化着他们的约定。课间休息，同学们追打嬉闹，兴奋地聊着明天晚上的电影。栓和坐在皂角树下的青石上，边上坐着栓娃和二蛋，他们交头接耳，讨论着行动的细节。小明跑过来，龇牙笑着，比画着电影里张军长的动作。栓和息声了，他歪着头，瞪着眼，摆了几下手。小明讨了个没趣，他咧着红嘴唇，跑开了。

放学了，栓娃准备放羊。二蛋喊住他，栓和歪着头，瞥了他一眼，摆了下头。他赶紧跑回家，放下书包，拿着蒸馍跑出来，跟在他们后面。大人们下地了，街道上就是孩子们的嬉闹声。二蛋推开家门，几个人溜进院子。栓和背着手，踹着地上的树枝，在院子里走了一圈。进了厨房，二蛋撩起馍瓮上的纱布，拿起一个馍，咬了一口，嚼着。栓和扑哧笑了，他赶紧拿起一个馍，递了过来。

嚼了几口馍，栓和鼓着腮，走到案板前，揭开碗上的盖子，找寻油泼辣子。他蹲下身，水缸边上有个坛子，揭开上面的瓷盖子，见水汁上漂着一层白絮絮，他伸手捏起一根腌萝卜，淋掉汁，用指甲掐着，将萝卜皮剥下来。他将一大片萝卜皮放进嘴里，嘎嘣嚼着说：“好吃！我家的腌萝卜都糠心了，嚼着就像海绵。”

栓和拿起一个盆子，让二蛋将萝卜捞出来。几个人端着盛着萝卜的盘子，拿着菜刀，坐在厨房的檐头下，将萝卜皮剥下来，爽脆地嚼着。栓和打着嗝，将他们唤过来，三个脑袋聚在一起。他拿着树枝，划着土说："明天晚上看电影，咱们得去。不去！队上看到苜蓿被人揪了，肯定会怀疑咱们。"

看着二蛋和栓娃专注的神情，他又说："去看电影的路上，咱得跟在队长后面，和他闹腾一下。电影一开演，咱就溜出来，抄近道，走田埂，直接到公墓地。"

临出门的时候，栓和又叮嘱道："不要提担笼，将拾棉花的肚兜，塞在腰里，揪完苜蓿，口袋一扎，就不会遗漏了。"

银幕上扑闪了几下，一束光从架起的放映机射向幕布，阵风袭来，银幕抖动着，部队行军的队列，抖动在飘闪的原野上。栓和带着二蛋和栓娃，跟在队长后面，嗅着大人们一阵阵飘过来的呛人的旱烟味，来到了大队部，站在大人前面。电影开演了，栓和看着银幕，打量着周围的人随着音乐和画面不断变化的表情。他轻轻扯了下二蛋的袖子。二蛋给栓娃摆了下头，几个人从人缝中溜了出来，偷偷地出了大队部，弯着腰走进了壕岸上的麦草垛子后面。早春的冷月挂在绽开芽苞的杨树梢，几只麻雀缩着头，扑棱着翅膀，叽叽喳喳在树梢上飘移着。渗凉的地气从土层冒了出来，几个人哆嗦着。栓和摆着手，他们弯着腰，跑了起来。

苜蓿地就像一块墨色的缎带，不规则地飘在错落有致的坟冢间。坟头都是阴阳先生看过的，是给亡故人划下的庄基，通晓着阴阳两界。几个人气喘吁吁，手扶在膝盖上，弯着腰，看着月光下的苜蓿地。栓和从裤带中扯下肚兜，飞快地绑在腰间，定眼看着苜蓿地，弯着腰，撅着屁股，双手飞快地揪着鲜嫩的苜蓿，随着轻轻的吱啦声，一把把嫩绿绵软的苜蓿，落入肚兜中。栓娃觉得瘆得慌，看着栓和随意洒脱的样子，他一下子放松了许多，揪起了苜蓿。

背着苜蓿袋子，回到村口的时候，栓和躲在麦草垛子后面。

他顺着垛子间的夹道,隐身在老槐树后面,偏着头见饲养室昏黄的灯光,从门洞映在街上。他估计电影还没有完,这样走过去,被饲养员发现了,就等于被逮个正着。他搓着脸颊,溜回来,让大家不要经过饲养室。他和栓娃绕到村子后面,从涝池边遛回了家。二蛋家在东头,从麦草垛子后面,顺着墙,挪着身子,闪进了头门。

回到家,栓娃轻手轻脚地推开了厨房的门,将装着苜蓿的肚兜,放在麦囤和猪糠的夹缝处。他揭开水缸,拿起马勺,舀起半勺水,咕噜喝了几口,冰凉的水冷却了他慌张的心。他推开厢房的门,奶奶挥着鸡毛掸子,撩着被子上的棉絮,见栓娃溜上炕,撩起被子,睡了下来。她停住掸子问:"电影放完了?"

栓娃嗯嗯应着,转过身,头朝着墙,曲着身子,看着墙面上的报纸。估摸奶奶坐在炕上,准备拉灭电灯,他刺溜转过身,说揪了一袋苜蓿,放在厨房中。奶奶轻柔地拍着他的头,好似责骂,更是怜爱的絮叨,叮嘱他:千万不能让你爷知道,不然他会告诉队上。许诺在蒸馍的时候,给他蒸苜蓿疙瘩吃。栓娃累了,他担心爷爷知道后,张扬出去,那样就会连累栓和和二蛋,想到奶奶的护佑和刚出笼的苜蓿疙瘩,他咽着口水,进入了梦乡。

早上放学回来,栓娃舔着舌头,跑到厨房。奶奶扯着袖子,撩开水缸边瓷盆子上的布,耳语道:"先出去放羊。等你爷从饲养室回来,吃完饭走了,婆给你拌菜疙瘩吃。"

栓娃坐在课堂,心不在焉地听讲,心里想的是菜疙瘩,眼前飘的还是冒着热气的疙瘩菜。他憨笑着,伸出污迹斑斑的手,随手抓了一把菜疙瘩,塞在嘴里。奶奶笑着,拍了他一把。他蹦出厨房，拿起自己做的红缨缨鞭子，牵着羊，出了头门。

奶奶酵了一瓮醋糟，用棉被捂着，放在靠近灶台的案板上。放学回家，栓娃好奇地摸着，正想去掉压在上面的砖头。奶奶呼地从炉膛前走进来，挥手喝住了，说正在发酵，跑了气醋味就不好了。栓娃笑着，摸着温温的瓷缸，他不知道为什么会发热。

阳春三月的阳光，映着校园的操场。体育课上，做完操，童老师拿出一个皮球，扔在半空，一脚从屋门踢了出去。同学们盯着蓝天下紫红的球，呼啦聚成一团，随着球的飘动，跑动推搡跳跃着，都想在空中抢到球。皮球落在皂角树上，没有了冲力，顺着树冠滚了下来。栓和眯着眼，偏头盯着球，从青石上站起来。同学们后退着，给他留出了空间。他助跑了几步，飞起一脚，将球踢出了院墙。同学们对着小明摆着手，小明看了一眼栓和，栓和咧着嘴，轻蔑地瞥着他，下巴摆了下。小明就像上了发条的闹钟，撒腿跑出了校门，等了半晌，他抱着球，湿了裤腿，英雄般地凯旋了。

小明家漏完醋，在壕岸上铺了一张席子，晾晒着醋糟。成群的蜜蜂在醋糟上飞来舞去，他拿着竹耙耙，捋着醋糟，好多蜜蜂匍匐在醋糟间，不知是醉了，还是吃得太饱，昏头涨脑地飞不起来。小明戴着他爸铁路上发的手套，粘着蜜蜂抖动的翅膀，将它们捻成一堆，用瓦片压碎，拿着树枝，点着蜜蜂的浆液，尝试着甜味。

栓和站在他的身后，咳咳了几声。小明赶紧站起来，放下嘴边的树枝，嘿嘿笑着。栓和蹲下来，看着依旧蠕动着的透明的黄中泛着褐色的蜜蜂屁股，拿起树枝，夹起后面还有一个芒刺的蜜蜂屁股，举在空中看着，转过头对小明说："里面黄拉拉的东西，就是蜂蜜，要吃就得一起吃，不然没有甜味。"

小明咪眯笑着，接过栓和的树枝，丢进嘴巴。刚一合口，他就蹦跶着叫了起来，啜掉蜜蜂，捂着嘴巴，蹲在地上，吱啦吱啦地喘着气。

奶奶蒸了几个暄白的馒头，提着包袱，回娘家去了。醋糟瓮滴漏出的醋，盛在盆中，放在案板上，瓦盆下面的竹筒还在滴答着。栓娃站在头门前，见爷爷正在饲养室门前忙活，听到东头小明的叫喊声，他跑了过去。小明的嘴巴肿了起来，仰望着栓娃，依旧习惯性地咧嘴笑着，肿翻的红唇，没了牙齿。栓和挑着醋糟，对着小明说："童老师说，要当科学家，就要有挑战和尝试的精神。你就有那么一股劲，什么都敢尝试，我看你能当科学家，起码也像你爸一样，将来是个铁路工人。"

小明松开捂在脸上的手，红唇对着栓和，上翘嚅动着。

栓和站起来，看着壕崖上的草丛说："我一闻到醋糟味，就想喝几口新醋。老醋闷了一个冬天，就像酱油一样，不好喝。"

栓娃说家里正在漏醋，便拉着他们去。爷爷在饲养室门前铲土，见栓娃跟着栓和，攥着锨说："快去割草！整天就知道晃荡。"

爷爷进了饲养室，几个人溜进栓娃家。栓和拿起碗，舀了半碗醋，咕咚喝掉了。他抹着醋淋淋的下巴，扑吱着嘴巴，咬牙吸气，直夸醋好。他将碗递给二蛋，蹲下来好奇地看着漏醋的竹筒，手扒在瓮沿上，嘴搭在竹筒上，吸着滴下的醋液。醋瓮趔着倒了，摔碎了，醋糟撒了一地。二蛋嘴里的醋，扑哧呛着，喷了出来。栓娃捡起瓮片,拼着缝子,不敢出声埋怨。栓和站起来,撩着头发和脖子上的醋糟,跺着脚,啜着嘴里的醋糟。栓娃扬着手,让他们快走,他将瓷瓮的碎片拼凑在一起,掬起醋糟,放进残缺的瓮体中。

栓娃牵着羊,顺着涝池的堎坎,走到村外。他蹲在坎上,看着青灰色的夜幕,不知回家会不会被爷爷收拾。社员们下地回来了,拿着玉米塌塌,就着腌萝卜,端着开水缸子,蹲在门前,扯着淡。他不敢回家。黑魆魆的水沟里,白坨坨的羊群蠕动着,不时仰起头,对着他咩咩叫着,他还是不敢回家。

妈妈站在涝池边上,喊栓娃的名字。他慭拉拉站起来,忐忑中牵着羊,低着头走回家,寻思着应对的策略。醋瓮收拾干净了。栓娃吃着开水泡馍。爷爷扯着手里的柴草,沉默了半晌,眼看着地面,和缓地问:"醋瓮咋破了?"

栓娃端着碗,停住了嚼咀,眨巴着眼睛说:"牵羊的时候,看见老鼠在窗台上跑,会不会是老鼠弄翻了?"

奶奶从炉膛前站起来,挥着手里的油裙说:"醋也快漏完了,碎就碎了,你快去饲养室,别盘根问底了!"

爷爷缓缓站起来,唉了一声,跺着脚,弯着腰出了厨房。栓娃松了一口气,刨着开水泡馍,不好意思地翻着眼睛,看着奶奶的背影。

4. 卖羊羔

周日清晨，吃过早饭，安排完家里的农活，爷爷牵着奶羊，栓娃跟在后面，赶着羊羔上路了。他们从村东面的壕岸绕过去，踩着田埂，上了将马路。将马路将北边的将家村和西兰路联通，中间串着备战路，穿过两道塬，下了南坡，就是马嵬驿。路边是两排直愣愣挺立的一胳膊粗的杨树，边上是一条顺着地势从高到低的水渠。

太阳竹竿高了，渠岸西边的坡，挂着露水，有点阴冷。渠岸上的茅草和杨树梢，在清润的沁着泥土芬芳的霞光中摇摆着。人和羊群在青灰的背阴中蠕动着，羊羔总是不安分，蹦跳着，一会儿钻进麦田里，一会儿又上了坡，站在朝霞中。

栓娃撑着羊羔，爬上渠岸，站在水闸的水泥桩上，眯着眼，瞟了眼水花花的阳光。他感到炽烈中泛着蓝焰，赶紧闭着眼，低下头。爷爷戴着褐色的塌塌草帽，弓着背，拐着罗圈腿，手背在后面，牵着奶羊的筋绳，木偶一样，匀速地前行着。他手扒着闸门上的铁柱，一只脚踩在墩沿，一只脚荡在空中。一望无际的田畴，被水渠和田埂分割成一个个平整的方块。麦子正在扬花，麦梢上挂着一索索青白的好像欲滴水珠一样的花铃。麦浪翻滚的海洋中，间或点缀着一片片黄澄澄的油菜花。栓娃深深地吸了几口气，从墩子上跳下来，赶着羊羔，走在渠岸上，尾随蠕动的爷爷的影子。

爬上一个长长的缓坡,是一个村子,村头的水渠边是一片油菜花。一堆人或圪蹴着,或坐在锨把上,手里举着烟锅,见他们牵羊过来,转过头来招呼着。爷爷将奶羊拴在杨树上,捻上一锅旱烟,蹲在边上,看着渠水咕咕流进油菜地里。一会儿,茂密的油菜地里传出了一声闸水。几个人站起来,挥着铁锨,铲开了一笼地的梁子,封住了正在静流的水喉。

栓娃站在渠边的碾石上,麦草垛子遮住了视线,他顺手抱着了一棵杨树,腿夹着树干,手往上搭着,蠕动着上了树梢。他叭叭扳下几条树枝,扔给羊群,踩着枝杈,看见一条光溜溜的坡道蜿蜒消失在光霭中。村子的人自称是塬上,上了这道塬,才明白了从这里看,自己的村子也是塬下。

爷爷站起来,让栓娃下树。他在碾石上磕掉烟灰,挥着烟锅说:"你可记得薛仁贵的故事。这一片地方,大唐时都是他的封地,附近的寨子都有一个薛字,镇子也命名为薛录镇。"

栓娃溜下树,扯着手工缝制的大裆粗布裤子的腰,挠着脖子,愣愣地环视着,试图将这般景致,幻化在爷爷从小给他讲的故事中去。

正午时分,他们到了塬的南沿。栓娃走不动了,他招呼着,让爷爷歇息,跑到水渠的窝水边。渠水平时都是浑浊的黄泥流,灌溉结束后,水渠的青草就会裹上泥浆,没有挣破泥壳的本事,花草就没有重见天日的机会了。看着窝水里的青流,栓娃感到浑身咯噔了几下,清爽了好多。他脱掉了鞋子,挽起裤腿,将脚伸进水中,一阵沁透脊梁的清凉倏然散开,他打了个摆子,用脚撩起水花，双脚交替搓着脚面。

不远处的斜坡上，搭着一间低矮的草房，前面是一垄瓜田。几个人蹲在瓜棚下，摘下草帽，扇着凉，盯着瓜田中提着担笼、挑拣熟瓜的瓜客。栓娃撩起水，抹了几下脸。那几个人拿着白坨梨瓜，合掌一捏，瓜扑哧裂开，他们举在空中，嘴巴接在下面，流出的青白的瓜液裹着黄色的瓜子，刚好掉进嘴里。他们就像羊羔吃奶一样，嘴巴贴上去，缩着脖子猛吸，咕噜咕噜嚼着。栓娃咽着口水，感到嘴唇干裂，喉咙泛着苦味。

半坡上有片犁过的泛着土尘的荒地，中间有个土堆，上面稀疏地长着荒草。爷爷走过来，抖着手里的烟锅，指着土堆说："栓娃，你知道那个土堆是啥吗？"

栓娃舔着嘴唇，木然地摇着头。几只羊好像有了灵性，齐齐地站在田坎上，瞪着乌亮的眼珠，静然地盯着那个土堆。爷爷往里面走了几步，晃着烟锅说："瓜娃，那就是贵妃墓。当年安禄山范阳起兵，明皇无奈出逃，兵止马嵬驿，三军不动，共议要除掉贵妃。明皇犹豫不定，为了江山社稷，他忍痛将贵妃赐死。那个杨贵妃就埋在这里。"

两只羊羔跑到坟冢前，咩咩地回头看着母羊，低头撕扯着坟头的青草。栓娃眯着眼，打量着树梢上闪动的阳光，不解地问："爷，皇帝连自己的老婆都保护不了，你说这个皇帝当得窝囊不窝囊，还赶不上咱大队书记！"

爷爷扑哧笑了，沉思了一会儿，摇着头说："皇帝也有他的难处，好多事也不是他想咋办，就能咋办的！"

爷爷牵着奶羊走了，两只羊羔站在坟堆上，咩咩叫着，就是不挪步。栓娃踩着土疙瘩,挥着树枝,围着土堆转了一圈,见黄土里埋着几块青石和瓦砾,他踹了几下,用脚搓开了上面的灰,正要捡起来看。爷爷回过头,挥着手,让他赶上去。他猛然想起,总得在这里留点啥。他解开裤子,对着土堆撒了一泡尿,拎着裤腰,挥着树枝,赶着羊羔离开了。

为减缓坡度,斜坡在坡面上转了几道弯。站在拐弯处,极目眺望,一铲平的川道映在眼前,中间是一条承接着天地的白色水带。爷爷指着下面说:"看到了没?那就是渭河,咱们这块地方,常有干旱,就指望着这条河生息。"

栓娃没有见过河,他懵然地呆望着,沉浸在幻想中。爷爷走了几步,回过身,指着背后高处的土堆说:"那个贵妃墓,原来有建筑,就像一座庙宇。后来破四旧,让人给拆掉了,附近的人将能用的东西都搬走了,有的成了捶布石,有的垒在猪圈上,有的砌在自家的屋脊上。好好的东西,都让人给糟蹋了。"

午阳正猛,蒸腾的水汽就像烟雾一样,飘在川道上,恰似一幅水墨画。爷爷站在一棵老槐树下,指着远处的村子说:"栓娃,传说杨贵妃是在马后拽死的。据说贵妃被拖在马后,见马蹄扬起的烟尘,一时口渴难耐。马蹄踹起,地皮轰然裂开,一汪泉水倏然涌出,这便是那个村子的马蹄泉。"

栓娃摸着脑袋,眨巴着眼睛,爷爷常讲的故事,他记住了好多,却没有上心。见爷爷一路上有板有眼地说道,他懵懂地问:"那个泉还在吗?"

爷爷摸着他的脑袋,抖着烟袋,笑着说:"就在那个村头的老槐树下,我那年从茂陵回来,还喝过那里的泉水。"

下了塬坡，马路边一渠清水，几棵斜向水面的柳树上，一群孩子趴在树干上，头戴着柳藤编成的隐蔽草帽，有的手里拧着柳条，有的嘴上叼着柳树皮拧脱后做成的哨子，鼓着腮，嘟嘟地吹着。爷爷将奶羊牵到水边，让栓娃攥着缰绳，他掬着水，撩在羊羔身上，清洗着皮毛。羊羔上了岸，站在阳光下，皮肉扑啦啦地抖动着，水淋淋的皮毛顿时展开了，白得如雪。栓娃捡起一根柳藤，赶着羊羔。稍有空闲，他折下一根柳藤，一只手攥紧，另一只手拧着青皮，一丝清亮的黏液渗了出来。他折断一截，将藤皮滑了下来，捏扁后，用指甲抠掉外面的青皮，露出青白的瓤，在嘴里咂摸了几下，他弯着腰，憋着气，吹了几下，噗噗中有了笛声。

　　将奶羊拴在树干上，爷爷蹲靠在柳树上，掏出烟锅，捻上一锅旱烟。集市上大部分是猪和羊。几头母猪卧在柳荫下的湿沟中，慵懒地摆着尾巴，猪娃成群结伙在泥浆中滑溜，不时跑过来，趴在母猪的肚子前，咂摸着乳带，头向前拱着。乳羊站在凸起瓷实的塄坎上，羊羔趴在地上，在黑猪堆里很醒目。

　　一位拿着架子车的中年人，蹲在爷爷边上，抽着旱烟，絮叨了好长时间，边上站着位少年。他摸着羊羔，怜爱地撩着。那人磕掉了烟灰，拿起草帽，搭在空中。两个人将手伸到下面，握了几下手指。爷爷松开手，抹着下巴，笑着摇了摇头。那人拉着架子车走了，少年一步三回头地望着羊羔。

　　爷爷买了根麻花，递给栓娃。栓娃摘下嘴上的柳皮哨子，感到喉咙和口腔中的黏液涌了出来，一连咽了几下口水，他掰开麻花，递给爷爷一半。爷爷摆着手，让他吃。他咬了一口，嘎嘣嚼着,油油的窜香,筋道酥脆。他停下咀嚼,嘴唇咧开一道缝,用力吸着气,裹着油香的气,在口鼻间回荡着。

　　吃完麻花,栓娃跑到树后,头向着树干,将沾着油的手指,放在嘴里,不停地吸吮着。听到路上有人招呼,他转过身,那位中年人放下车辕,讪笑着走过来。少年脸上溢着笑容,跑过来,挽着羊羔的脖子,撩摸着。买卖成了,爷爷蹲在僻静处,点着钱。栓娃明白,自己喂养了几个月的羊羔,就要离开了。他走到羊羔边上,扳开少年的手,叮嘱他要好好喂养。少年含笑点头,手搓着羊羔的皮毛。

　　那人走过来,和儿子每人抱着一只羊羔,放在架子车上,用麻袋摁住。羊羔挣扎着,想站起来,伸着头,对着奶羊嘶叫着。奶羊将缰绳绷得一紧一松,晃着头,想追着羊羔去,缰绳不让,它只能在塄坎上,急得打转转,蹄子刨着地。羊羔离去,栓娃莫名地伤感。他走过去,挡住了奶羊的视线,撩着它扑棱着的耳朵,抚慰着。爷爷解下了缰绳,奶羊撅着屁股,头扭向东边,就是不往西边走。爷爷扯曳着缰绳,栓娃弯着腰,手推着羊屁股,奶羊无可奈何地挪动着腿。

　　上到塬上,奶羊似乎从子女离散的焦灼中出来了。爷爷撂开缰绳,让羊在沟坎上吃草。他坐在田埂上,看着斜阳中的土堆,抖落着鞋兜中的沙土,捻上一锅烟,惬意地抽着。他口鼻冒着靛蓝的烟,挥着烟杆,指着塬下的一马平川,沉思了一会儿说:

　　"栓娃,你可记得薛仁贵家道破落后,寒冬腊月在河道上用弓箭射大雁。他裹着单薄的衣服,瑟瑟颤抖,忽见一处宅子烟尘缭绕。员外家正在搬运木头,他走上前去,一手夹起一根圆木,让人惊骇……我思默着,按照书上的说道,那个地方应该就在这附近!"

栓娃躬身坐在松软的地上,手撑在膝盖上,头搁在手掌上,出神地望着南边绵延的山峦和茫茫的川道,仿佛看到了当年薛仁贵策马扬鞭,一溜烟尘地驰骋在这广袤的原野上,又似乎感到了塬下的驿站,挤着熙熙攘攘从长安城溃败过来的拥着帝王的士气低落的军队。几匹战马在酥软的黄土地上狂奔。明皇站在塬坡上,悲痛欲绝。玉环被战马拖曳着,身上的绫罗绸缎一件件脱落下来,她举着手,对天泣诉,慢慢变成了一个肉墩。

走到南塬的坡面,西边漫天彩霞,太阳没了锐利的炫目,泛着黄光,像一只嫣红的灯笼,挂在彩云粼粼的后面。社员们从田里哧嗒着回来,路西的村子好像镀了一层黄红的边,映在醇和安详的霞光中。爷爷将夺拉着烟袋的烟锅,插在后腰带中,侧过身,接过栓娃手里的缰绳,驻步抖落了几下,对栓娃轻声说:"奶羊要搭羔。这村子有头种羊,咱们顺便过去,把事给办了。"

栓娃常听说搭羔,他好奇而懵懂,点着头跟在爷爷后面,看着羊屁股,朦胧地遐想着。进了村子,一群人蹲在饲养室前,见他们牵着羊,一位老者和爷爷招呼了一声,抖着肩头的夹袄说:"羊不在家,到西边的渠沟放去了。"

爷爷笑着,应了一声,抹着眼睛,在那家门口停下,看了一眼,牵着羊向村西水渠走去。

配种的老汉叼着烟锅,对着夕阳,雕塑般地蹲在渠岸的草丛中,头上盘旋着一团青烟。奶羊突然驻步,喷着气,扑啦啦晃着头,对着渠沟咩咩地叫了起来。老汉转过头,缓缓站起来,往前走了几步,对着站在渠岸的爷爷问:"羊羔卖了?"

爷爷扯着羊,走前几步,应道:"今天和孙子到马嵬卖了!"

老汉呜呜叫了下,渠沟灰阴的草丛中,一只长着前倾的长长犄角,披着一身泛黄的长毛,浑身散发着腥臊味的硕大的公羊,嘟喽着跑过来,乌亮的眼眸征服性地盯着奶羊。奶羊舔着嘴唇,有点羞涩,垂头喷着气。

种羊抖着索啦啦的毛,围着奶羊转了一圈,站在它的身后,盯着它的胯部,走上来,晃着头,喷着气,撩拨着奶羊的尾巴。老汉挥着烟锅,跺着脚,喊了一声。种羊看了一眼,嘴巴拱着奶羊的屁股,将它推着,走向渠沟的草丛深处。爷爷和老汉蹲在渠岸上,抽着旱烟,聊着家畜的行情。两只羊隐没在草丛中,变成了没有腿的白坨。栓娃好奇地走过去,张望着。爷爷挥着手,将他唤回来,示意不要打扰。清风中飘动的草丛,吱啦啦抖动着,两个白坨叠合在一起,奶羊咩咩地叫着,种羊低沉呜呜地吼着。

两袋烟的工夫,他们站起来。老汉挥着手,对着渠沟喊了一声。种羊就像冲锋的兵勇,气势汹汹地跑过来,扬起前蹄,撅着屁股,爬上渠岸,抖毛看着落日的半个脸,一副骄傲的样子。奶羊灰不塌塌地从草丛中,趔趄着走回来,低着头,默然地站在栓娃面前,看着嘴前飘着的鲜嫩的草,没了撩上一口的劲头。

栓娃来气了,跑过去,挥着树枝,抽了种羊一下。种羊瞬间没有了牛×的神气,缩着身子,后退了几步,晃着头,浑身的毛发刺溜垂了下去,灰溜溜地跑开了。奶羊缓缓地转过身,对着种羊,咩咩地叫着。栓娃抡着树枝,愣愣地看着奶羊,他弄不明白羊的心事。

爷爷解开腰带，从裤子里面的口袋中，摸索着掏出一个污迹斑斑的帕帕，撩开拿出一沓钱，蘸着口水，搓出几张，抽出两张两角和一角的钞票，折叠起来递给老汉。老汉接过钱，搓开来，在空中抖着，有点不好意思。他迟疑了瞬间，抽出一角钱，要退回来。爷爷赶紧站起来，抖着身上的尘土，摆着手说："我养羊，能挤奶，还能生羊羔卖钱。你养着种羊，没有出产，就别客气了。"

下了塬坡，远远可以看到村子的轮廓了。一轮炫月挂在夜空，清风习习，树叶哗哗地响，一条泛着白光的土路延伸着。奶羊迈着矫健的蹄子，嗒嗒走在前面。天气有点渗凉，栓娃打着哈欠，揉着眼睛，勉强地跟在后面。

麦子黄了

mai
zi
huang
le

1. 梭镖

六一节快到了,公社要组织各个学校巡游。

童老师走到皂角树下,拽起生铁老钟的绳子,扯了几下,随着几声沉闷的嗡嗡声,他抬腿站在青石滚子上,嘴里的哨子吱吱地吹着。教室和院子嬉闹的学生,瞬间静了下来,呼啦拥了过来。童老师挥着手说:"每个年级站在一起,排好队。"

麻点一样的人群,蠕动着,变成了四个方块。他放下挂在脖子上的哨子,严肃地说:"今年六一节,公社和大队都很重视。咱们是小学,不能和完小及公社的初中比,但也得像个样子。等一下给大家发红领巾,每个同学都要穿白色的衬衫和蓝色的裤子,三、四年级的同学要有红缨枪。今年咱们学校就扛着红缨枪,喊着口号游行!"

同学们领到了鲜艳的红领巾。童老师让几个同学站在前面,他站在石墩上,举着红领巾,教大家怎么系。同学们拍掉手上的土,盯着老师的示范,将红领巾折起来,搭在裂着缝子污垢斑斑的脖子上。老师跳下石墩,手扯着同学们脖子上的红领巾,检查校正着。

栓和在四年级读了三年,就是考不上大队的完小,他比同学们高出一头,身体粗壮。他扯着红领巾,对着童老师嘿嘿笑着。老师扯着他的领巾,扯不动,便扬起手,瞪着眼,让他解开重新系。他用指甲抠着,急得冒着汗,就是解不开。童老师扯了几下,推了他一把说:"这又不是拴牛,咋的打了个死结。"

栓和翻着眼,瞥着老师。老师哧哧笑着说:"你叫栓和,要能够拴住,还要是活结,方便解开才行呀!"

上课铃响了,院子的同学们像成群的蜜蜂,推搡嬉闹着从黑乎乎的门框走进教室。教室原来是爷庙,里面供着关公的像,人字形高耸的屋脊,比农家屋舍高出了一墙,映在苍劲的挂着一爪爪皂角的树冠边。三、四年级坐在一个教室,老师轮着上课。教室的檐墙上,有几个高高的好像墙洞一样的窗户。艳阳高照的正午,一抹南向的斜阳映进来,亦如几柱光束,教室的粉尘在透亮的光柱中飞舞着,跺一下脚,地面的尘土就会呼啦撩起,变成浮尘。雨天,教室里黑麻麻的。老师站在灰暗的空间里,口沫飞扬。学生们坐在一排排砖墩上,前面是垒起的水泥板,缩在阴暗的空间里,蒙着屋舍的神秘,没有了活气。

童老师给三年级讲解除法运算,靠着窗户的四年级自习。刚发了红领巾,大家高兴,有的扯着光颈上的红领巾,有的将领巾敷在腿上,折来折去,来回比画着。光柱斜照在栓和的前面,他的额头鼻子在阳光里,眼窝和嘴巴在灰阴中,像一幅剪纸挂在水泥台后面。他手攥在裤子口袋,硬硬的,一摸,是家里的小圆镜。趁着老师转身在黑板上写字,他悄悄掏出镜子,吐了几口唾沫,用衣袖擦干净。他弯下腰,将镜子放在地面上,挪动着,一个光坨闪动着,照在水泥台下面。他坏坏地笑着,倒腾了几下,一束光吱拉映在屋顶上,同学们哗地转过头,齐刷刷看着。童老师写字,猛然间感到身后闪着光,他放下粉笔,懵拉拉地四下张望着。

好多同学穿的上衣,是手工缝制的圆领对襟的衫子,下面是长腰粗布裤子。家纺的粗布面上有一颗颗好像针头一样的棉蕾,和着土尘,经过出汗和雨淋,上面光溜溜的,结着一层甲。六一节到了,同学们有了借口,软磨硬泡,变着花样,期望家长能按照学校的要求,添置一身新款的衣衫。好多同学趴在水泥台上,手指搓着红领巾,琢磨着用怎样的方式,才能说动父母。

童老师拿起四年级的算术课本,正在提问栓和。栓和偏着头,趔着身子,挠着脖子,看着窗户照进的光束,他涨红着脸,支支吾吾。栓娃坐在边上,手扯着他的裤脚,将课本翻开来,放在光柱下,手指弹着,提示着他。屋顶上几声吱吱的叫声,接着就是刺溜的声音。同学们纷纷抬起头,盯着黑乎乎的屋顶,好像有一堆东西,缠在屋梁上蠕动着。童老师看了一眼,拿起教杆,在讲台上拍了几下。屋梁又是吵人的吱吱声,夹杂着哀鸣,几絮灰尘刺刺落下。他放下教杆,拍着头上的灰絮,木然地抬起头。

栓和掏出镜子,对着屋顶闪了下,就见一条黄底黑花的蛇,缠在一根细梁上,嘴里叼着只刚长了毛的幼鼠。老鼠张着嘴巴,抖动着须毛,拼力嘶叫挣扎着。同学们赶紧站起来,闪到边上。好多女同学捂着头,缩着身子,怯怯地跑到教室外面。栓和放下镜子,从门背后拿来扫把,将讲台上的椅子搬过来,放在水泥台上,刺溜登上椅子,扬起扫把,在屋梁下扇着。那团软物砰叽落在水泥台上,蛇头摆动着,吞着老鼠。栓和用扫把压住蛇身,从椅子跳下来,倏地摁着蛇头,在空中摆了几下。老鼠掉下来,缩成一团抖动着。他摆弄着蛇,飞起一脚,将奄奄一息的老鼠踹到教室门口。童老师看蒙了,走下讲台,用教杆拨着老鼠,吩咐同学用簸箕弄走。

栓和捏着蛇头,顺手从扫把上抽出一根细枝,晃动着走到皂角树下。他将蛇放在青石上,掏出镜子,对着太阳,调整角度,用光束照着蛇头。蛇摆动身子,嘴巴吱啦啦喷着绛红的焰,还在反抗。他伸出脚,拨过来一块瓦砾,放下镜子,捡起瓦片,对着蛇尾砸了几下。蛇刺溜软了,断掉的蛇尾蹦跶着,跳着舞从青石上翻滚下来。一群同学蹲成一圈,围着蹦跶的蛇尾,捡起树枝,挑拨着。栓和捡起地上的细竹子,捏开蛇头,将竹子从嘴里穿进去,手捋了几下,混着血浆的竹头,从断掉的蛇身钻了出来。

童老师端着瓷缸,站在宿舍台阶上,指着栓和,对另一位老师说道着,两个人笑得前仰后合。栓和拿着穿着蛇的竹枝,对着同学抡着。几个女孩缩着头,躲开了。听到上课铃声,他将竹藤插在墙缝中,拍着手上的尘土,走进了教室。放学了,一群同学坐在涝池岸上,对着水中的霞光,讨论着红缨枪的事。栓和用穿着蛇身的竹藤,拍打着水面说:"我二爸是木匠,找根杨树杆,去掉皮刨光,就是很好的把。关键是梭镖,用木头做的,根本没有威力,就是糊弄人。"

二蛋用树枝撩着土,转过头来说:"红缨缨没有问题。我妈去年织布,剩下一团红色的线头,我到时拿过来。"

栓娃想起家里没有人的时候,他曾经提着凳子,放在柜子上,爬上厢房的阁楼。角上放着一堆老旧的杂物,里面好像有一枚梭镖。他拽着栓和的胳膊,献媚地说:"你是老大,我家里有梭镖,我爷不让拿出来。我到时偷出来,让你威风一下。"

栓和心热了,他扯着栓娃,拉着二蛋,来到栓娃家门口。奶羊看见栓娃,扯着缰绳,踩着羊屎豆,咩咩叫着。奶奶站在屋檐下,伸着头,催他快去放羊。栓和、二蛋悻悻地走了。栓娃放下书包,从馍笼中摸出一个蒸馍,蹲在案板下,揭开盖子,从腌菜瓷缸捏出一块腌萝卜,走了出来。奶奶正在后院的席上缝衣服,他招呼了一声,蹑手缩脚地弯着腰,闪进厢房。他将凳子放在柜上,爬上阁楼,倒腾了好一会儿,总算摸到了那枚梭镖。他揣着怀里的,拿着蒸馍,咬着咸菜,牵着奶羊,刚走出头门,一群同学呼啦围了上来。他摆着手,神秘地瞥着大家,一起走到涝池北边的沟渠中。他站起来,瞭望着四周,蹲下来,小心翼翼地掏出了梭镖。同学们眼睛一亮,伸长脖子,挪着屁股,头几乎碰在一起,伸出手来,都想接过去瞧瞧。

栓和将梭镖举在空中看着,对二蛋说:"你爸是厨子兼兽医。你回去,把你爸的磨刀石拿过来。"

二蛋站起来,犹豫着走上沟坎。栓和瞪着眼,喊了声快去。栓和站起来,在沟里踹着,见一块青瓦,捡起来,吹掉灰尘,往上面吐了几口唾沫,对着梭镖磨着。刺刺声起,刀口流着青色的瓦酱,锈迹上有了几丝印迹。二蛋出现在涝池岸上。栓和呼地站起来,撒开腿跑了过去。接过枕头一样的青石,蹲在水边,撩着水,磨着梭镖。青石面上泛着褐色的锈水,梭镖闪出了亮光。他将梭镖在水里清洗了下,举在空中,指头蛋滑着,试了下钢口,笑着点着头。二蛋揪了几段草秸,递给他。栓和顺着刀刃扯滑了几下,草秸断了,一群人嬉闹着欢叫了起来。栓和蹦上岸,摸着一棵粗壮的椿树,走了几步,转过身来,眯着眼睛,攥着梭镖,抡着胳膊定位。一道银光在空中飘了一下，随着噗一声，梭镖扎在树干上。他们跑过去，拔下梭镖，一孔清亮的树液泛了出来。栓和让大家排好队，每人试了一下。

有了梭镖，栓和从麦囤后面找到了斧头，藏在担笼中。他叫上栓娃和二蛋，在田埂渠岸上游荡，用手摇着一棵胳膊粗的杨树，找寻做枪杆的料。村子植了一大片杨树苗，他选定了自己中意的树干。二蛋会意了，他顺着树丛，跑到渠岸上，爬上一棵树，坐在树杈上，看着周围的动静。栓和抡起斧头，砍下三棵树，削掉树头，拎在手里，弯着腰，偷偷摸摸地溜出林子。坐在渠沟里，他们用镰刀划掉树皮。杨树杆没有什么结巴，光溜溜地泛着树液。

别人的红缨枪头，都是用木头做成的，只有栓和的枪头是梭镖。放学后，一群同学站在涝池边上，仿照着电影里的小英雄，挥着红缨枪，喊着号子，跨着腿，弓着身子，向前刺着。栓和站在前面，突然前刺的时候，他的枪头重，红缨枪在空中颤抖着，彰显着力度和威严。他拎着红缨枪，抖动了几下，举起来狂跑，将梭镖插进土堆上，腾起身子，攥着枪把，在空中做了一个造型。二蛋双手握着自己的红缨枪，模仿着，就听咔擦一声，枪头断掉了。

六一前几天，童老师说要正式排练，他让大家换上衣服。经过一段时间的努力，虽然好多同学的裤子，还是粗布老款的，上衣大部分变成了洋布衬衫。老师要求上衣扎在裤腰中，就需要皮带。栓娃一直系着妈妈织布后，用线头合成的五花裤带绳，他磨齿了好长时间，爸爸总算给他买了一条帆布裤带。

站在皂角树下的青石上，童老师吹着哨子，让同学们排好队。看了一会儿，他跳下石头，挥着手，喊着号子，让大家扛着红缨枪行进。他将队列调来调去，既要整齐，还要好看。栓娃被调到外面一列，他知道自己的装扮是有档次的。他侧过头，见中间两排，大都穿着裤角翘起、裤腿变形松垮的土布裤子，脚上裹着破旧变形的布鞋。栓和走在最后一排，他高出别人一头，十分认真，别的同学跨着大步，他只需踱着碎步。

六一节那天，同学们早早起来，舀上一盆水，用肥皂洗干净脸，换好衣服来到学校。童老师指挥着，来到大队的完小。队伍到齐了，完小的锣鼓队走在前面，在大队的每个村子走了一圈，然后向公社走去。镇上锣鼓喧天，红旗招展，挤满了看热闹的人和已经到达的学生。完小的校长，吹着哨子，脚下生风地逆着队列跑着，挥着手，招呼同学们提起精神。看着街道边的情况，同学们激情澎湃，想与其他学校比试的激情上来了，大家扛着红缨枪，踩着整齐的步点，喊着洪亮的口号，在锣鼓声中，缓缓走过街道，会集到初中的操场上。

中午，公社杀了一头羊。每个老师能领到一小坨用学生作业纸包起来的羊肉。老师们将自带的蒸馍掰碎，放上羊肉，浇上一碗汤。爸爸找到栓娃，让他在树沟边等着。他拿着碗，站在教师的队列中。栓娃蹲在树沟边，舔着嘴唇，望着飘着肉香的厨房。爸爸端来一碗羊肉汤，将肉团倒进汤里，掰碎蒸馍，泡在里面，递给栓娃。栓娃接过碗，用筷子狼吞虎咽地刨着，猛地抬起头，见爸爸手举着粗粗的旱烟，默然地抽着，眯眼看着树冠间迷离闪动的阳光，干裂的嘴唇不时咂巴着。栓娃愣住了，一股热流涌上心头,他将碗递给爸爸。爸爸转过头,吞咽着口水,眯眯笑了,摆手让他快吃。

栓娃噗喋着油乎乎的嘴,口里都是香味,他蹦跳着向学校的队列跑去。他喘着气,几个喷嚏,鼻子塞住了,他擤着鼻涕,看着手指尖清淋淋的鼻涕,无忌地抡起胳膊,甩了几下。刚收回手,走了两步,身后传来骂声和脚步声。几个学生呼啦围住了他,领头的指着裤角的鼻涕,勒住他的红领巾,瞪着眼呵斥着,手在空中抡着。栓娃惊慌地瞥了一眼学校的队列,见栓和站在树沟上,他挥着手,喊了几声。栓和愣愣地看了一眼栓娃,叫上几个同学,跑了过来。他攥着那个同学的手腕,咧着嘴巴,笑着问:"咋咧?"

那同学来回扯了几下栓娃,猛地一推,栓娃跌倒了,屁股蹾了两坨泥。他扯着裤子一看,疯了似的冲上来。栓和拧着那个同学的手腕,指着栓娃的屁股问:"下午还有大合唱,你说咋办?"

那个同学嘴巴哧哧了几下,脸憋得涨红,摇着头,不服气地反问:"你说咋办?"

说着,他看了一眼身后的弟兄。栓和松开了他的手腕,趔开身子的瞬间,一把搂住那个同学的脖子,在他耳边说:"他给你擦掉鼻涕,你得给人家弄干净屁股。"

那个同学使劲推了几下,推不开,努着嘴巴,摇着头。栓和贴着他的耳朵说:"今天是六一,这事就算了,咱们打架,老师脸上挂不住。"

那个同学打量着栓和,犹豫着用眼神给了答案。栓和松开手,两伙人散开了。

六一节后,红缨枪没有了用处。栓和拿着梭镖枪,还在田埂壕渠中晃荡,他爸看到了,将他收拾了一顿。他悻悻地将梭镖卸下来,还给了栓娃。栓娃牵着羊,在涝池岸上,用梭镖刨着蚂蚁窝。天快黑的时候,他回到家,拴好羊,将梭镖放在厨房的窗台上。

吃完晚饭,爷爷撂下老碗,走出了厨房,准备回饲养室。走到头门口,他折返回来,站在厨房门口,问收麦的工具准备好了没有。爸爸站起来,说镰刀都收拾好了,挂在窗户上。爷爷走到窗户前,取下镰刀,手在刀刃上捻了几下,胳膊肘将窗台上的抹布弄掉了,就见一枚闪着银光的梭镖,睡在窗台上。他拿起梭镖,看了几眼,揣在裤兜走了。

皎洁的月光从窗户洒在炕上,奶奶还在纺线。栓娃躺在枕头上。看着青白的月光,听着纺车吱吱的声音伴着撩起的风。瞅着棉棒随着奶奶扬起的手,在铁钎上变成了线,他打着哈欠,睡意上来了。

头门咯吱响了。奶奶挺起身子,侧过头,听着窗外。爷爷咳咳了两声,哧嗒哧嗒地推开了门。他将梭镖拿出来,放在栓娃的眼前。栓娃瞅了眼他的表情,倏然缩着身子,想蒙住被子。爷爷呼啦揭开被子,拧着他的耳朵,将他扯到炕下,激动地申斥道:"整天就知道在家里乱翻,啥东西都敢拿出去晒喷。"

奶奶急了,扳开盘着的腿,抖动着下了炕。她拿起炕头的笤帚,敲着炕边,叱问道:"咋的啦?"

爷爷转过头,将梭镖递给奶奶。看到梭镖,奶奶瞬间僵住了,举起的笤帚,蔫然垂下,不再作声了。栓娃知道奶奶会护着他,心里本是不惧的,看着她怪异的表情,指望护佑的期望瞬间瘪了。爷爷抓着他的胳膊,将他提溜到院子,挥着笤帚,呵斥着让他站好。妈妈房间的门,闪了一下,她贴着门,看着听着。爸爸披着衣服走出来。爷爷拿来一块枕砖,放在栓娃头上,让他顶着,砖不能动。爷爷将梭镖扔在院子的树坑边。看着梭镖,爸爸走过来,瞪着眼说:"就是不长记性,这就是不听话的下场。"

爷爷抹着眼睛,蹲在窗台下,手里捋着草秸。爸爸蹲在台阶上,举着一根旱烟,默然地抽着,似乎在支持这种惩戒,又好像在用行动向爷爷求情。栓娃光溜溜站在树下,月光透过树冠,投下了斑驳的光坨,他抹着鼻子,不时抽搐着,身子咯噔抖着,头顶上的砖头摇晃着。爸爸的烟抽完了,他搓着面颊,站起来,跺着脚,哎哎地叹息着,孑然回屋了。爷爷站起来,对着栓娃说:"好好站着!得让你长长记性。"

栓娃翻着眼,瞥了爷爷一眼,垂下目光,肚子收缩着,呼哧呼哧地喘着气。

爷爷背着手,摇着头走了,头门咯吱一声掩上了。栓娃手扶着砖头,看着窗户。爷爷平时离开,都会嘱咐将头门关上,今天没有吱声,是不是还要回来?他瞥着头门,见夜风将门吹得忽闪摇动着。奶奶趿着鞋,推开厢房的门,探出头来,向院落张望了几眼,走出去将头门关了。她走回来,拿掉孙子头顶的砖,噘着嘴,絮叨责斥着,将他拉进屋子。

栓娃溜进被窝。奶奶坐在炕边上,手捻着裤腿上的棉絮,轻声絮叨着。栓娃委屈地蜷曲着身子,一抽一抽地泣着,睡眼蒙眬中明白了,那枚梭镖好像承载着爷爷的承诺,隐匿着老一辈人的某个秘密。

2. 麦客

麦子黄了，学校放忙假了。

走出校门，队列倏然乱了。栓娃低着头，回到家，拿起半个馒头，牵着羊来到涝池边。爷爷拉着架子车，割草回来，见斜坡上白嘟嘟的羊，他放下车辕，摘下草帽，扇着凉，眯眼打量着，见栓娃弓着腿，坐在岸边，呆愣地盯着水面。他摇着头，架着车辕离开了。栓娃站起身，看着爷爷的背影，积在心头的疙瘩，瞬间开解了许多。

栓娃赶着羊，走到涝池葫芦把头。他手抓着树杈，蹬着树干上凸起的结疤，爬上杨树梢。天湛蓝湛蓝的，夕阳下，大地好像穿上了一身赤黄的毛衫子，一望无际的麦田绵延到了天地的尽头。沟渠马路的杨树就像翠绿的边，镶在平展的布料上，翻滚的麦浪就像赤黄的毛发，吱吱欸欸散着麦丛的闷热。

早饭的时候，爷爷蹲在麦囤前，喝着稀饭，和爸爸合计着忙天的事。栓娃端起洋瓷碗，往碗里拨了一堆腌萝卜，拿着蒸馍，走出厨房，坐在树下。爷爷提着麻袋，走出来，从窗户边上的墙上取下秤，放在担笼中，对栓娃说："快吃！等一下跟爷到镇上卖旱烟去。"

栓娃看着树坑，想起自己被罚站的情形，他咕噜喝着稀饭，就是不吱声。

回到饲养室，忙活了一阵，爷爷回到家，拎起烟袋子，搭在肩上。栓娃赶紧走过去，提起担笼，跟在后面。马路上大都是骑着自行车的人，没有自行车的人习惯走田埂，他们顺着田间的捷径，聊着天，向镇上飘去。

袋子里有旱烟，爷爷后面跟着一溜人。他们揣着袋子，任凭爷爷抖着，趔趄着身子不愿意，他们还是将手伸进去，抓上一把旱烟，捻进烟袋，抽着旱烟，品评着。栓娃见他们人多势众，抡起秤驱赶着。一群人戏弄着他。他有点生气，挥着空担笼。爷爷回过身，让他走在前面。

公路从镇子中间穿过，将镇子分成了两半。镇子北边有个闸门，将水流分成三份，倒入沟渠中。刚上公路，栓娃见到渠岸和树沟的树荫下，歪七趔八地躺靠着一溜麦客。爷爷不敢到大街上卖烟，他躲在不远处的沟渠中。买烟的人弯着腰，靠在沟里，品着旱烟，谈闲着。栓娃坐在渠岸上，盯着大街，看有没有市管会的人过来。边上蹲着几个麦客，浓烈的汗腥味随着风飘了过来，他赶紧掩住鼻子，屏住呼吸。想到爷爷常说下苦力人的不易和艰辛，他慢慢松开了手，试着呼吸着这种味道。

渠边的场上，横七竖八地躺着一堆麦客，他们用褐色的草帽，耷拉着盖住脸，穿着补丁摞补丁浅灰色的粗布裤子，脚上的鞋子歪裂着，露出了几个脚趾蛋，边上放着油渍渍的裹满尘土的粗布袋子，几把镰刀把子露在外面。他们的胸部随着鼾声，一起一落，透着满满的困乏。几个麦客坐在渠岸上，背靠着杨树，眨巴着猩红困倦的眼睛。他们解开袋子，掏出黄拉拉泛着气孔的玉米塌塌，掰开一块，手赶紧放在下巴下面，接住掉下去的馍屑，放在嘴里嚼着。瓷缸里盛着凉水。他们的头发就像钢丝,乌蓬在头上,草帽勒出一个圆圈,胡子拉碴的嘴唇上扎上馍屑,不时伸出舌头,将馍屑捻回嘴里。

渠边放着一堆镰刀架子。三位老者撩起裤腿,蹲在水边,前面放着一块好像是砖头一样,凹进去的青石。他们撩着水,磨着刀,抬头打量着路人,腿上的青筋暴在外面,好多地方聚成一堆,就像鸡肠子一样,随着身体的晃动蠕动着。另外几个麦客干脆脱掉鞋子,挽起裤腿,将脚放在水中,手攥着脏兮兮的毛巾,在水中揉摆着。

爷爷抖落着旱烟袋子,摘下草帽,眯眼打量着日头,扇着凉,走了过来。栓娃站起来,接过担笼。爷爷提着袋子,将烟末子抖到袋口。吃馍的麦客赶紧放下塌塌馍,抬起头一笑,用胳膊肘撑着边上的人。一伙人将爷爷围在中间,将烟末子瓜分了。马路边有个西瓜的摊,卖瓜人掂起西瓜,手拍了几下,放在桌子上,从水盆拿起毛巾,将瓜皮擦干净。他拿起弯月刀,抡起来,手摁在刀背上,随着咔嚓一声,西瓜成了两半。他飞快地切成瓜牙,摆在桌子上。吃馍的麦客停住咀嚼,张着嘴巴,愣愣地盯着艳红起沙的瓜瓤,不时吞咽着口水,舔着干裂的嘴唇。边上尼龙袋子上堆着瓜皮,苍蝇和蜜蜂嘤嘤嗡嗡,游弋在上面。

一个麦客实在忍不住了,拿起镰刀刃子,站起身,犹豫地蹲在瓜皮堆前,手翻腾着瓜皮,见没有吃干净的瓤,就用刀片削掉上面的牙痕,低着头恣意地啃着,白色的皮没了,就剩下一层青皮。他抹着湿淋淋的下巴,转过头,舌尖拨弄着一粒瓜子,对着同伴憨笑,几个人也围了过去。

栓娃跟着爷爷，随着人流，在街上走着。路边摆满了各式农具，铁匠铺前挤满了人，大家在选购镰刀。市管会的络腮胡子，迎面走了过来。栓娃从人缝中看到了他胡须下面敞开的衬衫上，露出来的中国人民解放军字样的背心，扯着爷爷的衣服，指着让他注意。爷爷抖着肩上的麻袋，笑着走了过去。络腮胡子盯着低着头，裹在人流中的爷爷，驻足疑惑地打量着。栓娃转过头，瞪着瞥了他一眼，随着爷爷走开了。

　　返回渠岸的时候，栓娃见队长扶着自行车，手里举着烟锅，正在和几个麦客絮叨。他对着爷爷，晃了下烟锅，将自行车头调转过来。七八个麦客拎着袋子，弯着腰跟在后面。一位老者快步走上来。爷爷和他聊着甘肃的情况，说民国十八年，关中饥馑，他曾在上边帮人掏过井，关系一下子燃了起来。麦客大都来自固原，他们按照久远的习惯和农时节气，成群结伙，顺着西兰公路，步行几百里，来到塬上，靠收麦子赚取工钱，一路割麦，回到家的时候，自己的麦子也就开镰了。他们缺少衣服，常用挣到的工钱，买上一堆塬上人退下来的旧衣服，带回家。

　　队长站在槐树下的土堆上，敲响了挂在树干上的铃。社员们端着碗，走出来，见树下蹲着一群麦客，纷纷围了过来。队长交代会计，将麦客分到社员家，妇女擀面，让麦客吃好，下午开镰。那位老者分到了栓娃家。爷爷将他带回家，坐在院子的树荫下。妈妈系上围裙，开始和面。栓娃提着担笼，到前院提柴，他有一种塬上富裕的优越感，觉得这些麦客可怜，得让他们赶紧吃饱肚子。

　　老者端着茶缸，喝着水，嗅着屋檐下飘来的油泼辣子的香味,不时瞥着厨房,喉结蠕动着。栓娃蹲在边上,好奇听着他们聊天,用树枝拨着一溜蚂蚁。爷爷扬起手说:"去!到涝池边上,揪一把灰灰菜回来,让你妈在铁勺炒一下。"

栓娃豁地站起来,脚踹着蚂蚁窝,挠着脖子,对着老者咪眯一笑,撒开腿跑了出去。

一老碗裹着油泼辣子和下锅菜的片片面端了上来。栓娃递给老者,随后给了一咕嘟新蒜。老者接过碗,挥动着筷子,搅动着,将蒜瓣剥了皮,放在膝盖上。他挑起一根面,吹上几口,放嘴里,刺溜吸了进去,眯着眼睛,嚼上几口,捡起一瓣蒜,放在口中,嘎嘣嚼着,不时张开嘴巴,嘶嘶地吸着气。看着他的吃相,爷爷抹着下巴说:"面还有,慢慢吃。"

老者打着嗝,不好意思地站起来,来到饲养室门前。队长带着麦客准备下地,对几个学生说:"你们负责给地里送水,计半个劳力的工分。"

栓和来劲了,他扯着栓娃和二蛋,分头找盛水的罐子和抬水的棍子。开水凉了,他们装满罐子。栓娃和二蛋抬着两个大瓷罐,栓和提着一个水罐,他们沿着长满野草的田埂,来到了麦田地头。站在地头望去,见几个人蹲着,几垄麦茬地露了出来,开镰的茬口在向前延展。队长站起来,摘下草帽,见他们站在地头,吆喝着让将水抬进来。

栓娃踩着麦茬地,一捆捆麦子躺在地垄中,他踹着麦茬,觉得麦客们真有两下子,割得快,麦茬又低。队长招呼着,让麦客歇息一下。湿透了衣背的麦客们,放下了镰刀,蹲在地上,舒展了几下,缓缓挺着脊背,站了起来。队长喝完水,掏出烟袋,准备抽烟,看着黄拉拉的麦田,又将烟袋插在裤腰后面。麦秸上腐败的黑叶,趁着镰口划开,喷着热气,扑在麦客的脸上,汗水和黑灰混在一起,他们就像是刚刚从战场归来的战士,满脸黑垢,只有眼白和牙齿看得清楚。老者对着栓娃笑着,提起罐子,举起来,对着灌口,咕噜咕噜喝着,漏下的水线,顺着嘴角流在脖子上。他放下水罐,满足地从嘴角一直抹到胸前,脖子上的灰垢透出了几道赤红的肤色。

吃过晚饭,麦客们聚在饲养室前。会计蹲在饲养室门槛上,背靠门扇,借着门洞中昏黄的灯光,接过社员们递过来的工分本,记着工分。栓娃拿着妈妈的本本,递了过去,见会计在格子里写了个5,他兴奋得不得了,觉得自己终于可以劳动记工分了。爷爷蹲在饲养室的炕头前,看着满槽的牲口,摇头晃脑地吃草,他不时站起来,舀上一碗麸子,撒在槽中,淋上水,用料叉搅拌着。社员们回家了,麦客们歪靠在麦草垛上,流着口水,打着鼻鼾,睡着了。老者靠在草垛上,手捻着烟锅,吧嗒吧嗒抽着旱烟,不时望着镜子一样的月亮。

爷爷抖开了炕上的被子,转眼絮叨了几句,走出饲养室。他蹲在老者边上,说外面下半夜有潮气,炕上可以睡几个人,让他挑几个人,睡在炕上。老者摘下烟锅,愣愣地看着他,思默了瞬间,笑着点着头。爷爷弯着腰,踩着自己的影子,咪嗒回到了家。他推开门,在院子溜达着。奶奶正在用扫帚清扫被褥。他走进厢房,坐在炕边上,搓着脸说:"麦客不容易,挣的都是血汗钱,将家里的旧衣服取出来,用包袱包好,麦客走的时候,送给他们。"

奶奶放下扫把，噘着嘴巴，就是不接应。爷爷叹了口气，看着窗外说："年馑的时候，上面的人给过咱们一口饭，咱得记住人家的好。"

麦子收割完了，会计结完账，麦客喜笑颜开地到农户家，吃最后一顿午饭。爷爷领着老者走进院子。栓娃蹦跳着跑进厨房，看饭有没有做好。吃完饭，爷爷走进厨房，从黑瓷盆中拿出几个蒸馍，递给老者。老者面带愧色地推辞着，还是将蒸馍装进袋子里。爷爷让奶奶将包袱拿出来。奶奶走进厢房，提着炕角的包袱，笑着递给老者。老者嘴巴嚅动着，接过包袱，手塞进裤兜，摸索着掏钱。爷爷站起来，将他拦挡住，看着他腰带上的烟袋，让栓娃包上一包旱烟，塞在他的袋子里。

爷爷怕老者嚷嚷着付钱，扯着他的胳膊，一起来到饲养室前。麦客到齐了，在老者的带领下上路了。走出村口的时候，老者驻步，摘下草帽，转过身，对着站在饲养室门前的爷爷，挥了几下。栓娃牵着羊，站在涝池边上，看着老者离去。他的心里瞬间感到空落落，他不知道这群人，还有没有生产队雇请，他们晚上有没有饭吃，会不会露宿在野地里。

3. 捡麦穗

塬上的人口稠，散布着密密麻麻的村寨。

麦收时节，各个大队的喇叭声此起彼伏，有的在宣讲形势和政策，有的播放着革命样板戏，有的不断发布着天气预报，号召大家要"龙口夺食，颗粒归仓"。喇叭的声音随着风向和风速，在赤黄空旷的原野上拖着长长的尾音，变音后叠合在一起，像村寨里一伙人说唱聊天。大队的基干民兵，胳膊上戴着鲜红的臂筒，背着半自动步枪，在民兵连长的带领下，穿行在田埂地头，随时准备收拾破坏夏收的行为。

在麦客的帮助下，生产队的麦子收割完了，黄灿灿的麦田变成了裸露着一丛丛麦茬的空地。男社员在场里，将麦捆解开，抖落开来晾晒。女社员和学生们按照生产队的要求，将麦茬地里散落的麦穗捡一遍。他们不上心，知道这就是一个程序，关注的是哪片地里的麦穗遗落得多。塬上的妇女最关注每年夏收时，完全放开后，她们带着孩子们起早贪黑，成群结伙，带着蒸馍和水壶，没有了地界的限制，就像羊群吃草一样，顺着水草的长势，可以恣意在麦茬地里，给自家捡麦穗。城里上班的女人，也会请假，回到娘家或公爹家，提着担笼，头上顶着帕帕，加入捡麦穗的人流中。

夏夜，皎洁的月光洒在村舍田畴。忙活了一天的村民们，蹲在村口的老槐树下，纳凉聊天。大队的喇叭吱吱响了起来，大家站起来，抖着肩头的衫子，透过婆婆的树影，咂摸着烟锅，盯着架在电线杆的喇叭。大队书记咳咳了几下，嘶麻嘶麻了一阵子，哑着嗓子说："接到公社的通知，为了保证颗粒归仓，明天起，社员同志们可以在麦茬地里给自家捡麦穗。"

社员们呼啦散开了，推开自家的头门，正要给老婆孩子说捡麦穗的事。老婆麻利地忙活着，将担笼摆在屋檐下，将蒸馍装进袋子里，将开水灌进水壶中。她解开围裙，拍打着身上的灰尘，让孩子们赶紧睡觉，说明天要早起。

东方泛白，妈妈拿着扫把，沙沙清扫着院子，隔着窗户喊着快起来，得赶早去拾麦穗。栓娃骨碌爬起来，揉着眼睛，睡眼蒙眬地走到院子。妈妈放下扫把，催着他喝水吃馍，然后提起担笼水壶，晃着身子，刺溜着出了村口。走到涝池的葫芦头，栓娃举起手，抖动了几下，一连几个哈欠，他总算从睡意中走了出来。天地灰煦煦的，启明星挂在泛白的天幕上，原野湿漉漉的，泛着潮气。栓娃低着头，看着麦茬地，一切都是模糊的。妈妈走在前面，让他跟上去，说要赶到最远的公墓地里去。

走了五六里路，栓娃跟着妈妈，来到了公墓地。附近几个村子的公墓连在一起，站在渠岸上看去，密密麻麻的坟冢高低不一地错落着，挂着晨露的青草，就像麦浪一样。公墓地高低起伏，土层中间或有瓦砾碎砖，麦田围着坟冢，没有一个定型，离村子远，附近的生产队都不怎么上心。东方露出了几丝彩霞，妈妈蹲在前面，栓娃和弟妹跟在后面。妈妈的手像鸡啄食，嗒嗒在麦茬地里晃着，一把把麦穗放进了担笼。

栓娃提着担笼，将捡起的麦穗提到坟冢间，堆在一起。太阳就像贪睡的孩子，打着哈欠，晃晃悠悠地露出了半个脸，水艳艳的朝霞，透过东边苹果园的树丛，粼粼道道地映在麦茬地上。妈妈站起来，让栓娃提上笼麦穗回家，拿上几个蛇皮袋子，骑上自行车回来。栓娃提着担笼，走走歇歇。捡麦穗的人像潮水一样，从村口漫了过来。

厨房里烟雾缭绕，爷爷攥着一个馒头，蹲在屋檐下吃着。栓娃将一担笼麦穗放在树下，跑进厨房，拿起一个刚出笼的馒头，掰开后用筷子撩起一筷头油泼辣子，撒上一撮盐，捏了几下，油泼辣子扑哧漫了出来，他手指一松，扁了的蒸馍又弹了回去，流出来的辣椒油就像被海绵吸了一样，瞬间反流回去。走出厨房门，爷爷围着担笼看着，脸上露着笑容说："好好拾麦子，这样，冬季就有片片面吃了。"

栓娃从麦囤后扯出了几条蛇皮袋子，抖掉尘土，和担笼一起绑在加重自行车的后座上。他抹着红拉拉的嘴唇，对着爷爷笑着，嚼着馒头，推着自行车，出了头门。自行车是家里贵重的器物，是爸爸这样的乡村教师的交通工具。去年忙罢，在生产队的场上，栓娃学会了骑自行车，虽然脚是从三角架中间伸过去蹬踏板的，他还是满满的欣喜。自行车靠在墙角的时候，他常常趁着大人不注意，推着车子溜出大门，在凹凸不平的路上，趔趄着身子，一歪一扭地练着车技。现在，他可以在滑行中跨上大梁，屁股在车梁上左右摆动着，伸长腿，用脚尖能够踮到踏板了。

太阳竹竿高了，广袤的麦茬地里，捡麦穗的人像麻点一样，拖着长长的影子，成团蠕动着。马路上空荡荡的，树干上的蝉吱啦吱啦地尖叫着,沟渠阴暗处的蛐蛐簌簌鸣着。栓和见栓娃骑着车子,飘了过来,挥着手喊了几声。栓娃一只手摁着车头,另一只手扬起来,站在踏板上,摆了下手,随即弓着身子,撅着屁股,就听见自行车的哐哐声。

几个村子捡麦穗的人,汇集在公墓地头,摸着栓娃装进蛇皮袋的麦穗,摇头后悔起晚了。妈妈坐在粪堆上,从袋子掏出一个蒸馍,一块馍一口水地吃着。经过的妇女嬉笑着,开着玩笑,询问哪里麦穗多。一群人嚷吵着,商量了一阵子,提着担笼,越界到了其他村子的麦茬地里。妈妈让栓娃将袋子驮回家,扬着手说,她就顺着渠岸向东北方向去了,让他回来后沿着渠岸找她。

生产队的地界乱了,人群循着不断变化的信息,随时都会改变方向。有时会遇上几年都没有走动过的亲戚,也会遇到一起长大的姐妹,看着身后一群儿女,她们就会停下来,叙聊一会儿。家长搭上了话,孩子们即可融合起来,男孩见到女孩,羞涩中泛着愣劲;女孩见到男孩,腼腆中低着头,揪着辫子。

一轮圆月挂在天上,光晕的外面繁星点点,潮气上来了,麦秸摸起来皮皮的,风有点凉。困乏的孩子赖着后面,揉着眼睛,嚷吵着要回家。妈妈缓缓地直起身子,手捶着腰眼,摘下帕帕,擦着眼睛,看着月亮问:"片片面好吃不?"

孩子们噗喋着嘴唇,吞咽着口水,稚气地点着头。她蹲着下去,盯着麦茬地说:"没有麦子就没有白面,没有面就没有片片面条吃。现在不拾麦,冬天只能吃红芋,喝玉米粥了。"

孩子们噘着嘴巴,心不在焉地耷拉着脑袋,跟在后面,心猿意马地寻着麦穗。

皎洁的月光下，辽阔的麦茬地白啦啦的，杨树叶哗啦啦响着，草丛中传来蛐蛐吱啦吱啦的叫声。困倦的人提着担笼，像潮水一样，从公墓的坟冢间慢慢回溯，退回一个个村寨，缩到自己的庭院中。栓和跟着妈妈，带着弟妹回来的时候，爸爸正站在门前，向村口瞭望。奶奶做好了晚饭，用碟子盖在上面，见媳妇孙子们回来了，她走到院子，张罗着吃饭。栓娃狼吞虎咽地填饱肚子，爬上奶奶的炕头，感到浑身就像瘫了，骨头散架了，皮肉就像不是长在自己身上，他酣睡了过去。

社员们一年到头的劳作，都是围着"公"字，这几天放任了"私"字，妇女和孩子们背负着全家人对于"私"的执着，在严冬和春天饿肚子情景的牵引下，将赤黄的麦茬地掠了一遍又一遍，瓷实的地面泛起了一层灰土，人群经过，浮起一层烟尘。第三天晚上，捡麦穗的人群归家了，将捡到的麦穗堆在院子里，一家人围着看着，好像看到了一笼笼蒸馍。

大队的喇叭响了，书记吹了几下，说有几块麦地，收割时麦子熟过了，公社驻队干部骑着自行车，看了一下，要求做到"颗粒归仓"，要求各村组织学生，端上碗，到这几块麦地，将散落下的麦粒捡起来。第二天清晨，学校皂角树下的铃响了，童老师赶回学校，带着同学，趁着潮气，捏着麦茬中散落的麦粒。太阳当头的时候，同学们回到场里，将混着灰土的麦粒倒在一起，用木锨拍碎细小的土疙瘩，挥着扬起来，借着风势，将麦粒分离了出来，装在黑色的粗毛口袋，有半口袋多。

4. 站岗放哨

麦子打碾开始了,大队的广播上要求学校在村口布上岗哨。

童老师将四年级的男同学集中在一起,两人一班,站岗放哨。同学们在连环画、电影和广播上耳濡目染了好多英雄少年的故事,做梦都想有个机会,展示一下。老师从屋子里拿出几面旗子,让每个小组用竹竿竖起来,要求同学们穿着白衫子和蓝裤子,系上红领巾,手里握上红缨枪。

栓娃和小明分在一班,按照老师的要求,他们换好衣服,从门背后拿起红缨枪,回到学校。几组人挥着旗子,抬着学校仅有的几张长条课桌,在村口设下了岗哨。小明和栓和同岁,在四年级留级了几年,比栓娃高出半个头。他的长相随了他妈,皮肤白嫩,齿白唇红,见了村里人,总是咧着红红的嘴唇,眯眯一笑。手持着红缨枪,站在村口,他好像变了一个人,嘟着脸,一副英雄少年的气概。

栓娃和小明将桌子放在东头村口的老槐树下。小明将红旗插在粪堆上,他跑到壕岸上,翘着头看着,感到不够醒目。他拔下红旗,爬上弯曲的树干,让栓娃递上红旗,将旗子绑在树枝上。他下了树,站在下面,看着红旗在微风中,随着树枝的摆动,呼啦呼啦地飘扬着,露出了兴奋的笑容。

栓和拎着红缨枪,从西边的村口走过来。他将栓娃叫到边上，扯着红缨，摸着木头做成的梭镖，摇着头说："这木头梭镖不够威风，将那枚梭镖借给我？"

栓娃挠着脖子，瞥了一眼小明，翻着眼睛，瞅着栓和，为难地咪眯笑着。他想说出梭镖惹出的祸，想起爷爷的愤怒，又不便说出实情。他低着头，脚搓着地上的土疙瘩，无奈而又不好意思地摇着头。栓和走前一步，扯着他的胳膊。栓娃退了两步，还是摇着头。栓和拎起红缨枪，举在空中抖动了几下，狠狠地瞪了栓娃一眼，飞起一脚，踹起一块土疙瘩，气鼓鼓地走了。

小明爸是铁路工人，前面有一个姐姐，有爸爸工资的贴补，他妈在队上出工，也是凭着心情。小明妈长得白嫩，不像乡下人，走在田坎上，经常会吸引田间地头庄稼汉的目光，好在小明爸威名在外，即使不在家里，村子的男人们也都收敛着，不敢有过分的举动。

早些年，村子有个少年，叫民权。他不时悄悄地顺着麦草垛子，溜到小明家的院墙后，见四周无人，伸出脑袋，从半人高的粪土进出的用胡基遮盖着的洞口，循声偷窥。一日，小明妈正蹲在茅房方便，墙头的公鸡抖动着翅膀，晃着索啦啦垂下的红冠子，眼睛吱溜转动着，嘎嘎地嘶鸣了起来。一团尘土落了下来，小明妈攥着裤子，挪动着屁股，抬起头，欠着身子，挥手赶着公鸡，猛然间见后墙外面的椿树上，一个就像狗熊一样的影子，眼睛冒着火，出神地盯着自己。她赶紧拎起裤子，捡起一片碎瓦，跺着脚，骂着扔了过去。民权就像触了电，从树干上刺溜垂滑下来，消失在麦草垛子间。

小明妈羞愧难当，她本想找到民权家，泼骂一番，想到这事张扬出去,对自己的名声不好,也就忍了下来。民权躲着在壕里,见村里没有嚷吵声,社员们回家睡觉了,他悄悄地溜回家。他心里惦想着茅房里的西洋景,不时涌出一波波难以自制的偷窥冲动,常常到了半道,他又没有了勇气。见到小明妈,他会低着头,远远地躲开。实在躲不开了,他就低着头,真想钻进地缝里去,随时准备着被斥骂。

小明爸回家探亲,温存过后,媳妇抽泣着,将民权偷窥的事说了出来。小明爸撩开被子,呼地坐起来,腿搭在炕边上,点着一根烟,一口接着一口猛吸着,屁股就像坐在烙铁上,急促地挪动着。他趿上鞋,脸憋得通红,抖动着在屋子走了几步,突然拿起一条棍子,喊着要去教训民权。小明妈赶紧下炕,拽着男人,让他不要冲动。小明爸就像热锅上煎炒的玉米粒,随时都会爆开。小明妈跟前跟后,后悔自己心里装不住事,怕他弄出事端,她想尽办法,用自己的温柔,化解着他的火气。

探亲假就要结束了,小明爸心里的火一直憋着。老婆在厨房做饭,他笑嘻嘻说明天就要走了,想到村子转一下。出了头门,他脚下生风,猩红的眼睛寻视着。民权提着担笼,从壕岸上闪过来。他趄着身子,躲在麦草垛子后面,见民权过来,他掏出洋糖,笑着让他过来。民权一惊,哆嗦了几下,见他和善的笑容,正在犹豫。小明爸一把抓住他的胳膊,将他拎到麦草垛子后面。民权意识到危险,趄着身子想跑,张开嘴巴,还没有哭喊出来,一个抡圆了的耳光扇了过来,他感到面皮移位了,意识间歇性地断开了。小明爸拧着他的耳朵,将他扯到壕下,看见那口老井,他踢开盖子,喊着要将民权投进井里。民权急促地喘着气,用力抽泣着,看着夕阳辉映的壕崖,他想大声喊,就是出不来声。小明爸拎起民权,横在空中,嘴里骂着,将他的头放在井口,攥着他的脚腕子,弯着腰将民权探进井里,一颠一颠地喊着:"我松手了!"

民权就像一只待宰的小鸡,浑身哆嗦着,看着黑麻麻井洞里泛着灰白色的井水,嘴里呜啦号着。低沉的嘶叫在井眼里变形放大,变成了怪异的回声,好像是从地下传出来的。民权感到抓着他脚腕子的手,一紧一松的,他不敢晃动,口水淋进了眼睛,和泪水混在了一起。

小明爸上下晃着民权的脚腕子,慢慢感到他成了一根面条,没有了声息。他思默了一会儿,犹豫着将他提起来,就见民权呆愣地睁着眼,鼻腔的鼻涕冒着气泡。他松开手,民权躺在地上,像一条睁着眼的死鱼。小明爸朝四下瞭望着,抱着民权,弯着腰,悄悄上了壕岸,将他放在茅草垛子前面,一步三回头地溜回家,带上了头门。

吃完晚饭,小明的姐姐嚷吵着,要出门玩。小明爸不让她出去。他抽着香烟,披着夹袄,瞅着月光下墙头的茅草,侧耳听着门外的动静,焦灼不安地在院子走来走去。夜深了,头门外传来了民权妈的哭泣声,一群老太太跟在后面,说娃鬼上身,在家里烧烧纸,诵诵经就好了。小明妈感到自家男人背着她,对民权做了些什么,问了几次,他抽着闷烟,搓着面颊,就是不应声。

月光从窗户洒在炕上,儿女已经酣睡。老婆坐在炕上,撩着银针,纳着鞋底。小明爸靠在窗户下,木然地抽着烟,听着民权家神婆的诵经声,看着被子上映下的窗户的木格格,好像看见了一条条延伸的铁路,他陷入胡乱的沉思中。老婆放下鞋底,打了个哈欠,瞥了他一眼,轻轻地用脚趾踹了他一下,说了声睡吧!小明爸知道,这是老婆临别时的暗示,他叹了口气,让她先睡。他身子向下滑了几下,枕在放在枕头上的手掌间,依旧呆愣地看着慢慢退去的月光。

  小明爸浅睡了一会儿,墙头的公鸡开始打鸣。他想回到梦中,却怎么也回不去。他爬起来,穿好衣服,整理自己的衣物。老婆爬起来,揉着眼睛,看着夜色,懵懂地问咋起得这么早。小明爸抽着烟,蹲靠在柜子前,说得赶早班车。老婆推开厨房的门,生着火,给他下了一碗挂面。他端起碗,稀里糊涂地刨进嘴里,走出院子,听见隔壁的扫地声,他拎起行李,趁着泛白的夜色,闪出了头门。

  民权辍学了,他的魂丢了,眼睛像羊的眸子,变得空洞。村子的人慢慢知道了事情的缘由,见到小明妈,勉强地应付几句,没有了放松的随意。田埂上的庄稼汉抽着旱烟,用复杂的眼神打量着她。民权见到谁,都嘻嘻地咧着嘴巴,傻傻地笑。村子的人可怜他,让他在饲养室帮忙。几年后,民权成了小伙,他总是跟着路上行走的妇女,贴上去,就是傻笑。妇女们知道他是个傻子,并不计较,挥着肩上的农具,回过头责斥几句。他像小孩一样,翘着身子,龇着牙走开了。

  公社的驻队干部,走进饲养室,检查队上的牲口。队长点头哈腰地陪着,后面跟着民权。干部走过槽头,坐在炕沿上,伸手弹烟灰,见炕上靠里的油迹斑斑的老棉被中露出一角纸茬。他好奇地撩了下被子,一股捂了好长时间,说不出的难闻的味道扑面而来。他赶紧扔掉被角，站起来，捂着鼻子走开了。回过头，见纸角露出了一块。他走过去，慢慢将纸从被窝抽出来，原来是一张李铁梅揪着辫子的巨幅挂画。

民权嘿嘿着走过去，要拿那幅画。队长笑着拍着他的脖子，半开玩笑地申斥着。驻队干部拎起来一看，见上面污迹斑斑。他扔掉挂画，猛地捶着炕边，指着民权，大声呵斥道："看起来傻乎乎的，心里想的还是男娼女盗，这明明就是侮辱英雄人物。"

驻队干部抖着手，指着民权，转身对队长说："别让他跑了，我让基干民兵过来，将他捆起来，要开个批斗会。"

民权龇着的牙缩了回去，浑身发抖，趔着身子，低着头，惊恐地哭丧着脸，可怜兮兮地瞥着驻队干部。队长慌了，跟前跟后，赔着笑脸解释着，希望队里解决，不要批斗。驻队干部推起靠在树干上的自行车，严肃地说："傻子不能再当饲养员了，他要再犯了这样的政治错误，你这个队长要兜着。"

民权离开了饲养室，他背着一个布袋子，手里拿着碗，拎着拐棍，开始了乞讨生活。村子的人十天半个月，难得见上他一面。家里的人嫌弃他，他就在村后面的场房住下来。小明出生后，村里的人觉得他随了他妈，长得白净。上学后，他脑袋始终不开窍，村里人这才觉得，他的眼睛空拉拉的，除了满嘴的革命口号，脑子不会转弯。社员们下地回去，围在村口的槐树下聊天。几个小伙抓起土块，站起来指着远方，说壕里有野兔。小明站起来，对着壕望着。几个人抡圆胳膊，扔着土块，指着烟尘，让小明追赶野兔。孩子们知道大人说笑，蹲在土堆上不动，只有小明发疯似的跑向壕里。几个人交替扔着土块，烟尘在他前面冒起，他盯着烟尘，在庄稼地里飞奔，最后气喘吁吁地回来，咧着嘴巴说，没有野兔。一群人说他跑得不快，野兔跑了。一群孩子嘻嘻笑着。小明看着大家，随着笑了起来。

栓和和小明在四年级，留级了几年。栓和成了娃娃头，小明跟在他后面跑腿，却始终入不了流。一群孩子偷瓜偷菜，都要糊弄住小明，他知道了，就会告发。上课回答问题，小明满嘴都是口号。放学回家，别的同学在田埂上游荡，小明见到有人在坡上拉架子车，就会跑过去，笑嘻嘻趴在后面，帮着推车。小明顺着直线的思维，活在口号中，他经常成了别人取笑的对象。随着小明长大，村里的人私下都说他傻。也有人说这是报应。

一群小孩蹲在路边，用树枝画了几个方格子，放下攥在手里褐色的光溜溜的杏核，嬉闹弹碰着，比着输赢。小明走过去，手叉在腰里，抖动着胸前的红领巾，将他们赶走了。孩子跑了几步，回过头，伸出舌头，手扯着面颊，做着鬼脸，嘴巴扑啦着离开了。栓娃想起了家里的羊，推说回家喝水，他牵着羊，来到哨位，将羊拴在壕坎上。壕岸上一阵自行车的嗒嗒声，他赶紧跑上来，见几个戴着红袖筒，背着步枪的民兵，站在那里。民兵连长看着树枝上招展的少先队队旗，瞧着土堆上插着的两杆红缨枪，严肃地问，有没有情况。小明就像王二小见到了大部队，眨巴着眼睛，一板一眼地汇报着情况。民兵连长掏出一包烟，抽出一根，正要点着。小明走上前，趁其不备，拽下香烟，指着柜兜里一堆烟锅和烟袋，严肃地警告道："三夏防火，这里不许抽烟！"

连长没有想到小明会这样，悻悻地晃着头，揣起香烟，竖起拇指离开了。

　　夕阳从村子西头的树梢，洒在街道上，没有了正午炫目的炽烈，变得醇美。打碾了半天麦子的社员们散工了，他们扛着农具，结伙回家。小明站在村口，系着红领巾，盯着每一个路过的人。他们驻步，开着他的玩笑。一群妇女走了过来，瘦癯癯的人群间裹着一位长着红彤彤脸庞，身材肥胖，肚腩上勒着裤带，走起来一晃一晃的中年妇女。小明走上前去，拦住了她，要检查她的裤腰。按照辈分，小明该叫她婶子。她知道小明有点执拗的傻气，嬉笑着趔着，挥着手嬉骂着，并不和他计较。

　　男社员来劲了，指着她的腰肚，笑着说她腹下有麦。小明瞥了眼大家，有了动力，心里涌动着英雄少年的影子。他收住挂在脸上水塌塌松垮的笑容，虎着脸，拽住那位婶子，手刺溜伸进她的衣襟下，来回摸索着。刚松开手，边上的人说往下摸，说不准麦子藏在裤裆里。婶子来气了，一把推开了他，趔着身子想走开。边上的人摆着头，小明就像喝了鸡血，跑上前，抱住婶子，手在她的腹下摸索着。婶子晃着身子，抖开了他，扬起手说："人家民权偷看了你妈，你爸硬是要把人家扔到井里，把人家娃弄傻了。今儿个，你当着这么多人的面，一而再地摸了我，我也不和你计较，谁让我遇到了傻子。"

　　天快黑了，社员们端着碗，蹲在门前吃晚饭。栓娃牵上羊，拿起红缨枪，招呼着小明，准备回家。一个长长的影子，从壕岸上晃过来。小明取下旗子，将桌子放在土堆后面，拉着栓娃，藏在麦草垛子后面。羊嚼着青草，咩咩叫着。小明伸手揽着羊头，另一只手抖着红缨枪，盯着慢慢走来的影子。影子肘上挽着篮子，东张西望，神色有点恍惚。栓娃定眼一瞧，原来是虎子的媳妇。她站在墙角，伸长脖子，向村口张望着，慢慢地顺着墙角，移了过来。

快到老槐树下的时候，小明倏地蹦了出去，一把攥住篮子，撩起上面的青草，下面是几斤混着麦壳的麦粒。

虎子媳妇是陕南人，高高的个子登时蔫了，她拽着篮子，哭丧着脸，哀求着，就是不松手。小明总算有了发现，他拽过篮子，举在空中，对着村子喊着，有人偷麦子了。社员们循声过来。虎子媳妇蹲在树沟边，手捂在头上，怯惧地瞥着。听见大家嚷嚷着老婆的名字，虎子拔腿过来。见这般情形，他走上前，飞起一脚，斥骂着将老婆踹在地上。他挣着还要踢，被边上的人拦住了。他媳妇缩着身子，抽泣着从人群中，惊慌地溜回家。

栓娃和小明将桌子收起来，放在邻居家。小明扛着红缨枪，脸上洋溢着英雄的光芒。栓娃牵着羊，拖着红缨枪回家。虎子家头门外，聚了几个人，他们侧耳听着虎子追打老婆，她发出了尖叫声。大家跺着脚，争执着要不要劝一劝。羊不走了，刨着蹄子，对着人群咩咩叫着。栓娃扯着笼头，撅着屁股，一紧一松地拽着。看见人群中埋怨的眼神和责斥动作，小明唱着歌，迈着正步回家了。

5. 耙柴火

麦子打碾结束了，社员们围着麦堆，筹思着自家能分到多少粮食。

艳阳的烘烤，麦茬地里的土干了，一拨又一拨捡麦穗人群的踩踏，麦根下敷着一层尘土。栓娃站岗放哨的任务结束了，爸爸从学校回来了。吃过晚饭，爷爷蹲靠在院子的柿子树下，说明天得早起，要带上工具，到生产队的麦茬地，挖麦根，耙柴火。

窗户泛白，墙头的公鸡扑棱着翅膀，对着欲晓的东方，引吭高歌。妈妈挥着扫把，吱啦吱啦清扫着院子，奶奶扑哧扑哧地拉着风匣，炉膛的火苗一明一暗，她的脸颊在明暗中晃着。头门咯吱响了，爷爷咳咳着，走了进来。栓娃骨碌爬起来，穿上衣服，揉着眼睛，走出房门。爸爸将架子车翻过来，放在地上，滑着轮子，将鸡毛插进机油瓶中，给架子车的轴承淋油。院墙上靠着用筷子粗的钢丝做成的梯形的耙耙。

吃完早饭，爷爷提着担笼，爸爸拉着架子车，上面放着耙耙和镢头，栓娃提着开水罐罐和蒸馍袋子，迎着朝霞，出了村子。到了岔路口，爸爸驻足回头问：到哪一块地里去？爷爷挥着手说，公墓地里的麦茬高，就去那里。罐子的水摆着，重心不定地晃着。栓娃攥着绳子，怕水溢出来，他走一段，换一下手。爷爷弯着腰，转过身，衬着霞光，手搭凉棚，唤着让他走快些。

空旷的公墓地，没有一个人影，赤黄的麦茬地间，是一片坟冢。路边的青草叶，坠着晨露，打湿了鞋，划在脚腕上凉丝丝的。麦茬丛中，间或有几只蚂蚱在蹦跳，青色铠甲一样的头颅晃动着，长长的须毛摆动着。褐色的地簌簌，伏在草丛中，吱吱地叫着。路边成排的杨树，就像六一节的合唱，手挽着手，随着晨风摆动着树冠。趴在树枝上的蝉，抖动着透明的翼，吱闹吱闹地鸣着。

栓娃放下罐子，踹掉鞋子，往手上吐了口唾沫，搓了几下，腿盘着，抱着树干，脚蹬了几下，爬到树上，随手抓住了一只蝉。他撩起外面的甲，撤掉了蝉翼，攥在手里，下到地上。他感到蝉头和蚂蚱的头颅相似，一个是青色的，一个是褐色的。他弯着腰，抓住一只蚂蚱，让它们头抵头，对望着。蝉缩着头，息声了，蚂蚱抖动着须毛，撩拨着蝉头。爷爷站在公墓地头，霞光中变成了一个长长的影子，他挥着草帽，喊着栓娃。栓娃赶紧扔掉了蚂蚱和蝉，拍着手上的尘土，提着罐罐，赶了过去。

爸爸提着镬头，脚踹着麦茬，在地里走了一圈。爷爷取下了耙耙，放在地上，蹲下来调着铁齿。他站起来，走到前面，将绑在耙耙两侧的绳子拉起来，搭在肩上，指着边上的竹耙，让栓娃压在铁耙上。爷爷拉了一段，栓娃不得法，铁耙耙耨不到柴草。爸爸放下镬头，走过来，接过爷爷的绳子，搭在肩上。爷爷要过竹耙，摁在上面，爸爸弓着身子，在前面拉着，就见铁齿抓着地，在尘土飞扬中，将遗落的麦秸和麦根上褐色的絮絮，耙了起来。栓娃跟在后面，见柴草顺着铁丝，就像织布一样，慢慢地抖动着爬上来。走了半晌地，爸爸停下来，将耙耙翻过来，摘掉铁齿上的柴草，堆成一堆，又开始前行了。示范了一个来回，爷爷接过绳子，在前面拉，栓娃摁着竹耙。爸爸脱掉衫子，穿着背心，往手心吐了口唾沫，搓着拎起了镢头，抡着挖起了麦根。

长长的影子，慢慢地缩成一团。太阳烘烤着大地，旷野上的知了声，此起彼伏，恼人地嘶叫着，两团土尘在赤黄的原野上蠕动着。耙耙到了地头，爷爷放下绳子，走到爸爸那边，弯腰蹲下，挥碰着晒干的麦根，磕掉土块，捡拾着放成一堆。栓娃清理了耙耙，坐在沟渠边，撩着衫子，擦着汗，眯着眼睛，瞥着头顶的太阳。盯着铁水一样的日光，他晃了一下头，太阳变成了边上泛着紫晕的黑坨，他赶紧闭上眼睛，待黑坨的眩晕散去，睁开眼睛，眼前依旧飘着紫黄色的光絮。

麦茬丛中，黄色的软嘟嘟的肉团蠕动着，黑豆一样的眼睛挺起来，警觉地睇溜着四周，黄中泛白的唇上，几根灰黄的须毛翘着。栓娃揉着眼睛，定眼一看，是一只田鼠。他慢慢地抬起屁股，弯着腰，一挪一停地走过去。田鼠看见静止的他，就像看到了一根树桩，扑溜着凸起的眼珠，眨巴摇着头。他轻轻一挪，田鼠缩着身子，强健的后腿蹬起，蹦跶着离开了。栓娃举起手，缩着身子，扑了过去，麦茬呛在脸上。他赶紧站起来，撒腿又追了上去。爷爷转过头来，从土尘团中走出来，将他叫住，让他过去弹麦根。

栓娃心里痒痒的，他边走边找寻田鼠，蹲在爷爷后面，挥着麦根，他还在打量着坟堆间的动静。坟头上缀满了牵牛花，茅草穗穗迎风舞着。他站起来，舒展了几下腰，突然看见两只田鼠，蹲在坟头，扑朔着前爪，竖起耳朵，吹着须毛。他捡起一根树枝，弯着腰，悄悄走过去。爷爷转过脸，喊了一声，他僵住了。田鼠机灵地缩了下脖子，吱溜消失在草丛中。

爷爷站起来，眯着眼，瞅了一眼日头，走过去搭上绳子，又开始耙柴了。折返回来的时候，栓娃见远处的马路上，闪过来两个影子。影子越来越大，到了田头，他才看清是栓和和二蛋。栓和手里拎着水桶，二蛋提着担笼，两个人推搡嬉闹着，走了过来。栓娃挥着手，问他们干啥。栓和还在惦记着梭镖的事，低着头，没有吱声。二蛋扬起脸，刚要说话，栓和扯了一下他的胳膊，他低着头走了。

栓娃摁着耙耙，三心二意地跟在爷爷后面，不时瞥着他们。栓和蹲在一堆虚土边上，用铲子刨着，挥着手，让二蛋到水渠的窝水中提水。他接过水桶，刚要倒水，又放下水桶，脚踹着青草，低头巡看，看见一个鼠洞。他用铲子刨了几下，跪在地上，耳朵贴在洞口，听了一会儿。他让二蛋守着洞口，返回提着桶，对着虚土间的洞口灌水。水泛着气泡，吱吱渗流着，就像人喝水，水停住了，随着一声咕咚，瞬间就没了。他又灌了几下水，铲着土，耳朵贴着洞口，听上一会儿，抬头问二蛋那边的情况。栓和提着桶打水，刚装上水，就见二蛋蹦了起来，喊着在草丛里狂追。栓和放下桶，撒腿跑了过去，二蛋用泥手抹着额头，喘着粗气喊道，田鼠跑出来，逃走了。

耙耙回到了地头，爷爷放下绳子，蹲下去，端起水罐，仰起头，咕咚喝了几口。他瘦弱的胸膛一起一落，水流顺着蠕动的喉结，流进肚子。他放下罐罐，抹着水淋淋的嘴巴，侧头看着日头，喊着歇息一会儿。爸爸放下镢头，拎起衫子，走了过来，拿起馍袋。他们走到渠边的树荫下，攥着蒸馍，掰成一块一块，放在嘴里嚼着，不时喝上几口水。

栓娃使劲地嚼着蒸馍，眼睛盯着栓和那边，一连打了几个嗝。见他心慌的样子，爷爷摆着手，给他放假了。他端起水罐，吱吱吸了几口水，放下罐子，跑了过去。栓和虎着脸，一只腿站着，另一只腿跷在地上晃动着，偏着头瞥着栓娃，手指着桶，点了几下。栓娃嘿嘿笑着，拎起桶，跑向窝水。

栓和找到新的田鼠洞，他和二蛋守着两个洞口，手里拿着一根草枝，在洞里戳着。他接过水桶，灌上水，让栓娃再去提水。几桶水灌下去，二蛋跪在地上，见水冒出来，兴奋地挥手叫着。栓和让他盯紧洞口，二蛋见水面不停冒着气泡，说田鼠快憋得不行了，就要出来。栓和扔掉了草枝，喊着让栓娃折一条树枝过来。栓娃踩着杨树上的结疤，折下一根树枝，扯掉旁支，在空中挥舞着，跑了过来。栓和接过树枝，慢慢探进洞中，气泡一个接着一个，他感到枝头软嘟嘟的，便缓缓抽出树枝。

栓和趴在地上，将头贴着地面，眼睛盯着冒泡的水洞。他瞪了栓娃一眼，挥着手，让他躲起来。栓娃走到栓和后面，将头贴在地面上，不时忍不住抬起头，瞥着洞口。澄清的水荡漾着，水下的泥流泛了起来。栓和搓着手，将两只手掌展开，形成合围之势，放在洞口。泥水中蹦出了几根须毛，接着是裹着泥浆的耳朵，田鼠扑哧着，刚露出脸，眼睛还没有睁开，就被栓和捏在手中。水洞还在冒泡。他将田鼠交给了栓娃，过了一会儿，又逮住了一只田鼠。水洞平静了，他们走到窝水边，给田鼠洗了个澡。二蛋提来一个竹笼，抽开上面的栅栏，将田鼠放在里面。

栓和拎着笼子，撩着田鼠，懒洋洋靠在渠岸的斜坡上。几只蚂蚱蹦跶着，爬上了他的腿肚子。他慢慢抬起腿，抓住几只蚂蚱。他招呼着大家玩游戏，输掉的蚂蚱用来喂田鼠。二蛋从裤兜掏出一根细绳子和两根钉子，他捡起一块砖头，在渠岸瓷实的地上，竖起两根钉子，将绳子拴在钉子上绷紧。栓和挑拣了两个蚂蚱，扯掉翼，搭在绳子两头。他和二蛋拿着一片瓦，在钉子盖上捻搓着。钉子的震动，传到绳子上，蚂蚱顺着抖动的绳子，就像皮影一样，向前挺进，狭路相逢，互不相让，随着抖动的力量，撕咬在一起，败者从绳子上掉下来。

栓和捡起蚂蚱，手指蛋捻住，扯掉须毛，捏着它的尾，在笼子前晃动着。田鼠缓过神，瞄着嘴巴前的蚂蚱，没有兴趣地调转头，尾巴抖动拨弄着。栓娃贴着栓和的耳根说："田鼠吃草，不吃肉！"

栓和转过脸，瞪着眼说："蚂蚱就是草！"

二蛋看着栓和，用树枝拨着田鼠，想再试一下。栓和嘿嘿地冷笑着说："我就爱看猫吃辣子，狗吃蒜。"

栓和抽开框框，捏着田鼠的耳朵，将它拎出来。他捡起一根树枝，戳开它的嘴巴，将口腔翘起来，将蚂蚱塞进田鼠的嘴中。田鼠的头缩着，嘴巴僵住了。栓和的两个手指，弹着它的嘴巴。田鼠龇着牙，反抗地撩了一口，他的手指现出一道红痕。栓和毛了，他捏着田鼠的头，捡起一块碎砖，对着田鼠的门牙，敲了几下。田鼠颤抖着身子，吱啦吱啦挣扎着，门牙掉了，泛着血丝。他又抓起另一只田鼠。二蛋说："这只没有错。"

栓和笑着说，它伤了我，咱得让它们连坐，它们是一家子。

夕阳西坠,爷爷挥着草帽,喊叫着栓娃。栓娃回到田头,和大人一起,将麦根和耙成一堆的柴草,装上架子车。爸爸架着车辕,在前面拉着,他在后面推着,爷爷提着罐罐,弯着腰跟在后面。栓和和二蛋追了上来,提着笼子,两只掉了牙的田鼠没有了欢实劲头,僵窝在笼子里。爷爷问:"田鼠有啥用,快放了!"

栓和摇着头,嬉笑着说:"听我九爸说,南方的人就爱吃这玩意。我想拿回去,在壕里烤一下,尝尝味道!"

暑假
shu
jia

1. 配种

爷爷牵出母牛和驴，拴在饲养室前的槐树上。二蛋他爸是兽医，蹲在牲口胯下，抽着旱烟，盯着牲口屁股流下的黏液，说老黄牛和驴该交配了。队长交代会计，打开饲养室后面库房的门，按照标准，称了半袋子黄豆瓣，又装了几十斤小麦。爷爷将牲口和人的口粮搭在驴背上，牵着牛。栓娃放暑假了，队上算半个劳力，他牵驴，跟在爷爷后面。他们沿着渠岸，去二十多里外的配种站。

渠水静静地流着，岸边成排的杨树在阳光下，扭动着柔软的身子，好像在打太极，叶子哗哗作响。知了吱吱地尖叫着。社员们在锄地，发出哧哧的声响。爷爷觉得，这旱地就像吃杂粮菜根的人，没有什么力气；水地就像吃白面的人，总有使不完的劲。

驴没见过这么多水，总是在靠近田垄的一侧，迈着蹄子。前面是干渠的分水闸，远处就听见咆哮的水声。驴子的耳朵不停地转动着，撅着屁股，不肯往前走。爷爷将母牛的缰绳，给了栓娃。他拽住驴的笼头，用衣衫蒙住驴眼，捡起地上的树枝，吆喝抽打着驴屁股。母牛不停地吐着舌头，喷着气，耷拉着耳朵，跟在驴后面，过了水闸。

爷爷取下了衣衫，驴的耳朵耷拉下来。他让栓娃跨坐在驴背的黄豆口袋上，讲述着施公断案的故事。驴蹦跶着蹄子，在凹凸不平的路上颠着。坐在驴背上,下面没有蹬的,尽管夹着双腿,栓娃还是感到一粒粒破开的豆瓣,隔着袋子和裤子,随着不停地晃动,钻进他大腿内侧的肉里。电影里的英雄少年,常会骑在马背上。他一直向往跃马扬鞭的感觉,听着故事,他忍着麻痛和刺肉的不适,咬牙在驴背上颠着。

到了配种站,爷爷把母牛拴在树桩上,挥手让栓娃下来。栓娃咬着牙,想抬起腿,就是下不来。爷爷觉得讲了这么多名人故事,孙子还是不坚强,便走过去,将他抱扶下来。栓娃脚着地,腿像冻僵了一样,罗圈着恢复不过来。他感到屁股热辣辣的,伸进去一摸,手指上沾满了血。他脱下裤子,见裤裆上浸着血迹,大腿内侧尽是发红的一粒粒豆瓣形状的坑。爷爷没有料到这种情况,让他坐在柴草上,走进去和配种站的人,嘀咕了一阵子。

配种站的村子,有一位爸爸的卫姓同学,住在村头。爷爷懂牲口,每年这个时候配种,都住在他家,和那家人很熟悉。他牵着驴,看着孙子跨着腿,还是站不起来。他指着驴,让他重新上驴。栓娃一个劲地摇手。爷爷将牛背上的小麦袋子,放在黄豆麻袋上面,示意他横坐在上面。栓娃迈着罗圈腿,站起来,在爷爷的抱扶下,坐了上去。

卫家老汉叼着烟锅,站在门前,见他们过来,快步走过来,笑着说:"来了!老五,我估摸着,你也该来了!"

爷爷将驴背上的小麦袋子卸下来,又解下驴脖子上的一个小包包,递给卫家老汉,笑着说:"这是我的旱烟,给你的。"

老汉摸着栓娃的头问:"孙子?都这么大了!"

爷爷点着头,嘿嘿应着。

村子在渭北土塬和关中平原的接茬处，向南下几里路的斜坡，就是八百里秦川，向北就是几十里宽的塬上。树上拴着各个村子来配种的牲口，地上放着盆子，里面盛着草料。牲口吃着草料，东张西望地看着一溜同性的朋友，焦灼地仰起头，向空中喷着气。健马发出一阵阵嘶鸣，闷驴拉着长音和着，母牛吐着舌头，哞哞地叫着。

配种的人蹲在门前，吧嗒吧嗒抽着旱烟，交流着收成和牲口的情况。牲口用脖子搓着树桩，扬着尾巴，挥打着蚊子，随即就是嗒嗒而下的粪便。搭伙的人家，提着铁锨，将牲口的粪便集在一起，用干土盖上。栓娃和卫家的孙子一般大。卫家孙子领着他，在村头地间疯跑，交流着村子的秘密。

清晨，爷爷将牲口牵到配种站的栅栏里，拴在墙上的铁环上，走出来，蹲在栅栏边。房间里走出两个人，手里端着脸盆，走到牲口的屁股后面，喊一声："哪个村的？"

所属村子的人，嘿嘿着走过去，给配种师发烟，聊着牲口的情况。配种师挽起袖子，在盆子里洗手，涂上肥皂，来回搓弄着，满手都是泡沫。徒弟将牲口牵到特制的长方形围栏中，堵上后面的木棍。配种师走到牲口的胯后，撩起尾巴，用满是泡沫的手，吱溜伸进胯下，刚开始是拳头，中间时候是臂肘，最后就是大半个胳膊。配种师调整着胳膊的深浅和方位，闭着眼睛，感受着里面的状况。牲口不停地晃动着尾巴，胯部颤动着，仰起头喷气嘶鸣，扭头看到身后，站着一个没有自己高的异类，甚是不解，不停地向后尥着蹄子，无可奈何地接受了这样的现实。

配种师抽出胳膊，在盆子里洗了几下。他站起来，接过徒弟刚抽出的温度计,拿过夹子,查看前几天的记录,思默了一会儿说:"不行,再等几天吧!"

来配种的社员弯着腰,嘿嘿点着头,牵出牲口。

爷爷蹲在洋槐树下。栓娃和卫家的孙子在栅栏外面嬉闹着,他们跑了进来,站在他身边,好奇地看着配种师。检查完牲口,配种师洗完手,拿起本子,喊着可以配种的名字。听到"槐树寨的驴",爷爷随着大家,将牲口牵到另一边,拴在房子的前面。

徒弟围着牲口群里走了一遍,选了一匹枣红色的母马,牵到长方形的木栅栏里,没有架上后面的护栏。母马摇着尾巴,晃动着身子,耳朵矗起,不停地转动着,马头高仰,惊慌地张望着,一阵嘶鸣。

配种站的侧门轰然打开,随着一阵吼叫和噗噗的喷气声,一匹白底黑点的俄罗斯公马,扯着缰绳,咆哮着颠出来。配种师勒着缰绳,种马奔跑的惯性,似乎要将他拎起来,他飞快地跟跑着,脚好像没有着地,只是在空中打转转。看到跑出来的公马,母马扬起头,嘶叫了一声,尾巴翘起,不知是激动,还是紧张,后腿抖动着,向前拱,挤得栅栏前面的护栏,吱吱作响。

公马前蹄腾空,肚子下面吊着的家具,一涨一落,在空中颤动着。在空地上转了几圈,见兴起得差不多,到了母马的胯后,配种师使劲勒住缰绳,公马停下来,前腿不停地在地上刨着,肚子一鼓一缩地喘着气,身子向前一弓一拱的。配种师倏地松开缰绳,在公马的臀部抽了一鞭子,喊了声:"起!"

公马身子往后缩了一下,跑了几步,腾起前蹄,呼啸着趴在母马的身上。配种师手挡住勃起的雄物,徒弟将好像暖壶一样的东西，接在公马的胯下，手飞快地捋搓着种马的物件。种马喘着可怕的粗气，低沉地嘶吼着，浑身向前不停地抖动着，胯下之物没有进入母马的身体，却在配种师的手掌中，狂怒暴起，一股白色的液体，吱啦射进暖瓶里。

种马身体随即松弛下来，踉跄着从母马的背上下来。枣红色的母马，抖动着臀部，后蹄撩了几下，回过头看了种马一眼，好像在说："你这个中看不中用的家伙，和骡子没有啥两样！"

配种师坐在板凳上，抽着烟，眯眼看着太阳，估摸着时间。徒弟摆弄着工具。他在砖头上磕掉了烟灰，将烟锅放在窗台上。看着一排马驴的胯，他接过足有二十厘米长的玻璃吸管，将头插进暖瓶里，捏着吸管顶上拳头大小的皮球，白色的液体顺着玻璃管爬了上来。他走到母马的胯后，徒弟赶紧揭起尾巴。他瞄了一下位置，将吸管插了进去，挤着红色的皮球，吸管里的液体，便到了它梦寐以求的地方。

母马好像没有感觉到，依旧平静地晃着头。栓娃坐在地上，手撑着下巴，目不转睛地盯着，觉得怪怪的。便问卫家的孙子："管子里白白的是什么？"

卫家孙子神秘应道："村子的大人说，那东西肉眼看不到。用放大镜看，里面都是游动的小马。"

栓娃转过头，不解地问："马还会游水？"

卫家孙子一脸茫然地摇着头。栓娃想到大人搅水时，有时桶底会有游动的小蝌蚪。爸爸说那是青蛙的儿子，长大后就成了蛙。莫非那白色的液体里面，也游弋着桶底蝌蚪一样的东西。他挠着头，百思不得其解。

夕阳西下，爷爷牵着驴，讲着故事，走到塬的南沿。驴在坎上吃草，爷爷蹲在地上，眯着浑浊的眼睛，眼前是看不到尽头的南山，脚下却是一望无际的青纱帐。看着山峦上好像蛛蛛网一样的小径，栓娃想象着山的南面，会是一个什么样的图景。红彤彤的夕阳，照在爷爷的脸颊，映出带有红边的轮廓。他感到爷爷就像墙上贴着的勒着羊肚肚手巾的放羊老汉。

栓娃扑闪着眼睛，指着远处的山，稚气地问："爷爷，你去过山的那边吗？"

爷爷摇着头。他又问："山那边是啥地方？"

爷爷说："四川吧！"

栓娃懵懂地看着爷爷。他补充道："你虎子叔老婆的娘家，就在那边！"

栓娃一下知道那里人讲话的口音，他以口音为洞，窥思着山外的景致。

忙活了一个多星期，东西总算放进了牲口的肚子，单等着牲口的肚子慢慢大起来。爷爷和卫家老汉道别，牵着牲口回家了。栓娃没了骑驴的奢望，他跟在后面，牵着母牛的缰绳。水闸的咆哮声更大了，闸门上堵满了柴草和家畜的尸体，远远就闻到一股恶臭。爷爷勒住驴的笼头，驴子没有后退，竖起耳朵，嗒嗒过了水闸。驴子去的时候任性，回来的时候，就不再是一头驴了，变得稳重又富有责任感了。将牲口拴在渠边的树下，拔了一堆青草，撒上没有吃完的豆瓣，爷爷蹲在边上，摸着牲口的嘴唇，用草帽扇着凉。

2. 暑期基训

照惯例，教师们要带上铺盖，暑期集中在公社初中基训。上午是文化课学习；下午是政治学习；晚上是讨论批斗。文教专干带着几个人，旋风一样地穿来串去，寻找和政治运动契合的议题。

爸爸是老牌的高中毕业生，在生产队做了两年会计，后成了一名民办教师。在家里，一切事情都是爷爷做主，他是一个不折不扣的执行者。爷爷谦让、包容和息事宁人的教化，使他软弱得没有一点抗争精神，更不会对别人吆五喝六。

教师聚在一起，聊到收拾学生的经验，他总是默言静听。爸爸很少体罚学生，学生都不怕他。假日，他按照家里的部署，不是在集市上卖旱烟，就是在集市上卖猪娃，有时还会卖一些从西安废品站上买回来的废旧的绳头。

几年来，爸爸都是暑期基训批判的典型。文教专干觉得他性格好，没有反抗，慢慢就将他固定下来。基训快结束时，一般都是对他集中批斗。有良知的老师同情他，不会趁机添油加火，野心勃勃的人，对照政策，上纲上线，恣意表现自己的天赋。

爸爸推着破旧的加重自行车，后面绑着铺盖，前面挂着装着碗筷的网兜，低着头走进了初中。敷着一层尘土和柴草的路面，坑坑洼洼。自行车的撑子，弹着后轮的轮瓦，发出咔嚓咔嚓的声响。敲钟老汉端着脸盆,走出门房,准备泼掉盆里的洗脸水。平时,见到老师出入,他会站在门口,笑着打个招呼。爸爸进去的时候,他知道他就是会上集中批斗的对象,看到他,就如同看到基训会结束时,学校的厨师牵着羊,从门口经过一样,那将是最后美味的盘中餐。老汉将手中的洗脸盆晃动了几下,憋了一口气,抡圆了,泼了过去。水珠连同水珠激起的泥粒,溅到爸爸的裤腿上。他停下来,看着转过身的敲钟老汉,无可奈何地摇着头。

先到的老师,有的在操场打球,有的蹲在路边的杨树沟坎聊着天。爸爸低着头,不和别人主动打招呼,如果有人同他打招呼,他便勉强地笑着应一下。取下了铺盖,摆放在床铺上,将碗筷放在桌子上,走出教室,他独自蹲在没有人的教室的背阴处,捡起一根树枝,在地上画着。他不能再像往年一样,随着人群闲聊,不经意的说话,可能都会成为后面批斗自己的口实。

教师队伍中,爸爸算是素质高的。刚开始那几年,还有老师拿着课本,向他请教题目,业务培训时,他常上台,讲解问题。这几年,只要他发言,无论讲得内容如何,好多人都会用不屑的眼神瞥着。他告诫自己,这样的环境中,自己就像一只可怜的田鼠,只有老老实实待在洞里,才会安全些。

县上派来高中老师,辅导高中数学。爸爸呆愣愣地坐在后排靠窗的位置。老师一连提了几个问题,没有人回答,他摇头笑着。临下课时,他在黑板上写了一道题,让会做的人上台。大家面面相觑,前排那位小学校长站起来,看到爸爸坐在后面,招了一下手,让他试一试。爸爸怯愣愣地站起来,笑着摇了摇头。他感到与自己年龄经历相当的老师,大都投来了柔性的目光,刚进来的年轻人,目光犀利,带着点点的不服气。

午饭的时候,大家拿着碗筷,拥向食堂。爸爸靠在被子上,无神地看着窗外杨树哗哗飘动的叶子,不知道后面人家还要怎么摆摆自己。吃完饭,大家回到宿舍,他夹着碗,低着头,默然走向食堂。

政治学习的时候,先由班长读完一份文件,然后大家对照发言。文教专干坐在主席台侧的桌子后面,不停地记着。年轻的教师热情高涨,挽着袖子,站在讲台上,慷慨陈词,不停地瞥着专干。发现专干认真做着笔记,他们就会面带笑容,更加来劲。有的年轻教师,见专干一直板着脸,冷冷地听着,就会终止正讲的话题,进入第二个段落,如果专干还是那个样子,他就会涨红着脸,若有所失地惆怅地离开讲台。教师们总结着专干感兴趣的话题,寻找规律,准备着接下来的发言。

教师基训过了一半,爸爸按照今年斗争的动向,准备检讨稿子。他将自己做点小生意的事,上升到政治的高度,深刻剖析。他依旧忐忑着,不知能否过关。上课的时候,他在本子上,列着检讨的提纲,揣摩着提纲下面的内容。

爸爸站在讲台边,低着头,检讨自己。年轻教师认真听着,飞快地记着。检讨结束,主持会议的老师说开始批斗。青年教师的手,哗哗地举了起来。专干用鹰一样的眼睛,盯着下面,几个老教师低着头,缓缓地跟着,举起了手。年轻教师雄赳赳走上讲台,按着这几天总结出的专干兴趣,恣意将他的行为上纲上线。动情之时,他们挽起袖子,将讲台擂得咚咚响。专干笑着,点着头看着年轻人的表演。

批斗结束后，爸爸拿着碗，跟着一群人吃午饭，听大家聊天，有时插上几句话。他记得去年批斗完，自己心里闷得慌，就捂着头，蒙着被子，睡在通铺上，没有吃饭。下来批斗的时候，几个老师说他消极对抗批评，心里还是有个坎，需要继续帮助。今年，他总结经验，尽管内心十分难受，依旧强装笑颜，希望再不要被别人抓到把柄。

吃完饭，教师们躺在通铺上午休。窗外杨树上的知了，尖利地鸣叫着，一拨高过一拨。通常青年教师学习文化课的时候，早就午休了。今天，他们聚在教室前面的树荫下，窃窃私语，有几个趴在水泥球台上，画着写着。爸爸闭着眼，设想着下午的情形，胸口憋着一口气，他只能加快喘气，缓解不适。恍惚中，他止不住，默默地流下了眼泪。

铃声响起，爸爸调整着情绪，无神地坐起来，怏然发愁地望着屋顶。文教专干个子不高，面颊清瘦，无言的时候，面颊骨清晰的纹路不断蠕动着，嚼咀食物和吞咽口水时，腮骨就会晃动。他很少对教师笑，即使年长的语文老师，看到专干这般模样，心理纳闷着给学生教的咬牙切齿的成语，是不是错了？那是形容坏人的，现在，管着自己的专干，高兴、吃饭和不言语的时候，都在咬牙切齿，真不知该怎么给学生解释这个成语。几年以后，公社和民间干脆就将文教专干，私下叫成了咬牙切齿。专干骑着自行车，在学校转悠。老师站在讲台上，见着他的身影，说一声咬牙切齿，学生们顿时瑟瑟地端坐着，立马安静了下来。学生怕老师，老师见到专干，又像老鼠见了猫一样，学生心目中，专干比老师更可怕。

专干噗喋着嘴唇，腮骨随着节奏蠕动着。他用破锣嗓子，咬牙切齿地说："上午的会，开得很好嘛！对这种资本主义思想和行为，就是要找原因，从本质上深深地批，狠狠地斗。县革委会文教组领导，对我们的会很重视，明天上午过来，要做总结讲话，到时还要再批上一阵子，要给领导留下好的印象。"

青年教师好像喝了鸡血，抬起手，使劲地给专干鼓掌。他们摩拳擦掌，又像打了兴奋剂，涨红着脸，洋溢着勃勃的革命激情。爸爸低着头，站在讲台边上，没等点名，一个年轻的小学校长就跑上讲台。他学着专干的样子，狠狠地咬着牙，瞪着赤红的牛眼，盯着爸爸，晃动着脑袋，似乎要让台下的人，看清自己两腮抖动的骨头。他挥动着颤抖的手，气得语噎，接不上气，憋了几口气，激动地说："上午，大家本着无产阶级感情，对他进行了耐心细致的批评。没有想到散会后，他还像没事一样，又说又笑。我看咱们批评的仅是皮毛，还没有触及他的灵魂。"

爸爸有点晕，知道自己又错了，但他真的不知道，什么是对的。批斗会快结束时，专干说："晚上继续批斗，要挖深挖透，保证明天上午的批斗质量。"

大家走开了，爸爸还站在讲台上。专干支走身后的年轻人，走过来，用本子拍着他的背。爸爸呆愣地哆嗦了一下，看到专干对他笑，虽然腮骨抖动，感到笑中还是有点点的温情。专干说："行了，坐下吧！等一下吃饱饭，晚上才能站得稳。"

食堂飘着带有羊膻的香味，老师们拿着碗筷，在食堂餐台前排队。每个人两个坨坨馍，一汤匙左右的羊肉末。教师们掰开馍，放一点羊肉，浇上肉汤，端在手里，蹲在地上，呼啦呼啦地连吃带吸。好多人从包里，拿出馒头，将剩下的肉放进去，再吃上一碗。家靠近学校的老师，将浇上肉汤的泡馍，用饭盒带回家。

爸爸低着头，夹着碗筷，向食堂走去。他一直琢磨专干的神态和言语，心里似乎放松了好多。想到生产队杀猪，杀猪前总是让猪暴食一段时间，说是在追膘，专干会不会也在让自己追膘，他不敢往下想。

爸爸端着碗，排队浇羊肉汤。前面的老师递过老碗，厨师都会笑着接过去，用勺子在搪瓷盆子里钩一小块羊油，淋在沸腾的锅里，融化倒进碗里。他将碗递过去，厨师爱理不理地接过去，板着脸，用勺子划开了汤锅面上的油层，在深处舀了一勺子清汤，倒进他的碗里。他挥着手，示意再加一勺汤。厨师摆着手，让他赶快走开。

爸爸将碗放在桌子上。别人碗里，满满一碗肉汤，上面飘着好似海洋中岛屿一样的羊油。自己碗里只有半碗汤，清亮得没有什么油货，只有盐和五香粉的味道，他有点难言和无奈。吃了一顿羊肉，他感到浑身发热，心里似乎想开了好多。

文教专干没有来，主持会议的老师让大家缓一缓。专干在外面和人说话，咳了几下，好像走了过来。一位青年教师赶紧跳上讲台，动情地开始批评，由于过于卖力和激动，加上晚上的羊肉吃得太饱，没有讲几句话，就开始不停地打嗝。他憋着气，涨红着脸，刚要讲话，又是一串饱嗝。大家一片哄笑，他心有不甘地下台了。

专干通知公社的干部,到学校吃羊肉,请大家赏面。估摸着教师吃完了,公社干部陆续走进了学校。革委会张副主任是部队转业干部,被结合进了革委会班子,一年四季,他都是一套没有领章帽徽的军装。路过教室,见亮着灯,坐满了人,他好奇地走过去,贴着窗户,看到爸爸站在讲台上,正在开批斗会。他没有作声,离开了。吃饭的时候,文教专干跑过来,坐在他的身边。张副主任喝了一口汤,瞥了他一眼,随口问:"犯了啥错?那么多人批斗!"

专干笑着说:"教师暑期基训,按照上面的要求,每年都要有个典型,要开批斗会进行帮助。这个人,放假总在做生意,影响不好!"

张副主任没有作声,吃着泡馍。他将老碗推到边上,抽出一根烟,专干赶紧给他点上。他深深地吸了一口烟,看着窗外,缓缓地说:"群众生活很苦,国家给群众划出自留地,也允许社员们有一点家庭副业,这是党的政策。有副业,就会有东西要卖,这也正常。当然了,贩卖就要批评了,还是要以帮助为主。"

专干点着头说:"他是个老好人。教学不错,从不体罚学生。我心里也觉得有点对不住他,但上面有要求,又不能不做呀!"

躺在通铺上,听着左邻右舍鼾声四起,爸爸脑子里不断闪动着批斗会的画面,臆想着明天的情景,他心里发凉,额头渗出一层冷汗。尽管思绪万千,内心惊悸,他不能翻来覆去,更不能唉声叹气,不知是否还有眼睛,在盯着自己,也不知自己尽量拘束的行为,是否还会招来出其不意的批判。他感到浑身胀痛,想翻个身，又恐怕别人关注自己，只能先将腿侧过去，见没有反应，再将臀和腰转过去，窥视了一会儿，最后才将头和背转过去。他眯着眼，看着窗外的明月和婆娑的树影，听着均匀的呼吸声和此起彼伏的鼾声，他的心始终悬着，迷迷糊糊中梦到自己被一群青年人围着殴打，专干咬牙切齿地挥着手，嘶喊着。

  暑期基训终于结束了。最后的批判会温和了许多，没有爸爸想象的那么恐怖。他觉得专干的温情是真实的，他也有难处，追膘那是自己想多了。走出校门，他长长地叹一口气，张望着停顿了一下。敲钟老汉站在台阶上，那冰冷的眼神，让他浑身发毛。

  回到家，一家人在厨房吃饭。爸爸伤感地说着基训的事，对爷爷嘟囔了几句，婉转地期望体谅一下他，别为了赚钱，让自己难堪。爷爷抹着浑浊的眼睛，轻描淡写地说："人这一辈子，要经历的事很多，过去了也就过去了！"

  栓娃趴在炕边写作业，爸爸在边上辅导着。妈妈盘腿坐在炕上，摇着纺车。爸爸抽着旱烟，靠在炕头，盯着窗外墙头的茅草，絮叨着教师基训的事，透着伤感的神情。栓娃咬着笔帽，专注地听着，心里替爸爸难过，期许自己快点长大，不让爸爸再受这般的委屈。

3. 看电视

村子西北的抽水站，大门总是关着的，间或可以看到有人从坡下的抽水机房上来，将门开个缝，闪进去。瓜果成熟的季节，水利上的段长，交代各个斗长，拉一些瓜果，送给抽水站。

社员们下地收工，经过抽水站，都会好奇地瞅上几眼。抽水站出来的自行车，都是轻便的，链条上毂着一个铁盒子，看不到链条。凹凸不平的路上，链盒就会发出咣当的响声；路面平坦时，会听到辐条与空气摩擦的嗡嗡声。抽水站的人，总是穿着白白的衬衣和短裤，微风中忽闪忽闪的。衣背上不会有好似地图一样的汗渍，皮鞋上更不会沾着牛粪鸡屎。

抽水站买了台十四英寸的黑白电视机，村上的人不知道。围墙里一个高耸的白杨树梢，伸出一个有着好多铁刺刺的银色的架子。田间歇息，社员们蹲着抽烟，指着那个东西，讨论着。

站长姓孔，村子的人都叫他老孔。批林批孔运动开始了，看着老孔骑车的背影，大家改口叫他孔老二。小孩子知道后，每每见到老孔骑着自行车经过，就会成群结伙地跟在后面，跑着喊着孔老二。老孔不生气，朝着孩子们笑一笑，因为他兄弟四个，他排行为二，自己同族的平辈兄弟，也叫他老二。

仲夏的傍晚，抽水站将电视机抬出来，放在屋檐下的台阶上。大家摇着扇子，挽起裤腿，坐在凳子上，边聊天边看电视。

天麻麻黑的时候，社员们扛着锄头，路过抽水站的门口，听见里面有电台的声音，却是十分喧闹，臆想着抽水站的人在看戏。

虎子放下锄头，摘下草帽，弯着腰，撅着屁股，将头贴在门缝上。白光一闪一闪的，人的面颊一亮一暗。他抬头看天，没有一丝云彩，更没有闪电。他愣愣地转过身，向大家挥了下手。几个社员快步走过来，伸出头，用着不同的姿势，将头贴在门缝上。从上到下的门缝，闪着一溜刺溜乱转的眼睛。

社员们慢慢知道了抽水站的秘密。老年人淡漠，青年人向往，孩子们狂热。放学回家，栓娃扔下书包，攥着馒头，坐在头门前的石墩上。二蛋拿着半根葱，攥着馍，嚼着走了过来。栓和提着担笼，咬着玉米塌塌，挥了一下手。栓娃回到院子，提着担笼，随着二蛋走了过去。

到了涝池的葫芦头，小明咧着嘴巴，笑嘻嘻地从柴火垛子后走了过来。他挥着手，让他们等一下。栓和转过头，瞥了一眼，哼着说了一声"蒲志高"，加快了速度。二蛋回身迎上去，伸出胳膊，拦住了小明。栓娃走上前，凑在他耳朵边说："你舅来了，车子前挂了一袋子吃货，你还不回家！就知道乱转。"

小明眨巴着眼睛，犹豫了一下，笑着跑回村子。

站在抽水站的窝水上面，看着水管涌出的水流，腾着浪花，在水槽中盘旋，栓和拿起一个树枝，撩着漂浮的柴草。二蛋站在水泥台上，见绿油油的青纱帐间，有一块瓜地，地头是一间用草秸搭成的人字形的瓜棚，几个人蹲在前面，正在吃瓜。他将栓和叫过来，让他看那片瓜地。栓和甩掉了树枝，走下斜坡，躺在坡面上，跷着二郎腿，揪了一条草秸，咬在嘴里噗喋着。二蛋躺下又坐起来,瞅着那片瓜田,咽着口水。栓娃挥着镰刀,在渠岸下割草。

夕阳下,翠绿的青纱帐变成了墨色,晃动的玉米叶子镀了一层橙黄的色。地垄间散落着社员们的草帽,草帽聚在地头,扛着农具,说笑着回村了。瓜棚前的人散开了,瓜客走在地中间,蹲在瓜秧间,摆弄着西瓜,间或站起身,捶着腰,向四周张望着。栓和啜掉草秸,呼地坐起来。二蛋哗地贴上去,弓着腿站在下面,眼睛泛着光,盯着他。看着栓娃过来,栓和从担笼的草下,拿出一根盘卷的铁丝,捋直了,在顶上折成一个弯。他低声说:"用草秸编藤帽,二蛋入瓜地,栓娃转运,我放哨。"

几个人弯着腰,在青纱帐里穿行。接近瓜地,栓和戴着藤草帽,趴在坎上。二蛋和栓娃趴在地上,匍匐前进。看到瓜秧,二蛋就用钩子钩回来,扯着滚动的西瓜,交给栓娃。栓娃拽过瓜藤,摘掉西瓜,推进地垄,用脚踹到地头。瓜客站起身,向瓜棚走了过来。栓和手指夹着嘴唇,咕咕地叫了几下。二蛋低头趴在地上,一动不动,听到第二声咕咕,他好像蚯蚓一样,缩着身子,蠕动着退了回来。栓娃趴在地上转身,手推着地笼中的瓜,滚到地头的沟渠中,将瓜放进担笼,钻进了玉米地。

几个人在青纱帐里会合,撩着玉米叶子,走到了抽水站后面。太阳沉了下去,西边的天宇剩下了几道彩霞,青纱帐灰煦煦的。吃完瓜,他们用袖子擦着嘴巴,打着嗝,提着担笼,来到抽水站侧面的围墙外。那里聚集着一群同学。一个同学跑过来,揭开二蛋的担笼,见笼上的瓜子,耳边道:"下次偷瓜,一定带上我。"

抽水站的院子里，响起新闻联播的声音。同学们像猴子，蹿上了树。白杨树拳头那么粗，几个小孩趴在树上，将树压得弯弯的，在空中摆动着。栓和高，比较笨拙，见别的同学爬上树头，瞧着他们开心专注的眼神，他用脚踹着一棵树。树干上的两个学生，惊恐地看着他。他瞪着眼，挥着手，他们无奈地下了树。栓和抱着树，像大灰熊一样，艰难地爬到树头，伸长脖子，向里面张望着。

电视里播放着《地雷战》。老孔不知看了多少遍了，他起身去院子侧面的厕所。学生们见银屏上日本鬼子刨地雷，挖了两手屎，狠狠地在鼻子上嗅着。他们开心地笑了起来。老孔抬起头，见墙上边的树头上，满是孩子稚气的脸，临墙头是栓和那张成熟的大人脸。他笑了起来，扬起手，大声说："快下来，从前门进来！"

孩子们从铁门鱼贯而入。他们乖巧地选定了位置，坐在地上。栓和站在后面，咳咳了两下，同学们抬起头，蹲起来，挪着屁股，将前面的位置留给他。二蛋在院子里巡视着，见台阶上摞着一堆砖头，他拿起两块，弯着腰，将砖头抵在栓和屁股后面。栓和瞪眼，转头见是二蛋，摸着后面的砖头，笑着将屁股搭上。后面几个同学讲话，栓和转过头，瞥了一眼，他们低着头，不再作声了。

村里人知道抽水站有个方盒子，不但有声音，而且能看到人，还会放电影。吃过晚饭，村子的男女老少，成群结队来到抽水站。前面坐着一片，中间蹲着一溜，后面站着几排。有的人从家里拿来凳子，站在凳子上，有的人攀在院子的树上。银屏闪光的时候，就见下面是一大片各式各样的脸和各种表情的眼睛。

爷爷提着担笼，弯着腰，蹲在涝池岸边。有电视看了，栓娃不再去饲养室了，不再嚷嚷着让他讲薛仁贵征东的故事了。薛仁贵真的在喂马，征东停了。村里人都在聊电视里的新鲜事。爷爷心动了，跟着栓娃来到抽水站，看了一次电视。散场回来的路上，他摸着孙子的头，感叹道："这世事真好，先人们没有见到的东西，咱都看到了！"

4. 棉花地

　　生产队有片棉花地，塬上人不会种棉花，公社的农技员骑着自行车，穿行在田野中，蹲在棉株下，辅导着社员怎么做。棉花株长高了，女社员弯着腰，按照农技员的吩咐，扯掉多余的杈，留下几棵开花成蕾的枝。棉株茂生，劳力紧张。队长端着老碗，蹲在饲养室前的粪堆上，嘟噜着嘴里的面，对大家说："妇女带上孩子，到棉花地打杈，按照地垄记工分。"

　　一只母猪摇着尾巴，带着一群吱吱蹿跳的猪娃，在树沟青色的淤泥中，哼哼翻腾着，裹了一身青泥，眼睛眨开，睫毛上缀满了泥粒。母猪走出淤泥，愣愣地盯着人群，耷拉的耳朵竖了几下，看着身后的猪娃，突然抖起身子。泥粒飞溅，猪娃退后几步，莫名其妙地看着，也跟着抖起了身子。栓和坐在涝池岸边的树荫下，他从腰间掏出弹弓，夹上土疙瘩，拉长皮筋，眯着眼瞄着，皮筋松开，土疙瘩飞了起来。母猪正在拱食，土疙瘩捶在眉间，它抬起头，呆望一会儿，折返身子，拖着搓在地上的乳带，爬上了岸。

　　栓娃正在拔草，听着猪群的哼哼声，他蹲下来，从玉米地下面的空当，见猪群跑进了自留地。他提起担笼，弯着腰，撩着密实的叶子，将猪群赶到了岸下。他抹着额头的汗，弯着腰从玉米地出来，见栓和蹲在对面，举着弹弓。他提着担笼，顺着斜坡，深一脚浅一脚地晃了过去。二蛋嘴里嚼着胶胶，舌头扑啦着，胶胶一会儿成团，一会儿变成了白色的膜。他鼓着腮，一口气，胶胶瞬间变成一个气球，耷拉在唇边，再吹气，气球翘起来抖动着，嘣地破了，变成絮絮，粘在唇边，他伸出舌头，将絮絮撩回嘴里，重新咀嚼着。

栓和站起来，看着二蛋嘴上一涨一缩，一垂一翘的球。二蛋赶紧将胶胶捣成一团，吐在手掌上，递给他。栓和咧着嘴笑着，晃着走到一棵椿树边，仰头看着树干结疤中泛出的褐色的黏液。他接过二蛋递过来的小刀，能够摸到的地方，都被人刮得干干净净，他踹掉鞋子，撩起裤腿，抱着树干，往上爬。他憋着气，蠕动到了两米高，满头大汗地看着下面。二蛋摆着手，让他下来。二蛋吹着泡泡，爬上树干，用小刀刮下褐色的胶汁，粘在手上，下树递给了栓和。

二蛋妈撩着围裙，走出头门，喊着儿子的名字。他们随声进村。她摆着手说，队上让你们和大人，去棉花地打杈，给你们记工分。他们散伙了。栓和嚼着胶胶，吐出来放在手里，褐色退去了，变成了白色的胶团。他在手指间搓了几下，扔进口中，又嚼了起来。栓娃刚走进头门，爷爷从厨房出来，眯了眼树冠缝隙的阳光，挥手嘱咐道："记着！将扳下来的棉花枝，提回来喂羊！"

太阳就像包着头巾的姑娘，露着调皮的半个脸，在蓝白相间的天宇中，泛着光晕，有点懒洋洋的感觉。女社员带着孩子，成团嬉闹着来到棉花地头。队长摘下烟锅，在地头走了一圈，他将田垄分给每个家庭，抖着烟锅，交代不要急，给娃们教教，不能把好的棉株扯掉了，到时队上要检查。

栓娃跟着妈妈，蹲在棉田中。妈妈蹲在一棵植株前，扯着枝头，撩开了茂密的叶子，讲解着怎么判断好的植株，如何辨识分流营养，难以结果的茬。栓娃蹲下去，端详着植株，扯了几个茬，她在边上指导着。妈妈走在田垄间，弯着腰，摆动着头，手撩着一溜植株，从下面滑上来，棉花的斜茬飘落下来。栓娃蹲在植株前，好奇地看着，学着她的样子，撩了几个植株，感到力不从心，他只好蹲在地上，摁着植株，思默着打杈。

月光洒在村舍上，白啦啦的。社员们走出家门，踩着自己的影子，来到饲养室前面。会计蹲靠在门扇上，借着昏黄的灯光，将每家的工分本子，放在腿上，写上工分。孩子们心热，他们为家里挣了工分，纷纷拿着自家的工分本过来，蹲在会计面前，亲眼看着他记下工分，接过来对着月光，眨巴着眼盯着。

栓和走到槐树下，挥着手，一声口哨，孩子们呼啦拥了过去。他站在粪堆上，将大家分成两组，比赛骑驴。他靠在麦草垛子前，叉开腿，二蛋将头塞进他的胯间，两只手抓着他的大腿，栓娃将头塞进二蛋撅起的胯间，抱着他的大腿，这样排了起来。栓和扯着二蛋的衫子，叫喊指挥着。一声口哨，另一组的人狂跑过来，像跳鞍马一样，骑在他们的背上。骑上背的孩子，一个抓着一个的肩膀，晃着屁股，喊着"得儿起""驾驾"的号子，扭动着身子，恣意狂颠着。大家都骑上来，下面的人没有倒掉，支撑了一会儿，就算成功了。

小明领了另一队人。他靠在麦草垛子前，吆喝着摆好了驴。二蛋先跳，栓娃居间，后面跟着几个同学。栓和撅着屁股，腿晃着,斜眼瞥着。他挥了下手,同学们让开道,哄闹着给他加油。小明喊着栓和来了。摆成驴形的同学,使劲地抓住前面,憋着气,迎接有点怯惧的重压。栓和撒开手,腾拉腾拉跑过来,手摁在上面,就像灰熊一样,塌向一溜瘦弱的脊背。屁股刚落下,驴形就倒掉了。小明将大家叫起来,他亲自弓腰为驴。栓和总会骑在驴背上最脆弱的那段,倒了又要重来。

村子西头传来叫喊声,同学们停了比赛,竖着耳朵听着,循声走了过来。虎子家门前围了一堆人,门关着,里面传来他凶猛的叫喊声和他媳妇哭爹喊娘的求救声。队长走过去,说这货是个生生,别把媳妇打残了。他擂着门,嚷叫着开门。虎子跺着脚,喊道:"我家的事,关你尿事。别狗拿耗子,多管闲事!"

邻里们隔着门听着,交头接耳地议论着。里面的喊叫声没了,大家摇着头,瞅着枝头的月亮,趿踏踏回家了。孩子们瞥着虎子家的门,好奇而又莫名其妙地跟在后面。

两天后的晚上,奶奶在炕上纺线,妈妈坐在炕边上纳鞋底,爷爷靠在厢房的门扇上。爷爷说:"虎子在陕南的三线干得好好的,却被辞退了,好在带了个媳妇回来。五短的身材娶了个高他一头的条道媳妇,火暴的脾气还是改不了。"

奶奶垂下夹着棉条的手,侧过头,唉了一声说:"那媳妇怪可怜。娘家那么远,回不去,挨了打,受了委屈,也没有一个知冷知热的人。如果她娘家在本地,虎子也不敢三天两头地打人家。"

妈妈拽着鞋底上的针,抬头说:"虎子他那从甘肃迁回来的大哥,家里的菜油丢了,大嫂咬定是虎子媳妇偷了。一家人围着她，审问了好几天。虎子相信大哥，扇打着让媳妇承认。媳妇吓得发抖，承认了，就是拿不出丢了的菜油瓶瓶。他来气了，关起门来倒腾老婆。"

一场雷雨过后，早晚透着丝丝凉意，天空就像水洗了一样，碧蓝碧蓝的。玉米梢上吐出了白索索的花粉，中间的芽苞凸起，绽露出了五彩的絮絮。上面是雄性的世界，白得纯粹，下面是雌性的世界，开得绚烂。成群的蜜蜂在花粉和缨缨间舞着，七星瓢虫趴在花絮中，抖动着翅膀，铠甲一样的头低着，吸吮着花汁。清风为媒，雌雄在黏合与避让的摇曳中，成就了自然的神奇。

棉花地仰视着四周娇艳的玉米地，铆足了劲，绽开叶叉间的花苞，白的、黄的和红色的花瓣，就像舞台上抖动的扇子，翩翩展开了，一掬花瓣摇摆着，像一个个冰清玉洁的仙子。花瓣间几丝娇嫩的蕊，顶上冒着凸起的点，飘着粉粒。朴实翠绿的棉花地，成了花海，枝头就像海浪一样，婆娑摇摆着，好像在向玉米地示娇。蜜蜂弃了玉米的花粉，成群结伙游弋在花丛中。玉米顶上的粉絮瘪了，缩在枝头上。胸部的缨缨没有了水色，枯爬在已经成型的苞谷棒上。

花瓣败了，瑟缩着垂落下来，棉田地垄中撒了一层。小青桃一样的棉蕾，从花蒂间生了出来，坠在株头。大队的喇叭响了，新闻播报后，是一段《打虎上山》。大队书记扭着摁纽，放下茶缸，对着裹着红绸子的麦克风，吹了几下，咳咳着清了清嗓子说："公社通知，棉田地发现了棉铃虫，似有燎原之势。要求各个生产队，明天组织社员，到地里捉虫。派人到供销社领取农药，准备喷药。"

队长蹲在粪堆上,在鞋帮子上磕掉烟灰,他站起来,走到饲养室门洞的光影中,抖着肩上的衫子。他挥着烟锅说:"大家快回家,给媳妇、娃说一声,明天清早下地捉虫,按照上次办法记工分。"

妇女带着孩子,一只手拿着瓶子,另一只手撩着筷子,蹲在田垄间,在枝叶和棉蕾上寻找棉铃虫。棉铃虫就像幼蚕一样,在枝叶上蠕动,褐色的嘴巴摆弄着,身后留下了一道波纹状的齿线,有的摆弄着绵软的身体,将头掘进棉蕾中,吸吮着清甜的汁。栓和攥着筷子,抖动的筷尖没有夹到棉铃虫,他撩起枝叶,两个手指蛋捻出软嘟嘟的虫,举起来,对着太阳看了一会儿,手指一夹,清亮泛绿的黏液从皮囊射出来,虫变成了一摊皮。他掐么着手指,黏液拉着丝,一弹一弹的。他捻着干土,就像饲养员垫圈一样,瞬间感到光润的手指蛋,变得粗糙了。他举起手,对着二蛋和栓娃搓着,喊道:"用手捏!"

到了地头,大家晃着玻璃瓶子,比谁捉的虫多。栓和没有瓶子,他妈责斥地看着他。他搓着绿粑粑的手,得意地笑着说:"那东西用筷子不好夹,虫子拿回家也是喂鸡,不如干脆掐死算了!"

栓和妈嗔怒挥手,摇着头对大家说:"他就是那个心性,没有办法。"

二蛋跑过来,晃着瓶子里的棉铃虫,伏在栓和耳边问:"这东西看起来像蚕,回家养着,说不定会吐出丝来。"

栓和摇着头,将二蛋的头捋过来说:"棉桃就像青桃,说不定能吃,咱试试。"

他们躲在后面，慢慢和前面拉开了距离。两个人蹲在棉植株下，挑选了两个大一点的棉桃，用指甲掐开，掰开后抠出棉肉，放进嘴巴嚼着，一股泛着青草香裹着淡淡甜味的黏液，浸溢着口腔。

快收工的时候，地头传来急促的吵闹声。妇女孩子直起腰，愣愣地看着青纱帐间攒动的人影。过了一会儿，队长跑过来，站在田埂上，跺着脚，挥着手喊道："妇女们快回村子，虎子媳妇喝农药了。"

几个妇女愣了一下，瞬间转过身，将瓶瓶递给孩子，撩着棉花的植株，小跑着上了马路。栓和搓着手指上绿色的泥垢，歪头眯眼，瞥了眼太阳，手在空中搓着个响，一伙同学露出了头，随他出了棉田。

栓和一伙顺着渠岸，气喘吁吁地跑到村口，站在涝池边上。一辆架子车在凹凸不平的路上，顺着深深的车辙，颠簸着，伴着咯咯吱吱的声音过来了。虎子肩上搭着辕绳，弓着身子架着辕，哭丧着脸，不时回过头看着。侄子在侧面推着，后面跟着几位本家妇女。虎子媳妇蜷曲着身子，躺在车子上，她闭着的眼睛，微微颤开，白眼仁吱溜飘动，蜡黄的脸抽搐着，手捂着肚子，不停地哆嗦着。随着车子的颠簸，嘴巴喷着白色的沫沫。一个妇女走到前面，掏出手帕，摸着她的头，擦着她脸上的沫沫。

架子车消失在尘土飞扬的路上，一群人站在涝池岸瞭望着。小脚老太太们，放下手中的担笼，撩起围裙，擦着浑浊的眼睛，摇着头自语道："可怜的人儿，真是作孽呀！"

几个中年妇女们，惋惜地摇着头。队长从饲养室过来，对着那位站在门口的社员,喊道:"你的农药,是咋保管的?"

那位社员挠着脖子,曲着身子,哧眯了半晌,应道:"咱队上的敌敌畏没问题。"

栓和听说过农药毒死人,却没有见过。想到自己不时在队上的场房,摆弄喷雾器,他心里一阵发虚。

5. 民权和转眼

从栓娃记事起，爷爷就和转眼一起喂牲口。

村子人说，转眼刚生下的时候，眼睛就不正常，他的眼珠不能控制，对上了是一个斑斓夺目的世界，对不上就是一个黑色的长廊。转眼有自己的名字，农村人图省事，根据每一个人最典型的外部体征，习惯于给人起外号。时间长了，村子的人见面，常是外号称谓。孩子长到锹把高了，有时也不知道父母的大名。外号是一个村子封闭族群的文化符号，剔除了功利的色彩，名字变得随意、平直和易于辨识。

虽然眼睛有问题，转眼却十分聪明，他读了几年小学，成绩不错。他的父亲是供销社的主任，经不住亲戚邻里的规劝，小学毕业后，就让他辍学了。转眼跟着社员们，在田间地头混跶了半年，干活不利索，便接替了民权，成了饲养员。他的喜怒哀乐没有了眼睛这扇窗户，只能用嘴巴来表示。他见到谁，都是笑眯眯的，没有人知道他的心思，他好像也认命了，对于能世上走一遭，没有什么奢求。到了成婚的年龄，起初，父母还张罗着找情况相近的媳妇，几年下来，也没有什么眉目。转眼依旧在忙碌中笑嘻嘻的，看不出索求和哀伤，在时间的流逝中，他过了三十岁，成了大龄的残疾青年。

他父亲感到对不住他，咬着牙，给他买了一台收音机。转眼如获至宝，从不离身，无论是在壕里拉土，还是在北面的场房背草，他的边上总是有收音机的声音。村子的人听到收音机，就知道转眼过来了。转眼最中意的节目是电影和评书，他滴溜着眼睛，利用摄取的自然图景和想象的电影画面，将情节故事剪接，自己是导演，也是观众。阴雨天，村子的孩子聚在饲养室，围在转眼边上，津津有味地听着收音机。社员们蹲在老槐树下聊天的时候，他总是默默地蹲在外围，翻转着眼睛，咧嘴笑着，听着十里八乡的风俗佚事。社员们瞭见他，顺着话缝，捎带着开他几句玩笑，问他国家的大政方针。他总是嘻嘻着低下头，不汤不水地应付几句。

仲夏的正午，社员们收工回来，蹲在门前吃完午饭，打着哈欠迷糊一阵。太阳偏西，老槐树的钟声响起，他们趿着鞋，懒洋洋趿踏到饲养室前，等队长派工。栓和撂下碗，跑到涝池边，带着一群孩子，脱掉衫子，踩着青泥，在水里扑腾着。清幽的水变得浑浊，脚掌踩下，即可泛起腾着青泥的漩涡。好多同学不会游泳，在边上的水草丛中，仰着头，憋着气，四肢乱蹬狂划，感到脚不着地，即刻伸出手，揪着水草的梢，戏到边上，站起身。他们弯着腰，撩起一掌青泥，抹在身上，涂在脸上，然后弯着腰，叫喊着向边上的同伴击打水花。

栓和慢慢走下水，撩着水，敷在身上。他蹲在水里，涝池里的孩子静了下来，狗刨着过来，围在他边上。他站起来，弓起身子向前一扑，悠然地游到了对岸。他躺在岸边的水草中，抹着脸上的水，透着晃动的草叶，打量着对面嬉闹的同伴。栓和像头熊，身子在水中转着，手在胸前的水中划着，回到岸边，同伴们又围了过来。他撩着脸上的水，咧嘴嘿嘿了几下，在水中比画着问："你们知不知道，我的泳姿是哪种？"

同伴们媚笑着，手搭在别人的肩膀上，摇着头。栓和眨巴着眼睛，轻轻地勾了几下手指，一群头聚了过去。他神秘地问："你们见过毛主席咋游泳吗？"

大家懵然地摇着头。他摇着头，周围摇动的头停了，随着他瞥视的眼神，缩成一堆。栓和想说，又犹豫了几下，撩起了大家更加强烈的好奇心。他抹着下巴，叮嘱他们知道就行了，不许给家里人说。大家点着头，喷着热切期待的眼光。栓和神叨叨地说："毛主席游长江时，报纸上有一张照片，我就是按照照片学的，所以我的游法，就是毛主席的泳姿。"

说着，他后退了几步，腾在水里，边划边解说。同学们看栓和的眼神变了，不只是敬畏和羡慕，还有了热烈的崇拜。

村口传来了曹灿说的《红旗谱》的评书声。同学们齐齐站起身，瘦弱的骨架上撑着长长的脖子和水淋淋的脑袋。转眼仰着头，对着亮晃晃的太阳嘻嘻着，手里攥着收音机，一步一停地闪了过来。听到嬉闹声，他婆婆着走在涝池岸边，蹲在椿树的荫下。同学们从栓和身边散开了，埋在水中，搓洗着身子，像泥鳅一样，刺溜到岸上，坐在转眼边上。栓和趴在水草中，畅想着春兰和江涛灵动的春情。

闲暇的时候，转眼蹲在饲养室的后面，两只手掌交合攥在一起，嘴唇贴在合口，慢慢地吹出几个音调。父亲回家，想起残疾的儿子，他抽着烟，来到饲养室。看着槽头的牲畜，正在纳闷，后院传来了吱吱呜呜的声音。他悄然溜进去，蹲在边上，看着儿子，凄然伤感。一个月后，给他买了笛子和几片笛瓢。转眼瑟缩着接过笛子，孩子般嘻嘻地笑着。他黏上笛瓢，手摁在上面，比着嘴唇，手随气动。没有过天，他便能吹出不是很连贯的曲子。见儿子发自内心地喜欢，有一般人没有的禀赋，父亲托人买了一支箫，送给了他。转眼感到生活活泛了起来，他对着收音机，哼唱着曲子，不时拿起笛箫，跟着节奏随着。

大队喇叭常播放《闪闪的红星》的主题曲，田间地头，扛着农具的小伙和提着担笼的学生，哼唱着插曲。村里人没有看过这部电影，奢侈的享受就是围着转眼的收音机，听电影录音。傍晚时分，社员们记完工分，蹲在饲养室前，瞅着一轮圆月，鼓动让转眼来上一曲。转眼从饲养室的门洞闪出来，舌尖在笛瓢上舔几下，一曲夜半三更，让吼惯了秦腔的农人，体会到了江南的清幽和婉约。

民权的父亲，是解放前的读书人，执信"三民主义"。三个儿子，依次命名为民主、民生和民权。"大跃进"那年，父亲死了，三间屋基与叔父家从中间隔开，变成间半细长的院子。两个哥哥结婚后，又添了一堆侄子侄女。民权平时待在饲养室，回家吃饭时，总是嘿嘿盯着嫂子，龇着牙呆傻地笑着。

铁梅剧照事件，他不能再当饲养员了，由转眼接替。他蹲在自家院子，弄得嫂子十分尴尬。哥哥经不住媳妇的倒腾，一起向母亲提出，让兄弟搬出庄子，住在生产队空着的场房中。母亲犹豫了好长时间，看着傻儿子不安分的眼神，抹着泪，忍痛将他送到场房。民权跟着社员下地，总是愣愣的，望着田间妇女的身影傻笑。妇女们有了意见，向队长动议，不让他下地劳动。

队长找到了民权妈，说明了情况，摇着头说："队长只能给他基本的口粮，工分粮他就无能为力了。"

民权蹲在场房前，吃饭的时候，侄子不愿意叫他，只有妈妈站在村口，喊上几声。他虽然不干活，饭量出奇地大。哥嫂们有了意见，他们负担不起一个白吃饭的成年人。母亲解开尘封的柜子，从柜底取出包袱，包上几件老头穿过的衣服，拎起两个布袋子和一只掉了瓷的缸子，哆嗦着小脚，来到场房。她将东西放在麦草铺上，抹着眼泪，抽泣着背身离开了。民权瞬间明白了妈妈的意思。他穿上父亲留下的蓝色中山装，戴着耷拉着扇扇的帽子，背着袋子，拄着棍子，拎着缸子，开始了乞讨。

村子的人很少看到民权。他游荡在空旷的塬上，走村串巷，风餐露宿。放学的时候，民权进村，后面总是跟着一群看热闹的孩子，嬉闹叫喊着。民权走几步，转过身来，龇着牙笑着，手扬起来挥着。农家正在吃饭，接过他的缸子，在厨房舀上一勺汤面。他接过来，蹲在门前的树沟边，摸出一块馒头，呼噜着连吃带喝。他打着嗝，抹着胡子拉碴的下巴，见妇女端着盆子，在门前倒水。他缓缓站起来，咧着嘴，龇着牙，嘿嘿笑着。那位妇女挥着盆子，摆着手，嘴里一串"去！去！"，民权依旧嘿嘿着，拎起袋子，搭在肩上，操起棍子，拿着瓷缸，一步三回头地抹着嘴巴走开了。

袋子满了，民权就会回到村子。他推开场房的门，拿出捡到的牛皮纸，铺在屋前，将要到的馍倒出来。他将白面馒头拣出来，掰成小块，晒干后，连同讨到的白面，送回家，交给妈妈。妈妈哆嗦着，摸着他的手，眼泪啪嗒地端出一盆水，拎着毛巾，给他洗上一把脸。他就像孩子一样，龇着门牙，哧哧笑着。

栓和带着二蛋，提着担笼，从田里回来。一群马蜂嗡嗡着，从面前窜掠而过。栓和手在前面挥着，扭头斜眼瞥着消失在空中的蜂群。他对二蛋说："马蜂窝里一定有野蜂蜜，掏出来夹在软馍里，别提多美了！"

张望着马蜂，探听着声音，他们从队上的麦草垛子间走过来，见一个马蜂罐罐，挂在场房后面的梧桐树上。他们蹲在下面，合计着怎么弄下那个像向日葵一样大小的蜂巢。

栓和跟着二蛋，来到二蛋家。他拿起一支棍子，在门背后的细铁丝上，扎上几根棉絮絮，淋上煤油，将灶台上的洋火装在兜里，顺手拿起一把扇子。两个人鬼鬼祟祟地走到涝池岸上。栓和正在放羊，跑过来，问他们干啥去。栓和瞥了他一眼，咧着嘴巴，刚露出牙又闭上了。他给二蛋使了个眼色，他们加快脚步，向村后走去。

栓和蹲在树下，看着树干，挥着扇子。思默了一会儿，他站起来，抓着树杈，爬上了树。二蛋递上棍子，头顶是一群嗡嗡着的马蜂。他挥着扇子，蹲在树杈上，垂下棍子，让二蛋点着。他扔下扇子，眯眼盯着头顶上在阳光间隙嗡嗡的蜂群，拿着火苗，在身下摆着。栓和憋了口气，手抓着树枝，另一只手抡着火把，倏地站起来，将火把对着蜂巢前密密麻麻的蜂群撩着。马蜂抖动的翅膀，瞬间变软融掉了，纷纷坠落了，蜂巢中蠕动的幼蜂刚探出头，又缩了回去。他抡起火棍，磕掉马蜂罐罐。剩下的马蜂在空中簌簌闪着，发疯似的向栓和袭了过来。他赶紧从树杈上跳了下来，趔着身子，缩着头，挥着火棍。二蛋蹲在麦草垛子后面，喊着让他快跑。马蜂好像有了灵性,循着声音,向二蛋窜去。他挥着扇子,噼里啪啦地抵挡着。栓和伸出脚,想踢远马蜂罐罐,马蜂顺着他的腿,扑了过来。

二蛋抡着扇子,跑在前面,栓和撩着火棍,在后面压阵。民权蹲在场房门前,正在掰皮上泛着霉点的蒸馍。二蛋冲了过来,栓和推着他,一溜烟地钻进了场房,赶紧关上了门窗。看着门倏地关上,蜂群空中一个急刹,折返回来,见了民权,成群结伙地撞了过来。民权看着他们跑进房子,听见嗡嗡声,转过头来,几只马蜂迎面黏在脸上。他呼地站起来,摇着头,跺着脚,手飞快地挥打着,顺手扯起蒸馍下的粗布,挥着蒙在头上,跑了几步,蹲跪在地上,抖缩着钻进扯出来晾晒的麦草中。

栓娃心里痒痒,心神不定地转悠着,走了几步,站在坎上,跆着脚,向场房那边张望着。他回到涝池边,牵着羊走到水沟,将羊拴在树上。羊嚼着草,对着他叫着,他捡起土块,扔了过去,羊低下了头。他向场房奔过来,远远见栓和抡着火棍,隔了一会儿,又见他从麦草垛子跑出来,钻进了场房。他走过来,听到低沉的嗡嗡声,明白了咋回事。他躲在树后,看见民权虽然呆傻,也会保护自己的狼狈相。

社员们散工回村,放下农具,攥着蒸馍,蹲在饲养室前面。民权趿踏着,从村口走过来,见了村里的妇女,驻足憨憨地笑着。民生蹲在粪堆上抽烟,看着兄弟的神情,心里有说不出的难受。民权的额头、左脸的颧骨和上嘴唇上起了三个好像樱桃一样的包,他依旧咧着嘴,吸纳着垂下的口水,龇牙嘿嘿着。民生从粪堆上跃起来,走过去,摸着兄弟翻肿的嘴唇,连声问:"谁弄的？"

民权指着自己的嘴唇，嘿嘿着。栓娃站在不远处，本想走过去，说明真相，想起栓和、二蛋都是自己的伙伴，慑于栓和的威严，他挠着头，跑开了。

月亮从淡淡的云层中漫了出来，爬上树梢。饲养室前喧闹的气氛缓了下来，变成了有一搭没一搭的应答。社员们磕掉烟锅里的烟灰，弓着身子，缓缓站起来，打着哈欠，抖着胳膊，趿着鞋子，灰不塌塌地回家了。民权从饲养室的炕墙下站起来，扯着转眼的胳膊。转眼摸索着拿起笛子，在民权的牵引下，走到了村后的场房。

民权从袋子里拿出晒干的蒸馍，递给转眼。他们蹲靠在麦草垛子前，对着月光嘿嘿着。转眼操起笛子，眼睛吱溜着，一曲《关中道情》在静夜里飘荡着。村民们撩起被子，躺在炕上，知道村上两个可怜的人儿，在北边的场上，用他们独有的方式在交流。在清越哀婉的笛声中，社员们打着哈欠，入了梦乡。

6. 牛犊、挑客和地道

老黄牛生了一头牛犊，开春的青草喂着。按照生产队的惯例，爷爷在饲养室的后院，支起木槽，撒上苜蓿和豆瓣，牛犊长得膘肥体壮。转眼吹奏着笛子，牛犊摇着尾巴，弓着身子，翘着耳朵，乌黑的眼睛盯着晃动的笛子，是他忠诚的听众。曲子哀伤时，牛犊静默凄然，曲子欢快时，它抖动着黄亮的皮毛，在饲养室前后狂奔撒欢。

栓和带着一群孩子，在涝池边比赛爬树。牛犊站在饲养室前的土堆上，见队长家的黄狗夹着尾巴，抖着皮毛跑过来，它舔着嘴唇上的口水，扑哧喷着气。黄狗站在土堆上，仰头瞪着牛犊，狂吠了几声。牛犊刨着蹄子，撩着尘土，抖动着后缩的脖子。转眼拿着笛子，摸索着蹲在门前，他白天吹奏的多是欢快的革命曲子。他举起笛子，头一摆，就是一曲《万马奔腾》。

牛犊尾巴扬起，摆了几下，撅着屁股，喷着气，呼地从粪堆上俯冲下来，像一座小山压了下来。黄狗撅着屁股，缩回身子，赫然掉头，惊恐地跑了，不时回头瞥着狂奔过来的牛犊。黄狗从孩子边上冲过，吠了几声，好像告诉大家，自己有危险。栓和站在树杈上，见牛犊尥着蹄子，扬着烟尘，俯冲到了沟渠中，黄狗跑到田坎上。黄狗对着晃动的人影叫着，期望主人的出现。

那头母猪带着一群猪娃，哼哼着窜在草丛中，挡住了牛犊的路。笛声渐远，牛犊抵住前蹄，缩着身子，屁股后翘，在草丛一个急刹的滑行。母猪屁股对着它，正在拉屎。牛犊围着转了一圈，低着头，对着一群猪娃，晃头喷着气。母猪收住下胯，举起一条后腿，轻轻地晃了下，拱着草，哼哼着过来，站在猪娃前面。牛犊翻着眼，用犄角抵了过来，猪群慌忙后退。

  栓和本希望牛犊将队长家的黄狗教训一番，没想到牛犊半道改变了方向，对自家的猪群发起了攻击。他溜下树杈，拎起一根棍子，带着一群伙伴，气势汹汹地跑了过来。他站在沟渠边，抡着棍子，挥打着草枝，瞪着眼吆喝着。牛犊不买他的账，侧头瞥了他一眼，回过身，站在沟里，鼻子喷着气，耷拉着的耳朵竖起，一翘一抖的，用鄙视的眼光，和栓和对望着。栓和来气了，他走下几步，棍子在牛头上晃着。牛犊撅起屁股，好像要进攻，头往前忽闪了几下，扭头撒开腿，蹦跳着离开了。

  太阳从泛着白边的黑云后，漫出半个脸，泛着暮暮的光晕。雨水流到车辙中，马路上凸起的地方不再粘脚了。不用下地，吃过午饭，社员们蹲在饲养室的屋檐下，听着转眼的收音机。栓和带着二蛋和栓娃，手搓着泥团，往门前的青石板撒上干土，嬉闹着比赛捺泥放炮。

  桥头闪来推着自行车的人影，随着自行车嘤嘤哐哐的声音，影子变得清晰，车头竖起的铁丝上的红缨缨，映入了大家的眼帘。虎子站在土堆上，瞭望着说："挑客来了！"

  挑客和村子的人招呼着，来到饲养室前。他提起自行车的后座，在地上弹了几下，车轮和瓦圈上的泥粒，嗒嗒落下。撑好车子，蹲在人群中间，他从后腰拔出烟锅，捻上锅旱烟，招呼着向边上人对火。人没有动,身子趄了过来,两条长长的脖子,嘴巴上叼着的两只烟锅伸了过来,翻转着叠在一起,两边的腮一鼓一缩,青烟从口鼻处冒了出来。寒暄了几句,挑客站起身,走到饲养室转了一圈,返回对着大家说,牛犊得阉了。

  栓和做好了泥炮,往炮底两面吐上口水,用指头蛋撩滑搓薄。他抡着胳膊,将好似小泥盆一样的泥炮,摔在青石上,随着噗的一声,炮底炸开了。他将赢到的泥搓到一起,按成一团,搓着手上的泥粒,带着大家跑了过来。他好奇地撩着车头的红絮絮,想起了自己的红缨枪和公社干部屁股后面飘出来的手枪把上的缨缨。挑客的永久加重自行车的梁上,绑着一个黄色泛白的帆布挂兜,上面缀满酱色的血点,盖子耷拉着,露出了一排小刀,后座上捆扎着一团粗粗的麻绳。

  队长站起身,抖着肩头的夹袄,挥手让几个小伙子准备。挑客站起来,在树干上磕掉烟灰,喝开孩子,解开后座的绳子。他四十多岁,棱角分明的脸上,爬满了一道道血丝,翘起的胡须像铁丝一样。他脱掉夹袄,上身穿着件老旧开边的前面印着民兵连字样的暗红色的背心,宽大的老式粗布裤子下垂着,上面用一条宽宽的牛皮皮带扎着,布带勒着脚腕子。他将绳子放在地上,从皮带上解下一个好像电工作业挂在腰间的夹子一样的皮套,放在地上。栓和好奇,蹲在他的前面,挪着屁股,趁他不注意,撩开盖子,拨弄着里面的刀钩。

  挑客带着几个人,进了饲养室,将牛犊围在槽头。他揪着牛犊的耳朵,呼地扬起胳膊,转过身,撅着屁股,将牛犊的脖子揽进腋下。牛犊抖着头,前面的蹄子狂刨着,后面的蹄子向后尥着。虎子闪过身，一把揪着了尾巴，趔趄着身子，将牛犊扛在墙角。几个人一齐上手，将牛犊弄出了饲养室。挑客让虎子过来，换下了自己。他抖开了绳子，将牛犊的四蹄束绑在一起，随着绳子的抽动，四个蹄子慢慢地裹成一团，没有了四点的支撑。

槽头的老母牛，嘴巴嚅动着，抖着嘴上的淋淋口水，转头哞哞叫着，用伤心、忧郁和无可奈何的眼神，默然打量着。挑客用脚踹着土堆，挥手喊道"放"。一伙人连推带搬，将抽搐的牛犊放倒了。牛犊竭力蹬着腿，不停地叫着，眼睛盯着老母牛，露出祈求的神情。挑客跪在牛肚子上，紧了下绳子，让大家松开手。牛犊像刚上岸的鱼，翘身抖动着，就是起不了身。

挑客抽着烟锅，在牛肚前摆了一块布，将各式刀子和针线摆在上面，招呼着让队长倒一点菜油过来。一切准备就绪，牛犊也蹦跶得累了。挑客放下烟锅，站起来，招呼着大家摁住牛犊。他走过去，将牛犊上面的腿，往前推了推，把下面的腿往后扯了扯，手伸进牛犊黄白色毛茸茸的胯下，手掌一扯，牛犊的蛋蛋露了出来。他手掌一捋，一个蛋蛋就像皮球一样，从合口吱溜滑了出来。他拿起咬着的刀，合口紧了紧，在凸起的蛋蛋上拍了几下，翻过小刀，对着球面滑了几下，青白色的肉缝间冒出了血丝。他挤着露了半个脸青白色的肉蛋，用刀尖又在上面划了几下，一个赤红的就像腰子一样的肉球，扑哧滑了出来。他用几个手指蛋夹住扯着，另一只手捋着，将肉蛋慢慢分离出来。

牛犊瞪着眼，浑身哆嗦，头扬起来，又放下，好像在说不想活了。挑客的膝盖挪动着，跪在牛犊的胯间，扯起肉蛋，拿着咬着的刀子，刺啦割掉了粘连的肉带。牛犊颤抖着，蹬着蹄子，头贴着地，哼哼地狂叫着。

栓和看得过瘾，不停地搓着手，咽着口水。他突然感到臂肘上毛茸茸的，侧头一看，黄狗卷着尾巴，从人缝中挤了进来，跑到挑客边，一口咬住地上的肉球，拎筛咀嚼着，线状的口水淋在地上。队长挥着烟锅，转头仰起，笑着对大家说："让狗过了个年！"

栓娃看到牛犊可怜，侧过头，看着队长，伏在栓和耳朵说："牛犊是集体的，牛的蛋蛋也是集体的。狗是他们家的，这不是损公肥私吗？"

二蛋蹲在后面，揽过他们的头说："会不会是牛犊欺负了黄狗，它回去报告了队长，那就是公报私仇呀！"

挑客割下另一个肉蛋，扔在地上。肉蛋浸着血，冒着热气，在地上弹了几下，粘上一层土。黄狗蹿上来，伸出前爪，缚住肉蛋，张开流血的嘴，伸出长长的牙齿，咬着肉蛋，晃着头，看了一下，得意扬扬地从土堆后面溜出来，向村东头跑去。

挑客扯着瘪皮，捡起布块上的针线，缝了刀口。他用手指捻上菜油，涂抹在刀口。他站起身，捶着腰，挥着手，让大家离开。他蹲下去，解开绳结，摆动着绳头。牛犊伸着腿蹄，想翻身站起来，却没有成功。虎子走过去，抓着牛尾巴，顺着牛犊的节奏，用力提着。牛犊站了起来，后腿打战，胯间抖动，好斗的眼神没有了，变得温顺了好多。

老黄牛转头，脖子上的铁链子，磕在水泥槽沿上，哐当作响。牛犊趔趄着身子，跛着缓缓地走到母牛身边，用忧郁的眼神对望着，嘴巴对在一起，喷着气摩挲着。牛犊伸长脖子，站在母牛侧边，脖子搓在一起，眼角闪着亮晶晶的泪痕。

栓和腾地站起来，扯着二蛋和栓娃，向东头跑去。站在壕岸上，栓和伸长脖子，踮着脚东张西望，挥着手问："狗哩？"

二蛋和栓娃顺着壕岸移动着，听着声音，寻着狗的踪迹。壕下的玉米秆堆中，传来吱吱簌簌的声音。二蛋跑下坡，见黄狗趴在靠近壕崖的玉米秆堆中，爪子摁着肉球，撕扯咬嚼着。栓和跟着跑下去，几个人站在坎上，盯着黄狗。栓和忽然站起身，捡起土块，抡起胳膊，甩向黄狗。黄狗趔着身子，张开血口，吠了几声，没想到雨点般的土块落了下来。它夹起尾巴，顺着崖底跑了几步，回头看着剩下的肉团，又缩着身子，跑回来，咬着肉团，灰溜溜地跑开了。

栓和拍着手掌的土，咧着嘴说："人占集体的便宜，狗也仗着人势，解了馋！"

撩开玉米秆，踹着地上的树枝，地上散落着鸡毛和猪娃的骨架，他们明白了，这里原来是黄狗的据点。刚要离开，二蛋见玉米秆堆后面，好像有一个用胡基封起来的洞口。他蹿上前，推开玉米秆，指着洞口的轮廓，喊了起来。栓和跑过去，扒掉翘起来的泥皮，见到胡基的茬口，他捡起树枝，顺着泥缝，戳了几下，推了几下，也没有动静。他退后几步，让二蛋用玉米秆遮好，说过几天，等社员们下地了，再来看个究竟。

地里的活没有开，栓和没事的时候，坐在壕岸上，瞅着阴雨蒙蒙的天，期盼着社员们早一点下地。上工的铃响了，他交代二蛋拿上铲子，栓娃提着锤子，去开启壕里的秘密。二蛋放哨，栓和和栓娃溜下壕。栓和从玉米秆中，摸出镢头，抓起镢把，抡圆了砸向胡基。泥缝松开了,他接过铲子,刨掉缝隙中的泥土,用锤子敲着松动的胡基,取出了一块胡基,露出了一个长方形的黑洞。栓和放下铲子,咧着嘴,眼睛贴了上去,里面黑麻麻,什么都看不到。他将鼻子搭在洞口,吸气一嗅,泛着腐败的气凉簌簌的。栓和心里一惊,退了一步,扑哧着鼻子,回味着怪异的气息。

栓和朝岸上的二蛋招手。二蛋撅着屁股,慢跑下来,抬起头朝洞里望了一眼。栓和拍着他的肩膀,让他回家做个火把,淋上煤油过来。二蛋擦着汗,鸡啄食地点着头,一溜烟跑了。栓和扬起镬头,敲了几下,提着铲子,取下一块块松了的胡基。洞口有井口粗的时候,他曲着身子,抬起一条腿,跨了进去,脚踏着地,曲着身子,将外面的腿收进去。洞里阴森森的,幽暗中不时传来簌簌声,他对着洞口的光,深深吸了口气,鼓起勇气,迈着步子,试着往前走了几步。前面漆黑一片,转身看着洞口,就像坠在深井中。他缩了回来,探出头,让栓娃看看二蛋来了没有。

二蛋气喘吁吁地跑了回来,将火把递给栓和,和栓娃爬进洞中。栓和伸出头,朝四周望了下,探出身子,抓住竖起的玉米秆,掩住了洞口。他举起火把,二蛋掏出火柴,点上火。火苗扑啦着煤油的味道,缭起黑烟,扑棱着燃了起来。栓和有了胆量,他挥着火把,缭起呼啦呼啦的声音。他们弯着腰,盯着前面,小心翼翼前行着。洞口的光从太阳变成了月亮,转过几道弯,他们突然没有了方向感。火把掉着灰屑,吱啦啦地燃烧着。二蛋拽住栓和的后襟,颤抖着说:"火把快不行了,咱们还是回去吧。"

栓和抹了一把脸,转过头,咧着嘴的面颊,在火苗辉映下有了明暗的棱角，变得有点狰狞。他拍着二蛋的肩膀，笑着说："没事！我从来就不信鬼神。"

栓娃心里直发冷，感到渗凉的潮气，正在从毛孔钻进身体，他蹲下身子，双手抱在胸前，和火苗拉开了距离。看到黑麻麻的身后，他倏然站起来，硬着头皮，赶了上来。

前面腐烂的柴草堆吱吱响着。二蛋定眼一瞧，见一堆老鼠竖起头，吱吱撕咬着，黑豆一样的眼睛特别亮。他打了个寒战，停住脚步，指着前面，说老鼠。栓和挥着火把，嘻嘻着说："人还怕老鼠！"

栓和走前几步，挥着火把。一群老鼠缩着身子，蠕动着聚成一堆，突然向洞里面跑去。栓和转过身来，挥着手让他们跟上。又走了几步，洞中传来拖着长长尾音，含糊不清，辨不清男女的说话声。几个人顿时僵住了，难道黑洞中还有人，莫不是遇上了鬼。二蛋和栓娃的身子有点软，迈不开脚步了。洞中突然传来了一拨强过一拨女人撕心裂肺的哀号声，盛着满满的哀怨和凄凉，让人浑身直起鸡皮疙瘩。二蛋和栓娃瑟缩着蹲在地上，头抱在一起，惊恐地瞥着火苗前方。栓和弓步站着，挥着火把，喊道："有女鬼，就出来！"

哀号声刚息，传来吱凌凌的簌簌声。栓和瞪眼一看，一大片密密麻麻的蝎子，托着肿胀的腹部，尾巴翘得高高的，就像潮水一样，吱溜溜漫了过来。栓和挥着火把，缩着身子，狂喊着蝎子来了。二蛋和栓娃回过身来，呼地站起来，随着栓和狂奔了出来。爬出洞口，几个人靠在玉米秆堆上，脸色煞白地喘着气。栓和抹着额头的汗，突然一阵狂笑，转过头来问："咱们遇上女鬼了,也不知她长得咋样?"

栓和站起来,将取出的胡基按照原来的茬口放回去,抱着几捆玉米秆,掩住洞口。他蹲在二蛋和栓娃面前,叮嘱这是咱们的秘密,不许对任何人讲。几个人钩着小拇指,发了誓,从壕里走上来。

吃过晚饭,社员们蹲在饲养室门前。队长摇着头,神情凝重地说:"我给家里搅水,听到了井下传来了叫喊声。起初,我不信,将桶放在边上,趴在井口,不光听到了叫喊声,还听到了脚步声。"

虎子挪着屁股,搓着愁苦的脸,咧着嘴巴,唉声叹气地说:"我搅水的时候,也感到井里怪乎乎的,好像有声音。"

栓和没有在意村里人井下怪异的说道,心里还在惦记着洞里的女鬼。他几次想拉着二蛋要到洞里看个究竟,二蛋缩着身子,一个劲地摆手。躺在炕上,听妈妈絮叨着井下的事,他却在筹划着,怎样才能驱走蝎子。他问过大人,蝎子最怕什么,有的说白灰,有的说浓烟。白灰得用钱买,他没有条件,他拿定主意,伺机用浓烟熏一熏地道。他将二蛋和栓娃叫到壕下,说了自己的想法。知道不用钻进洞子,大家的兴趣又上来了。他们提着担笼,在每个生产队的粪堆边转悠,将干翘的牲口粪便捡在笼中,提到壕下,埋在玉米秆中。

大队唱戏,全村的人成群结队,来到戏楼前,观看《沙家浜》。栓和站在门前,看到二蛋随着人流走过来,他轻轻地摆了下头。二蛋缩着身子,离开了人流,跑到栓和边上。栓和对他嘀咕了几句。他跑到栓娃家门口,见栓娃走出来,他挥着手,脚踹着土块,向东边踢去。栓娃明白了,随着他溜到壕下。

栓和站在壕岸上咳咳着,他们站起身。栓和瞥着四周,吹着口哨,假装闲逛,走下了壕。取掉虚掩的胡基,二蛋钻进洞里,接过一担笼牛粪,就要往地上倒。栓和拦住了,让他往里面走一段。二蛋怯愣愣走了十几米,看着栓和,将牛粪倒在地上。三个人蹲在粪堆前,栓和点着了浸着煤油的布絮絮,然后将牛粪敷在上面。火苗被压了下去,浓烟冒气,几个人被熏得咳咳着,流着眼泪。栓娃跑到洞口,拿来两把竹扇,递给栓娃一把,一起挥着扇子,对着烟堆,用力扇着。灰烬一明一暗,浓烟一窜一缩,扑啦着涌向洞中。

走到洞口,吸了几口新鲜的空气,栓和感到烟不够大。回到火堆前,他拿起棍子,将红烬撩着散开来,堵住了洞子的通道。二蛋站起来,抹着额头的汗,不解地笑着。栓和说:"把蝎子熏出来,这道火焰阵,估计它们也过不来,咱们就等着吃烤蝎子吧!"

栓和扯起了栓娃,让他爬到洞外,在玉米秆堆下面,抽一些浸着水气潮湿的秆子,从洞口递给他。玉米秆堆在灰烬上,更猛烈的烟柱腾了起来。扇了半天,栓和喊了声行了。几个人捂着鼻子,弯腰咳咳着,脸上是一道道墨汁一样的灰迹,眼睛湿湿地钻了出来。二蛋递过胡基,栓和将洞口封住,重新用玉米秆遮盖好。

看戏的人回到村子,忙着做晚饭。队长嚼着馒头,走到头门前,对着社员说:"出怪事了!前几天井里有人声,今了个井里冒着烟,不知井水能不能吃,会不会要地震了?"

一群人紧张了起来，正要随着他，进院子看看。虎子跑出来，盛着一马勺水，让大家品味道，惊慌地说："井里冒烟，我长这么大，就是在三线工地上，也从来没有见过这种事。是不是要有啥灾难了！"

一群人接过马勺，啜上一口水，闭着眼睛，口舌扑哧着，说还是甜水，没有藻味。一个人伸出拇指，说水更醇了。大家揭开井盖，趴在井口，见白茫茫一片，即使打着手电，也看不到井底的水。转眼跟在后面，蹲在边上，趄着头嗅了嗅，扑哧一笑，抹着下巴说："闻起来好像牛粪的味道，冬季烧炕，常用牛粪煨着，这味道我熟悉。"

一席话，弄得大家更是丈二和尚，摸不着头脑。

栓和惦记着洞子的事，社员们下地了，他估摸着蝎子消灭了，便带着二蛋和栓娃取开胡基，爬进洞中。栓和打着手电，走在前面，灰烬上果然有烧焦了的蝎子尸体。洞口取开，就像打开了炕门，外面的风嗖嗖吹进，他们踩着风头，洞中的烟就像残云一样散去。拐了一道弯，侧面的一个小洞中，灰尘掩着一堆东西，好像是个人形。想起女人的凄叫声，他们心底透凉，弯着腰，撩去灰尘，一个关公的塑像显现出来。洞子中间，有好多分叉，中间用虚土分割着，踹开土尖，就能够爬过去。

社员们在田间干活，大家七嘴八舌议论着井下的事。队长听着，盘算着要不要向大队报告，如果不报告，万一出个什么茬子，他就是知情不报。他挂着锨把，抖了几下肩头的衫子，蹲下来，掏出烟锅，抽着旱烟，打量着两排杨树间，扬着尘土的马路。一个骑车的影子，从烟尘和光晕中颠了出来，灰白中泛着淡黄,原来是公社的驻队干部。他缓缓站起来,顺着田埂走过去,挥手招呼着。驻队干部下了车,站在地头,听完队长说的情况,有点疑惑,一起向村子走去。

推开门,走进院子,驻队干部背着手,转悠了一圈。队长跑进厨房,倒了一缸开水,走出递给他。驻队干部接过缸子,吹了几下,轻轻地喝了口,将缸子放在捶布石头上。队长指着水缸,问:"味道咋样?"

驻队干部眨巴着眼睛,嘴唇噗噗了几下,仰起头,轻轻地点着。队长带着他,来到井口,轻轻地挪开木栅栏的井盖,嘴里絮叨着离奇。一柱斜阳映在井洞中,井底闪着清亮的水面。队长絮叨的嘴巴停住了,趴在井口,纳闷地瞅着,抬起头来,歉意嘻嘻地笑着。驻队干部站起来,摆着手,风一样走了几步,回过身,用抖动的手指,虎着脸,指着他说:"群众愚昧,你这个队长也跟着瞎起哄。破除封建迷信多少年了,你们还是旧社会那一套,唯物主义的思想还没有入心入脑。"

队长还在想井下的事,耷拉着脑袋,站在边上,就像一个挨批的"四类分子"。驻队干部推起靠在树干上的自行车,回头跺着脚,举起一只手,挥着说:"赶紧平息谣言,再这样神神叨叨,你这个队长,就不要当了!"

驻队干部走了。队长缓过神,赶紧跑回去,跪在井盖上,手撑在井口,头探进井中,屏住呼吸,嗅着听着。社员下地回来,还在议论井里的事。队长呼地站起来,脸抽搐着说:"以后再也不要再提说这件事了!大队知道了,要拉出来批斗。"

虎子闪出自家的头门,嚼着馍,嚷嚷着井下没烟了,见大家没有响应。他正在纳闷,讲解的热情也锐减了。队长走前几步,瞪着眼,晃着烟锅,责斥道:"要讲!回去给你老婆说去!别在门前畅道。"

虎子不知咋回事,挠着头,嘟着脸一头雾水。

暑假快要结束了,地道中女人的叫声,成了栓和好奇而又痒痒的心结。他让二蛋拿来手电,趁着村里人在饲养室聊天,他们踩着月光,顺着墙角和柴草垛子,溜到壕下,扒开了胡基。走进地道中间,忽然传来了女人托着长长尾音的哭泣声。二蛋心里一紧,后退了几步。栓和龇牙笑着,加快了脚步,循着时断时续的声尾,弯着腰走了过去。到了三角分叉的地方,侧耳探听,不知道声音是从哪边传来的。过了一会儿,传来一阵踢踏声,接着是男人的说话声。栓和转过头,疑惑地问二蛋:"井下还有男人?"

循着声源,刨开堆着的土堆,从上头的缝隙中,他们爬了过去。往前走了几步,一个竖洞拦住了。他们趴在边上,伸出脖子,向上一看,是一个井口,向下一瞧,似乎能感受到井水的哗哗声。

井口传来了虎子的声音。他问:"先生!咋弄?"

先生缓缓说:"估计是鬼上身的癔症,得将人绑在门板上,我念几出经,烧一堆纸,先将附在身上的鬼,用桃木棍子打走了,才能扎针治疗。"

虎子喊着侄子的名,几个人吆喝踢腾着,伴随着女人发疯的嘶叫,他们好像在扯着她,要将她绑在门板上。侄子喘着气问:"叔,这样叫,村里人听到了,咋想?得用毛巾塞住婶子的嘴巴。"

过了一会儿，随着一阵摇头晃脑的噗噗声，喊叫没了，变成了喘着粗气的哼哼声。栓和望着井口，不时转动着耳朵，循着声音，感受着上面的阵势，眼前浮现着挑客阉牛的画面。

先生烧着纸，呜里呜啦诵着经。虎子摁着老婆，让侄子给先生添茶。诵经完了，先生让他们摁住人，他要举杖驱鬼了。随着富有节奏的捶打声，低沉的喘息慢慢弱了，最后听不到了。桃木棍子的乒乓声，就像捶在青石的布匹上。先生放下棒子，喝着茶说："你们看看，鬼走了，人就消停了。"

先生让虎子松了绑，将他媳妇翻过来，脱掉衣服，说他要扎针了。虎子让侄子们回家，他让媳妇赤躺在门板上，看着先生将一根根银针，转动着扎进她的身上。过了好长时间，先生好像在收拾器具。虎子问："还要再治疗吗？"

先生嘿嘿笑着说："这种癔症，不是感冒发烧，打一针就好了。你得有耐心，鬼上身的事最难搞，过段时间，还得安顿和扎针。"

送走了先生，虎子蹲在媳妇边上，呜咽哭泣着。栓和和二蛋紧的心松开了，他们可怜虎子媳妇。栓和爬起来，钻出侧洞，挥着手电，脚踹着土块，激动地说："虎子贼眉鼠眼的，不是个好东西，咱出去可不能说道。"

栓和瞥了眼二蛋，看着用土虚掩着的洞口说："这些洞和村子的井连在一起，咱将虚土刨开，虎子家的事就会从井洞中传出来，让村子人知道他的作为。"

秋风秋韵

qiu
feng
qiu
yun

1. 红枣与柿子

立秋后，塬上有了早晚。

社员们清早下地的时候，要穿上夹袄。村里人一直看不到虎子的媳妇。入夜，寂静的村落上空，偶尔飘着虎子媳妇的哭喊声。田里归来，男人们挑着扁担，到有水井的邻家搅水。他们抡着胳膊，水桶露出井口，弯腰提桶时，还是觉得井下有异样。碰到拖着尾音的时断时续的抽泣和呜咽声，搅水的人就会将边上的人招呼过来，蹲在井口，或者攀在辘轳上，眨巴着眼睛，吧嗒抽着旱烟，侧耳屏气静听。声音息了，一伙人议论着，弄不明白这声音，到底是不是人声。

媳妇在做饭，队长蹲在灶膛前，拉着风匣烧锅。风匣砰砰的间歇间，他吞吞吐吐讲着井下的声音。媳妇惊愕地停住手，倏然僵住，缓过神来，回身细细探问。他徐徐吐着烟，木讷地笑着，一个劲地摇头。

队长靠在窗口下，打着哈欠，松着腰带。媳妇搬下纺车，清扫被单上的棉絮。院落树冠上的鸟雀喳喳着，扑棱着翅膀飞了，夜空中又传来虎子媳妇隐约的哀叫声。队长腾地下炕，推开门，站在屋檐的台阶上，瞄着衬着青色夜空的树冠，侧耳倾听，随着声音，走出了二门楼子，在水井边打转转。声音越来越小，他靠着井桩，蹲了下去，摸出烟锅，抽着旱烟。媳妇踏踏着走出来,靠在二门楼子上,挥手埋怨着说:"还不睡,啥事把你牵心的?"

队长缓缓站起来,原地走了几步,挥着烟锅,瞪着眼说:"虎子是个二杆子,这货这样折腾媳妇,万一有个三长两短,我这队长,会不会也有些责任!"

媳妇瞥了他一眼,摆着手说:"清官难断家务事,你管好公家的事就行了,千万别搅和到人家的家务事中去。"

队长在辘轳上磕着烟灰,正要离开,突然感到井下,又冒出莫名其妙的声音。他揭开井盖,让老婆过来。媳妇打个寒战,一下子清醒了,轻快地飘了过来,跪在井盖上,耳朵贴在井口听着。队长抓住她的胳膊,她的头又往下探了探。一阵含混呜咽的抽泣声飘了上来,她趔着身子,爬起来,疑惑而又惶恐地呆呆盯着井口,缓过神后,抓住井盖,呼地盖住井口,站起来,连拍带推,将自己的男人推进屋,嗔怒着正言道:"你也是满肚子花花肠子,别让地下的妖精,把你的魂儿勾走了。"

田间歇息,女社员将锹把横七竖八地放在田头的沟渠边,围坐在一起。队长媳妇从玉米地解手回来,坐在中间,将夜里井口听到的声音,添油加醋地渲染了一番。妇女们半信半疑地听着,想到前段时间井下冒烟,她们七嘴八舌嘀咕道:"莫非井下有冤情,蒙冤的变成女鬼了。"

队长媳妇站起来,拍着屁股上的土,拉长脸说:"听人说这女鬼会勾魂,你们得盯住自家的男人,别让女鬼弄得他们神魂颠倒。"

秋日的阳光暖暖的,没了烘烤的感觉。栓娃家的枣树和柿子树从屋檐伸出来,挺立在褐色的屋瓦上面,秋风中摇曳着。走出校门,栓和跑到饲养室的土堆上,猛然看见栓娃家院子的枣树。他将栓娃叫过来,扯着他胳膊说:"家里没有人的时候,咱们爬树上去,吃你家的枣。"

栓娃为难地噘着嘴,挠着头,怯怯地看着家门,他知道爷爷还指望红枣卖钱,就是家里人,也不能爬树摘枣。栓和瞪着眼,冷笑着松开了手,顺便将他推了一下。栓娃一个趔趄,低头想了一会儿,翻着眼睛,有点祈求地说:"我先回家看看。"

栓娃一溜烟跑回家,边跑边回头看。栓和的表情和动作,既是鼓励,也是威逼。栓和心急,他顺着歪斜的槐树身,攀上树杈,伸长脖子,看着栓娃家院子红着半个脸的红枣。想到红枣的脆甜爽口,他禁不住吞咽着口水,埋怨栓娃还没有回来。二蛋站在树下,看着他急躁的样子,跑到栓娃家门口,歪着身子,偏头朝里望着。二蛋跑回来,栓和跳下树杈,走前几步。栓娃喘着气说,奶奶正在院子捶布。

栓和像泄了气的皮球,蹲在地上,用树枝胡乱地划着。他腾地站起来,问大家,想不想吃嫩玉米。二蛋咻咻笑着,不停地点头。他揽过他们的头,交代栓娃拿一个铝盆,二蛋用碗倒一点油,加上盐,等一下在壕下集中。藏好了工具,他们钻进壕下稀落的玉米地中。栓和攥住玉米棒,扯开外面的青皮,捋掉裹在芯上干枯的缨缨,看见只有几个玉米粒。指甲掐着玉米粒,随着扑哧一下,玉米粒瘪了,成了一个皮囊,里面泛出清亮的黏液。他松开玉米说,太嫩了,就是一包水。

几个人顺着壕底,走到对岸。栓和抬头,见到岸上淡黄的玉米地，他指着壕堐上敷着青苔藓的脚窝，挥手让二蛋踩着，爬上去。二蛋退了几步，跑起来，攀着杂草根，踩上了脚窝。栓娃用肩膀顶着他的屁股，举起手摁着他的脚，将他送上岸。栓和盘腿坐在下面，咧嘴盯着上面。一会儿，刺溜掉下了几个玉米棒子。栓和扯开皮，和栓娃抠开了一道玉米粒，用指头将成排的玉米粒掰了下来，撩在衣服的前襟中。

刨开玉米秆，二蛋将盆子拿出来，架在土坎上熏黑的灶眼上。栓娃举着一撮柴草，点着后弯着腰，对着冒着火苗的浓烟吹着。火苗腾起，他揉着被烟火熏烤的眼睛，咳咳着将火把放进炉膛中，跪在地上，鼓着腮吹着。二蛋将玉米粒倒进冒着热气的盆底，手指不停地撩拨着。栓和站在壕坡中间，望着撩起的烟尘，警觉地看着岸上的动静。玉米粒的水分被烤了出来，冒着热气，吱啦吱啦蹦着，慢慢变得焦黄。二蛋从担笼拿出碗，两只指头搅和了几下，倒进盆子，攥着盆沿，抖动翻腾着。一股香气蹿起，栓和使劲地吸着，跑上壕岸，四下瞭望了一会儿，转身跑下坡。

二蛋端着盆子，抖动地吹着热气。栓娃拿起熏黑的青砖，擂着溅着火星的灰烬。栓和接过盆子，抓起一把焦黄的玉米粒，捻进嘴里，手捂在嘴巴上，得劲地嚼着，喉结蠕动着，他哈着气，直说好吃。他将盆子放在地上，让大家趁热吃。栓和憋着气，吞咽完最后一口玉米粒，手拍着蹲在栓娃边上。他拿着树枝，划着枯草，扭头说："你家的枣和柿子红拉拉，还是得让我解解馋。"

二蛋嘴巴嚅动着，抹着脸上的黑灰，露着白牙，一个劲地点头。

栓娃将熏黑的盆子放在担笼中，上面盖上青草，溜回家里。爷爷从后院走出来，瞄了他一眼，指着担笼，抖着身子问："就弄了那么点草，你羞不羞！"

栓娃低着头，不敢作声。爷爷出了头门，院子放着一铁盆洗衣水，他赶紧将铝盆拿出来，拎起窗台上的磨刀石，搓着盆底的炭灰。奶奶撩着围裙，从后院走出来，扬着手问："你干啥？"

栓娃将铝盆摁在水底，举起石头，说铁盆上有暗红的锈迹，他磨一磨。

每到放学，栓和总要站在土堆上，眯眼盯着栓娃家院子的果树，唆使他引开家里人。栓娃跟在二蛋后面，走到涝池边上，见奶奶端着蒲篮，盛着织布用的筒子，向村后走去。栓和吱溜闪在他的身后，手搭在他的脖子上，一紧一松地掐摸着，低头伏在栓娃耳边，目光灼灼地看着说："你奶奶出去了。家里没有人，咱们溜进去，上树摘枣？"

栓娃用眼尾瞭了一下，歪着头，沉思了一下，勉强地点着头。

栓娃走在前面，二蛋和栓和跟在后面，他们约定了进门的手势。爷爷拉着架子车，从饲养室出来，手架着车辕，驻步侧着头，吆喝着让他放羊。爷爷拉着土，进了饲养室，栓娃推开头门，对着他们挥着手。栓和风一样跑过来，站在枣树下，看着蓝天透过树冠洒下的光，红枣在明暗中，成了立体的图影。他扯着二蛋，狠狠地踹了几脚树干。树冠就像人打摆子，抖了几下，几颗红枣砰砰坠在地上。他们弯腰捡起，来不及擦上面的土，捻进嘴中，爽脆地嚼着。栓和将栓娃叫到门背后，让他在门前放哨。

栓和穿着鞋，蹬着粗糙的树皮，像熊一样，在二蛋的推举下，总算抓住了树杈，招呼着二蛋，一起爬了上去。两个人弯着腰，跨在屋瓦上，猫着腰，手攀着树枝，摘下大而红的枣，咯嘣嚼着，一颗颗裹着青白枣肉的褐色的枣核，在口舌的倒腾下，一颗接着一颗啜了出来。栓娃家卸枣，爷爷不让站在屋顶，怕踩碎了瓦。他们换着脚，每踩一次屋瓦，栓娃心里就紧一下。门外隐约传来爷爷的咳咳声。栓娃拉开门扇，见爷爷弯着腰，迈着罗圈腿，走了过来。他带上门，慌忙打着手势。二蛋看见了，扯了下栓和的胳膊，两人齐齐地趴在屋脊上。

栓娃走到一棵桃树下，蹲着解羊的缰绳。爷爷推开门，抹着浑浊的眼睛，轻轻地跺着脚，斥责道："还不去放羊，就知道磨蹭。"

栓娃拉着羊，临出门时，他举着缰绳，对着树梢摆了摆。羊在涝池岸上吃草，他蹲在麦草垛子前，瞥着家门口。爷爷拿着一团绳子，晃着身子，向饲养室走去。他赶紧顺着墙角，跑回家，对着树梢摆着手。栓和吃饱了，裤兜装得鼓囊囊的，从树干上溜了下来。栓娃在门口看了几眼，招呼着让他们溜出了头门。

走回涝池岸边，羊在自留地嚼着玉米叶子，尥着蹄子，跑了出来。爷爷挥着铁锨，在后面追赶着。他跑上前，拽住缰绳，牵着羊，撒腿向北跑去。爷爷气得唉声叹气，喊着晚上不给他吃饭。栓娃呆愣地坐在涝池的葫芦头边，落日泛着清润橙色的光，映在大地上，给村舍田畴镀上了一层橙边。马路上成排杨树的叶子变黄了，在有着少许清冽的秋风中，哗啦啦抖动着，好像在幸灾乐祸地鼓掌。散在田野中的社员，趿踏着回村，旷野传来阵阵说笑声。农家后院飘起了炊烟，在快要落叶的树梢，聚成一团，就像一幅夕阳落日的水彩画。栓和搓着脸，羊撒着欢跑上岸，对着村口咩咩叫着，跑到他的跟前，舔着他的手掌。

栓和没有去上学。核心没有了，课间休息的时候，同学们散在皂角树下，追逐厮打嬉闹着。栓娃怕栓和还要上树摘枣，看不到栓和，他紧着的心放松了。二蛋跑过来，将他扯到边上，眼珠滴溜着问："栓和咋没有上学？昨天还好好的，也没有听说他家有啥事。"

栓娃茫然地摇着头。放学回来，二蛋拉着栓娃，推开栓和家的门。栓和靠在临窗的炕头，脸色蜡黄，捂着肚子，间或呻吟着。见他们进来，勉强地咧着嘴巴，笑容刚露出来，他突然撩开被子，弯着腰，趿着鞋，两腿一夹一夹地跑向茅房。回来的时候，他直起身子，额头冒着冷汗，干裂的嘴唇嚅动几下，瞪着栓娃问："你家的枣会不会有问题？昨天晚上睡到半夜，我肚子疼得直打滚，实在忍不住了，我哥驮着我去了卫生院。医生说是肠胃炎。打了针，吃了药，肚子还是抽痛。"

见栓娃不作声，栓和问二蛋："咋样？"

二蛋笑着说："枣没有问题，你吃得太猛了。"

周六下午，爸爸从学校回来了。爷爷走进头门，站在枣树下，仰头瞅了一阵子，走进二门楼子说，下午卸枣，明天镇上有集市。奶奶走出厨房，解下围裙，搭在门闩上，她进了厢房，从柜子拿出单子，站在屋檐下抖落着。栓娃走到后院，从上房的墙角拿出几根竹竿，站在枣树下，比画着抽了几下，半红的枣嗒嗒而下。他捡起几颗，跑回来，递给奶奶和厨房里正在洗锅的妈妈。

爷爷扛着梯子，靠在树干上，望着树梢，准备上去。爸爸扶着梯子，对栓娃说："你爷年纪大了，你软胳膊嫩腿的，上去打枣！"

栓娃攀着梯子，噔噔站在树杈上，抓着树枝，踩着树杈，攀在树梢上，随着秋风晃动着。爷爷手搭凉棚，叮嘱他不要踩屋顶。栓娃接过递上来的竹竿，见树下的人扯好了单子，对着上方的树梢，拍打了过去。枣就像调皮的孩子，红着半边脸，在空中推搡嬉闹着，砰砰落在单子上。爸爸将单子折起来，红枣滚成一堆，顺着提起来的口，将蹦跳的红枣倒进笼中。

吃过晚饭，一家人坐在厨房里，围着两蒲篮枣，在昏黄的灯光下，按照大小和红的程度分成两种。爷爷招呼着将上等的枣，装进了自行车的筐筐中，剩下的泛着红点的青枣，倒进冒着热气的温水中。他蹲在麦囤前，抹着下巴，眯眼看着灯泡，问今年北山枣的收成，合计着枣的价格。估摸着时间差不多了，他张罗着将锅里的枣捞出来，在蒲篮中漏掉水，又用干抹布搓了一遍，倒进另一只筐筐中。爸爸蹲在筐筐边，举着旱烟卷，若即若离地搭在嘴上，吱吱地吸着，沉思着说出了自己估算的价格。爷爷嘿嘿笑了，扯着手里的柴草说："还是要随行就市，把握住宁卖贵中贱，不卖贱中贵。"

周日清晨，清凌凌的阳光，漫着地平线，穿过壕崖上泛黄的树枝，从街道映了过来，向阳的屋墙黄澄澄的。社员们端着老碗，蹲在霞光中，看着自己长长的影子，搅和着碗里的稀饭。爸爸拿出打气筒，给自行车充满气，推着车子，出了村口。

田埂的小径搭在马路上，车辙中尘土飞扬的马路系在沙石公路上，成排的杨树将青色泛黄的玉米地分割成一块一块的，粗细黏结的路网，就像血管，集镇成了一个节点。吃了早饭的人，大部分扛着农具，从宽一点的马路上，顺着毛细血管一样的田埂，散落在田间，玉米地的田垄籁籁抖动着，间或腾起烟尘。小部分人顺着马路，上了公路，提着篮子，向镇上蠕动。

镇上街道的树沟积着水，街道上是郯郯的青泥。爸爸推着自行车，顺着街道走了一圈，他在数着卖枣的摊子，筹思着摆卖的位置。供销社前面，是一片青砖铺成的有点坡度的地块。他将自行车靠在桐树上，抓起筐筐，闭着气卸了下来。他揭开盖在上面的牛皮纸，从自行车大梁的挂兜中取出秤，放在上面。爸爸怕见到同事，他蹲在边上，低头看着地面，抽着旱烟。配种老汉抖着肩上的褂子，远远就问："你大怎么没有来？"

爸爸抬起头，站起来，指着红枣说："饲养室离不开。"

老汉蹲在筐筐前，拨弄红枣，拿起一颗嚼着。吐掉枣核，他抓起枣，放在秤盘上。爸爸拨弄着秤砣的绳子，秤杆忽闪翘起，就要扬翻的瞬间，他抓住秤盘，将红枣倒进老汉的褡褳中，又从另一个筐筐抓取一把枣，放进布袋中。老汉的手在夹袄里的兜兜中摸索着，掏出几张碎钞，蘸着唾沫，搓了一张，抖动递过来。爸爸推挡了回去，说每年羊都得配种，钱就算了。老汉花白的胡子翘了翘，嘟着脸，晃着手里的钱，嘴唇泛着沫沫，结巴着说："一档归一档。"

中午时分，筐筐的红枣剩下的不多了。东边的街道过来几个人，中间的那位叼着烟，比画说道着。爸爸缩着头，瞄了一眼，心里一紧，那个人就是公社的文教专干。他瑟缩挪着屁股，脸朝着西边，蹲在不远处，捡起一根树枝，在湿地上画着。几个人走进供销社，趴在柜台上，和售货员说笑。爸爸将秤塞进挂兜中，提起筐筐，正在往车子后面架。专干捏着鼻子，哼哧着擤鼻涕，刚要淋掉手指上的鼻涕，转头见他提着筐筐的背影。他喊着爸爸的名字。爸爸颤抖了一下，脑子发蒙，僵在那里。专干走过来，看着筐筐里的枣，笑着问："还在做买卖？"

爸爸松开手，筐筐夺拉掉在地上，红枣弹起来，在筐筐乱碰。他调整着表情，怯怯地讪笑着说："自家院子的枣树，吃不完可惜，到镇上卖掉。"

专干跂着脚趾，脚跟离开地，前后晃着身子，疑惑地瞥着。爸爸赶紧蹲下去，撩着捡起几颗枣，递了过去。专干笑了，接过红枣，掏出手帕，转动搓着，放进嘴巴嚼着。爸爸扯了一块牛皮纸，飞快地包上红枣，点头哈腰地递了过去。专干左右走了几步，摆着手，不肯接。爸爸笑着说："自家树上，不值几个钱。"

里面的几个人走出来，见爸爸举在空中的纸包，接过去，抓起红枣，就往嘴里填。专干夺过纸包，让爸爸拿秤过来。爸爸平摊着手，不肯拿出秤。他抓起几把红枣，塞给那几个人，架上筐筐，推着自行车，匆匆离开。专干跺着脚，半开玩笑地说："没有给钱，就是白吃白拿，以后的话就不好讲了。"

爸爸转过头，脸上洋溢着逃离的笑，摆着手，骑上了车子。

一场寒流，田禾和树木蔫了。太阳露头，村舍和田野结了一层薄薄的霜，就像妇女脸上没有涂匀的雪花膏。爷爷拉着架子车，走在壕岸上。虎子蹲在岸上，望着霞光中草枝上坠着的霜，慢慢化成的露水，他搓着脸，唉声叹气，好像在对着霞光，祈祷天地给予他生活的启示。爷爷驻足,喊了他几声。他将头深深埋在大腿间,就是不吱声。

转眼端着碗,眼睛对着霞光咕溜着,一步一停地走过来,蹲在门前的台阶上。爷爷将扫把放在门背后,拍着身上的土,和转眼说道了一声,摆着手,盯着自己的影子,回到家。厢房和院墙形成了一个长方形的天井,卸了果实的枣树,抖动着泛黄稀落的指甲盖大小的叶片,就像咳咳着的老人,满是褶皱的树干,诉说着沧桑。走进二门楼子,爷爷蹲在院子,从台阶的洗脸盆中,撩着水,搓洗着脸。身后嗒嗒几声,他放下毛巾,见三坨酥软变形的柿子,瘫在地上。他走过去,弯腰捡起一团,用袖子轻轻擦着,放进嘴巴里嚼着。他将一团稍硬的柿子,放在窗台上,将另一团递给栓娃,对着正在舀饭的奶奶说:"起霜了,柿子差不多了,得找时间卸下来。"

学校就要放秋收假了。栓娃背着书包,二蛋在身后喊他的名字,他怕栓和要摘柿子,装作没有听见,一溜烟跑回家。地上落着汁液四溅的瘪柿子。他捡起来,塞进口中,吸纳蠕动着口腔,黏软浓甜的果酱,在口舌间翻滚着。他将书包挂在门闩上,踹掉鞋子,爬上柿子树。几只喜鹊扑棱着翅膀,站在晃动的树梢上,有的不慌不忙地啄着硬柿子;有的晃着头,将尖利的嘴插进酥软的柿子中,叼出一团柿子肉,抖着吞进口中,然后缩着脖子,将粘着柿子汁的嘴,在翼下搓着。

栓娃抓住树杈,一股气流簌簌撩在头顶,凉丝丝的,伴着臭味。抬头一看,喜鹊胯毛一紧一松,一个红色的肉点缩了回去,隐在毛丛中。他憋着气,跨上树杈,抓着树枝,跺着脚,用力摇着树冠。满枝坠着的红柿子,像一颗颗小灯笼晃动着。几只喜鹊嘎嘎叫着,扇动着翅膀,腾起身,在枝头盘旋了瞬间,飞走了。瘪了的柿子嗒嗒落下了,柿子似刚出壳的雏鸡,飘落的黄叶在空中忽闪着,覆盖在柿子上。栓娃攀上树梢,看到瘪了的柿子,捏着放进了嘴里。阳光透过掉了叶肉、布满纹路的叶片映了过来,随着秋风闪着。栓娃好奇,随手扳下一片叶子,边上还有泛着绿色的叶轮,中间就像用久了的抹布。

虎子家院子的柴堆动了几下。栓娃好奇地伸长脖子,踮脚张望着,看不到人。他踩上细而有弹性的树杈,蜷曲着身子,呼地挺直身子,站在晃动的树梢上。虎子媳妇穿着褴褛的单衣,头发就像毛毡,目光呆滞地盯着草丛中的虫子,拿着树枝拨弄着,嘻嘻拍打着。栓娃晃着树枝,她呆呆地挺起身,陌然地看着。他摘下几个柿子,抡着胳膊,摔在她家的瓦楞上,柿子滚了下去。她捡起来,张开嘴巴咬了一口。想到生柿子的涩味,他攀着树枝,不停地摆手。她津津有味地嚼着,对他嘿嘿笑着。

爸爸推着自行车进门的时候,栓娃和爷爷站在柿子树上,将摘下的柿子放在担笼里,用绳子溜下来。爸爸撑好车子,接过担笼,和奶奶一起,将柿子堆放在蒲篮中。柿子摘得差不多了,爷爷交代,扛上梯子,将上房后面檐头下的柿子架收拾一下。栓娃下了树,提着柿子笼,来到后院。爸爸站在梯子上,将玉米秆摆在木格上,手压了几下,感受着架子的牢固程度。爷爷走进后院,站在梯子中间,将担笼递上去。爸爸将柿子一排排放在上面,最后盖上一层玉米秆。爷爷站在下面,走着看着。他爬上梯子,递上一担笼麦粒壳子,撩开玉米秆,撒在柿子上面。

2. 秋雨绵绵

　　童老师敲响了学校的铃，喇叭播放完《再见了，妈妈》的歌曲，书记对着麦克风吹了几下，通知公社革委会的决定，学校暂停放假，老师要带着学生，给生产队拾棉花。同学们看着电线杆上的喇叭，在老师一阵阵急促的哨子声中，推搡着排好队。站在皂角树下，瞅着灰色的天，童老师挥着手说："棉花是国家战略物资。天气不好，白啦啦的棉花不能烂在地里，大家赶紧回家，系上摘棉花的肚兜，准备下地。"

　　白啦啦的棉花，在秋风中摇曳着，如果衬上蓝天白云，那将是天与地的对话。灰蒙蒙浸着水雾的天宇下，妇女排成一排，弯着腰，盯着田垄，手指飞快地在棉蕾上捻着，几瓣棉花顺着手指尖，弹到手掌，攥成一团，扔进肚兜中。捡过的田垄，变成了褐色，枝头残留着裂开的口子，闪着青色的棉蕾和棉壳间一丝丝棉绒。肚兜满了的妇女，双手提着腰间肚兜，腿摆动着，分开棉株，就像即将临产的孕妇，趔趄到了田头，过完秤后，将棉花掏出来，抖放在架子车上。

　　童老师跟着队长，站在地头，分派着任务。队长踩着树沟的土疙瘩，摘下烟锅，晃着叮嘱学生们，不要赶时间，得拾干净，如果大人们跟在后面，再捡一遍，就不划算了。同学们呼啦散开了，每人盯着一行棉株，一只手攥着，另一只手捻着，或者抠着棉花瓣。队长走着,不时望着天,愁苦地搓着脸。他蹲在田坎上,将童老师喊到田头,递过旱烟袋子。童老师接过来,卷上一根旱烟,看着渐渐远去的学生,和队长扯着淡。

对面玉米地的叶子,簌簌抖动着。几个社员弯着腰,在黄拉拉裹着一层胶汁的叶子间晃动着,抱着毛豆走了出来。他们拍着身上的草枝和水珠,看着队长的背影,走了过来,蹲在边上,递给他几根毛豆枝。队长放下烟锅,用指甲撩着裂开了的豆荚,捻出几粒黄豆,放在手掌上搓看着,捡起一粒,用舌头顶在门牙上,咬碎噗喋着。他转过头,摇着头说,熟的不行。他盯着童老师,摊开手抖着,叹着气说:"按理说,玉米地垄间没有阳光,不能套种毛豆了。上面有要求,种下了,又是这个样子。"

队长捻起一撮土,攥在手掌,捏碎后摊开说:"这土地也是有灵性的,你让它养着密密麻麻的玉米,又让他牵着一溜溜毛豆,它哪里顾得过来,临了就是这个结果。它要是犯了脾气,人也得听它的。"

栓和有力气,对捡棉花这样细气的活,他头就犯晕。他笨手笨脚地捡了一阵子,见同学们将他落在后面,他干脆蹲在棉株间发呆,垮掉枝杈,扯着上面的皮,搓着上劲,合成了一根细细的绳子。他拔下一根粗壮的棉枝,扯掉枝杈,将绳子拴在头上,抡起抽打着棉蕾。

二蛋撅着屁股,直起身见栓和蹲在地垄间,嘻嘻地挥着手。栓和拧着嘴唇,一个口哨。二蛋挠着头,愣了一下,挥着手,让一群同学顺着栓和那行棉株散开,一人一截,弯着腰帮忙摘棉花。栓和咧嘴笑着,见大家来到自己的田垄,他走过来,撩开腹部的挂兜。同学们不情愿地抓起捡到的棉花，放进他的兜里。

栓和挺着臀，腆着肚子，手向上扯着带子，喘着气，走到了田头。队长竖起眼，站起来，挥着烟锅，直夸他泼实。童老师扔掉手中的树枝，拍着腿上的土，疑惑地看着，扑哧笑了。栓和晃着身子，咧嘴附和着。他将棉花倒在架子车上，回来的时候，顺手抓起几束毛豆，搓开豆荚，吸着瘪瘪的青豆。尝着生豆汁的涩味，他的脸就像包子皮，嚼了几口，咳咳地吐到地上，随手将队长放在烟袋边的火柴，揣在了裤兜。

天色暗了下来，栓和在二蛋耳边嘀咕了几句。二蛋蹲下去，捡起一块土，朝栓娃扔过去。栓娃站起来，见二蛋滴溜着眼睛，朝栓和那边摆头。他转过身子，见栓和蹲在地上，摘下幼小青色的棉蕾，掰开吸着里面的青汁。乌青的天空下，褐色的棉田地中，捡棉花的人成了一个个黑点。队长成了蠕动的影子，他站在田坎上，喊了声收工了。一粒粒黑点变大，会集在地头，倒掉肚兜的棉花，抖着空拉拉的布兜，发出噗噗的响声。

童老师和队长走在前面，栓和放慢了脚步，捂着肚子，钻进了玉米地。二蛋和栓娃闪到边上，趁大家急着回家，猫着腰，溜进了玉米地。几个人合计着，朝毛豆地走去。他们拽起豆株，抬起脚，对着鞋帮子磕掉土，拢起抱到另一头的渠岸下。捡来柴火，栓和蹲着点着，对着火苗吹着气。二蛋将枯了的树枝架在上面，火苗嘎巴炸响，溅着火星，燃了起来。栓和拿起毛豆株，撒开放在上面，一层一层的。栓娃拿起树枝，戳着火苗，撩拨翻腾着。

几个人围坐在火堆旁，手搭在火苗上，烤着火，用温热的手，搓着渗凉的脸。冒着烟的火焰，将他们的脸庞映得红彤彤的，眼泪和鼻涕随着热气和浓烟的熏烤，漫了出来。栓和擤了一把黏稠的鼻涕，抹挂在树枝上，放在火焰上烤着。黄拉拉的鼻涕，吱啦掉进灰烬中，他拨弄着，伸长脖子，好奇地看着。

烟气淡了下来，飘起了黄豆的醇香。栓和捡起已经断掉的豆枝，晃动了几下，黑黑的豆荚掉在地上。他捡起来，掰开后捻着冒着热气的豆粒，抖进嘴里，得意地嚼着，脸颊就像馒头，溢着惬意的神情。他指着火堆，抖动着手里已经燃到根的豆条，示意能吃了。二蛋和栓娃学着他的样子，将毛豆枝从火堆上捡出来，放在边上晾着。几个人就像田鼠，噗喋着嘴唇，吱啦吱啦地吃着。

拾完了棉花，学校放秋假了。灰沉沉的天空飘起了蒙蒙秋雨，天气冷了许多。吃过午饭，队长撂下老碗，嚼着蒸馍，两腮鼓起蠕动着。他抖动着肩头的夹袄，撂着腿，走到饲养室前的槐树下，抓着钟绳，就要拉的时候，被馒头噎住了。他憋着气，咽下了馍团，拉响了钟。社员们走出头门，跐踏着聚在钟前。队长抹着额头的雨雾，挥着手说："提上担笼，带上全家，拿上剪刀，赶紧到棉田地里，将没有开的棉蕾摘回来，不能烂在地里。"

一笼笼好像青桃一样，咧着白牙的棉蕾，倒在地头的蛇皮布上。天快黑的时候，队长带着会计，将棉秆分给每户。虎子和民主拉着架子车，将棉蕾拿回场房。民权不在，他们推开门，将烂成絮絮的被子撩起来，折成卷，放在柴堆上，揭掉炕席，把棉蕾倒在炕上。民主走到屋外，往炕洞里塞上柴草，点着后，蹲在炕门前，挥着扇子。队长走进饲养室，对正在槽头拌草料的转眼说:"秋收忙不过来,你得帮帮忙。晚上睡到场房,给炕门加加柴火,翻腾翻腾棉花咕嘟。"

转眼停住料叉,咧着嘴巴,眼珠吱溜翻转着,嘻嘻地问:"加不加工分?"

队长摆着手,嘀咕道:"你也跟着耍心眼了!"说着,他转过身,风风火火地走了。

盯着冷森森的细雨,社员们随着队长移动。会计手里拿着本本,数着棉株的行,喊着社员的名字。社员们挤到前面,脚踹着土梁子,顺手捡起树枝,插在地头。分完了棉株,大家呼啦散开了,叫着老婆,喊着孩子,招呼着老人。壮年劳力提着拔棉株的棉秆,手攥着棉株,用棉秆伸出来的上宽下窄翘起的钩子,搭上去,将棉株卡进去,手抓起头,抬起来,棉株根吱啦从湿土中蹦跶了出来。他们抡起棉株,磕掉根部的泥土。妇女们跟在后面,将残留的棉花丝捻出来,摘下被虫子啄食的棉蕾,扔进担笼中。孩子们将湿淋淋的棉株,抱起来,踩着湿滑的田垄,抖着脚底的泥,放在田头。

外面是淋湿的夹袄,身体却冒着汗,内衣黏在身上,劳动一停下来,浑身直打寒战。灰白的天空,暗了下来,爸爸拉着棉花秆,爷爷抹着眼眉和胡须上的雨水,推着架子车。回到了家,奶奶正在做饭,妈妈忙着烧炕。爸爸蹲在炉膛前,抽着旱烟,借着一闪一闪的火光,驱走浑身的寒气。吃晚饭的时候,爷爷从饲养室回来了,他匆匆喝了一碗稀饭,抱来一堆棉秆,让大家扯下皮,说农忙后要合成绳。

几天的阴雨后,乌青的天宇变得透亮,太阳闪出半个脸,笑嘻嘻地看着大地。棉田地的梁子上，套种着红芋。起霜了，铺满棉花枯叶断枝的田垄，漫上一层白色。红芋紫红的杆颈黏了，瘪瘪的变得枯黄，原来瘦小的地梁子，像怀孕妇女的肚子，裂着缝子，凸了出来，间或可以看到暗红的根须和赤红色红芋的头。队长从玉米地里走出来，手掌上放着几粒玉米，搓着和会计窃窃私语。他站在地头比画着，给每个家庭分派一道梁子，以挖下红芋的斤两记工分，秧归自家所有。

爷爷走在前面，弯腰将红芋秧扯下来，放成一堆。爸爸踹着红芋的根，看着鼓起来的土堆，巡视着从哪里下镢头。他往手掌上吐了口唾沫，搓着拎起镢头，抡圆了挥了下去。他晃着镢把，看着土缝颤抖，又挖了一下，摆动着镢把。土层松开了，露出一窝围坐在一起，大小不一，就像一家人一样的红芋。栓娃蹲在边上，将硕大和有着怪异形状的红芋拣出来，搓掉上面的泥，竖在土堆上，嘿嘿笑着。

栓和举着手里的红芋，嬉笑着走了过来，后面跟着二蛋。栓娃搓着手上的泥，站起来。二蛋指着栓和手里的东西，挤眉弄眼，就像围着唐僧的孙猴子。栓娃定眼一瞧，他手上的红芋，恰似一个站在地上，弯着腰，撅着屁股的女人。栓和剥掉赤红的皮，红芋就像女人脱掉了裤子，露出了白生生的腿和圆润的屁股。屁股上浸出奶汁一样的黏液，他伸出舌头，不时舔着，嘴巴噗喋着，一副享受的样子。

二蛋给了栓娃一个手势。栓娃站起来，看着前面忙活着的家人，犹豫了一会儿，尾随着二蛋，溜到渠沟里。栓和还在倒腾女人形状的红芋，他压低声音，瞥着渠岸，吸了一口红芋汁说：

"留上几窝红芋,到时咱们再来刨。"

几个人会心地笑了。爷爷喊栓娃的名字。他赶紧站起来,提着裤子,走上岸,应和着跑了回去。

每家分到的红芋,堆在地头上。一群人拿着刀子,削掉了皮,攥着红芋,咔嘣嚼着,嘴唇上溢着淋淋的汁液。爸爸将分到的红芋,装上架子车上,上面盖着红芋藤,驾着辕,在前面拉着。栓和撅着屁股,在后面推着。

爷爷拉回一车红芋藤,用铡刀铡碎,给牲口拌上。走到檐头下,他就闻到了蒸红芋的味道。他围着院子的红芋堆转了一圈,走进厨房,蹲在麦囤前。栓和放倒炕桌,端上冒着热气的红芋,用筷子在上面插着。爸爸拿起红芋,在两只手间倒腾着,不断地吹着气。他掰断一只,将一半递给栓娃。他撕掉皮,对着起着沙的白生生的瓤,咬了一口。

吃了一只红芋,爸爸不停地打嗝。他站起来,推开了后门,憋气踱着步。爷爷将红芋皮扔进猪食盆中,抹着眼睛,咳咳了几声。爸爸走回来,蹲在边上,饱嗝让他一抖一抖的。爷爷搓着挂在唇上的红芋粒,指着院子说:"有空将红芋分拣一下,大而丰满的放进窖中,明年开春都是好东西。"

爸爸应着,束起一把红芋藤,用刀铡碎,拌入猪食中。

天空飘起了雨丝。社员们缩着脖子,手举着工分本,顺着墙,弯着腰跑进饲养室。栓娃跟在栓和和二蛋后面,溜到饲养室后面,在队上的红芋堆旁转悠着。队长弯腰站起,举着烟锅,趔踏到门口,将粘在手指的鼻涕,抹在门框上,见栓和在那里转悠,他挥着手,责斥着。转眼要到场房烧炕,他提着收音机,拎着笛子,摸索着走到门口。爷爷放下正在垫圈的锨把,站在门口,将栓娃叫过来,让他牵着转眼,送他到北边的场房。

栓娃推开场房的门,见民权蹲在炕沿前面,手里捻着馍块,咧嘴嘿嘿笑着,颧骨上麻钱大小的黑痣上翘起的一撮毛抖动着。转眼跟跄着跨进门,顺手推了一下栓娃,摩挲着坐在炕上。他拧开收音机,调到一段音乐,蹲在地上,捡起柴火,塞进炕洞里,拿起扇子,用力扇着。民权咳咳着推开门,坐在门槛上,伸长脖子,对着外面清冷的雨丝,呼哧呼哧地喘着气。炕烧热了,青色的棉蕾变成了黑褐色,干瘪地裂开了缝,露出了一丝丝棉绒。转眼堵上炕门,推开窗户,屋内的烟气打着旋涡,刺飕飘了出去。

雨丝粗了,一闪一晃地撂在场房的草顶上,顺着屋檐的草枝,落在黄泥滩中。摆动的雨丝,就像竖琴的弦,秋风的飕飕声和错落的滴答声,和炕头煤油灯的摇曳的火苗,构成了一幅有声有色的画面。民权撩着炕头的棉蕾,爬上炕头,靠在破旧油腻的棉絮上,咧着长长的门牙,呆傻虔诚地盯着转眼。转眼坐在油灯下,举起笛子,顺着自己的心情,吹着悲情的曲子,节奏中好像有妇人哀怨的抽泣声。

雨从夜里一直持续到中午。窝在家里的社员们缩着头,站在门洞中,隔着哗哗的雨声,叫喊聊着天。队长穿着一件军用雨衣,手里拿着锨,踩着稀烂的泥水,风急火燎地回到饲养室,社员们随着走了进来。他摘下雨帽,抖着雨衣上的水珠,搭在分割牲口的椽上。他捻上一锅旱烟,瞅着蒙蒙的雨天,挪动屁股,踹着脚,摇着头说:"再这样下雨,苞谷怕是要出芽了。"

转眼端着筛子,抖动着给槽口添草料。队长转过头,摘下烟锅，徐徐吐着烟说："转眼，听你的笛声，好像想媳妇了！要不要我给你伯说一声，给你寻一房媳妇。"

转眼垂下筛子，咕溜着眼珠，咧着嘴巴，稀拉地嘿嘿着。

雨刚停下，大队的喇叭吱吱响了。书记来了一段"抓革命，促生产"的絮叨，说公社革委会紧急通知，要求社员同志们趁着雨停，赶紧下地，将玉米收回来。队长攥着转眼从炕洞中刨出来的红芋，走到老槐树下，拉响了上工的钟。社员们从头门中抬出架子车，穿上了老棉袄，头上勒着羊肚手巾，披着塑料纸，跟着队长，稀稀拉拉向玉米地走去。队长站在地头，扬着手喊道："先将玉米棒扳下来，用担笼提出来！"

茂密的玉米，挺立在湿淋淋的田中，上面是浸着雨水枯瘪耷拉着的花粉絮絮，边上的叶子就像富有弹性的刀剑一样，向上挺着，黄中泛绿。黄金分割的点位上，是裹着青皮的饱满的玉米棒子，顶上粘着紫红色有点腐烂的缨缨，开着口，露出驴牙一样的颗粒。挨地的空间，空落落的，就像长腿的人穿着短短的裤子，裤脚翘在半空。

队长提着担笼，跨过地头的水沟，钻进玉米地中。人不见了，就见玉米秆哗哗地抖动着。他攥住玉米棒的底部，另一只手扯掉玉米棒的外衣，留下内衣，抓着顶部，有力朝下一扯，随着咔嚓声，玉米棒子从壳中脱了出来。碰到与玉米秆生死相依的棒子，他就要转动着拧下来。看着棒子离开自己，玉米秆剧烈地抖动着，上面的叶子撩着队长的面颊和脖子，水珠抛洒在他的身上，棉衣湿了，面颊上留下粼粼暗红的痕。

社员们跟着队长，钻进地里，裹着秋雨，从湿淋淋的壳中脱出玉米棒,用担笼提到田头。地头的杨树叶子黄拉拉的,在秋风中哗哗抖动着,雨水打在叶子上,叶片摆动着,俯视着田野,羞涩地寻找着自己的归宿。

栓和提着担笼,拿着弹弓,后面跟着二蛋,从渠岸上闪了过来。栓娃正在扯玉米壳,头顶上的杨树枝上,麻雀叽叽喳喳叫着。随着两声砰砰声,两只麻雀吱吱叫着,掉了下来,跌在玉米堆上,拼命地抖动着折了的翅膀。栓和跑了过来,扑到玉米堆上,一把攥着一只麻雀。二蛋追着另一只麻雀,在沟水边抓住了。栓和捏着张着嘴巴、吱吱嚎叫的麻雀,咧嘴笑着,捻着一撮毛,用力一扯。麻雀吱吱的尾音收住了,变成了无奈的呜咽,身上露出赤红的一片。

栓和挥着手里的麻雀,和二蛋走开了。栓娃愣愣地看着,心里痒痒的。他将青白色的壳装进担笼,恓惶地跟了上去。栓和站在渠岸上。场房边上的椿树上,落着几只乌鸦,抖着翅膀,嘎嘎地叫着。他挥着手,和二蛋蹲在窝水边,挑拣起大小适中、有锋利棱角的碎瓦片,撩着水,在水泥板上磨了一阵。他们钻进生产队的麦草垛子间,栓娃跟了过去,从夹道看见栓和掏出弹弓,对着树梢比画着。他不敢走过去,躲在后面,心有不甘地瞥着。

栓和踩着松软湿滑的麦草,贴着麦草垛子,弯着腰,小心翼翼地走到椿树下面。他招呼着二蛋举起弹弓,侧着头,眯眼瞄准,缓缓拉开皮筋。他的嘴巴轻轻地啜了下,皮筋同时松开,碎瓦砾飞了过去。一只乌鸦扑棱着翅膀,像触电一样,嘎嘎弹了起来,拼命地抖动着翅膀,腾起身飞了起来,飞着飞着,它掉了队,开始下沉。

栓和高兴地蹦了起来,和二蛋击掌,一起摸索着瓦片,夹在弹夹上,跑了过去。栓娃提着担笼,撒腿跟了上去。受伤的乌鸦,落在涝池边上的一棵槐树上,抬着头,看着落在远处高枝上的群落,哀鸣着。他们喘着气,站在树下,拉开了弹弓。栓娃捡起一片瓦片,随着他们开弓,也抡起胳膊,扔了过去。乌鸦应声落地,瘸着腿,抖着一只翅膀,在泥水中打转转。

　　栓和蹲下去,攥住乌鸦的头。乌鸦的嘴巴张得老大。他捏着一只奄奄一息的麻雀的头,塞进它的嘴巴。二蛋摸着乌鸦黑亮的羽毛,扳着它抖动的尖利的爪子,好奇地看着。看着乌鸦噎住的头和凸起的眼珠,栓娃刚伸出手,栓和就趔趄着躲开了,瞪着眼睛说:"这是我俩的战利品,没有你的份。"

　　栓娃挠着头,嘿嘿笑着,还是伸手过来,想撩拨一下总是站在树上,对着自己嘎嘎哀叫的乌鸦。

　　栓和带着二蛋,兴高采烈地向东边的壕下走去。栓娃提着担笼,跑回家,从瓷瓮中摸出半个馒头,蹦跶着向壕里跑去。见他走下来,二蛋用粘着血水的手背,撩了下额头,笑着挥了下。栓娃站在坡坎上。栓和挽起袖子,捡起地上的刀子,割掉了鸟雀的头,用力扯掉毛。二蛋用刀子割开肚子,大拇指伸进去,钩出内脏,扯掉淋在地上。栓娃走下去,将剩下的馒头塞进嘴里,蹲在边上,搓着手想帮忙。

　　栓和努了努嘴。栓娃会意地笑了,挽起袖子,将泥水搅在一起,用手挖了几坨湿土,拌在一起揉搓着。栓和揭开了玉米秆,将几块断砖竖起来,撩去黑乎乎的灰,抓起一把干柴,掏出火柴点着,撅着屁股吹着。二蛋接过滑溜溜的泥坨,像蒸馒头一样,掐成几块，拿起最大的一坨，捏成一个锅底，将乌鸦放进去，封好口，在手掌间搓着。乌鸦变成了椭圆形的泥蛋。栓娃帮着捡来干柴，折下一根树枝，递给栓和。栓和撩起火苗，将泥蛋放进去，用燃着的树枝拨弄着。

黄褐色的泥慢慢退去了水分，变成白色，上面布满了一道道缝隙。缝隙慢慢裂开，隐约可见赤红的肉体，吱啦吱啦地冒着油汁，飘着香味。栓和低头，舔着嘴唇，喉结蠕动了几下，他扬着火枝，对栓娃说："快点跑回家，拿一些盐过来！"

栓娃倏地站起来，抡着腿，跑回家。他从案底拿出盐罐罐，抓了一把，正要离开，见灶台上有个瘪了的空火柴盒，便将盐从蜷起的手掌中漏进盒子，揣进裤兜，撒腿跑出了门。

栓和拨出了一坨裹着麻雀的泥蛋，撩着在地上滚了几下，滚烫的壳子吸着地上的水珠，吱吱冒着烟。他捡起来，倒腾着吹气，掰开后，将一半泥壳扔掉，用手指捻起一根火柴棍一样的鸟腿，撕扯了下来，拎起来，歪着头，放进嘴巴里，嚼了几口。栓娃赶紧掏出火柴盒，推开瘪瘪的抽屉，举在他的面前。栓和手指点了些盐，放进嘴巴里，嘶了一下，得劲地嚼了起来。二蛋和栓和眼巴巴地盯着，舔着嘴唇。栓和用树枝将几个泥蛋拨出来，他们赶紧捡起来，学着他的样子，蘸着盐巴，津津有味地嚼着。

栓和吃着麻雀，撩拨着裹着乌鸦的泥蛋，用红红的灰烬埋住。二蛋油油的嘴巴噗喋着，挪着屁股，蹲在边上，看到了裂开的缝隙中，吱吱冒气的翅膀，伏在栓和耳边说："村子的小脚老婆们都说，喜鹊是报喜的，乌鸦是报丧的，咱吃了乌鸦，会不会不吉利？"

栓和用赤红的树枝,捶着泥球,咧着嘴巴,不以为然地应道:"都是扯淡!假若她们说的是真的,咱们打掉了乌鸦,将它吃掉了,那就没有报丧的了。这样村里老人就会长寿,这是造福村子的好事!"

二蛋点着头,向前挪动了一下。栓和揽着他的头,低声说:"你娃吃了乌鸦肉,乌鸦就会躲着你,就不会落在你家后院的树上,更不会乱叫,因为它知道,那是在找死。"

栓和拨出了泥蛋,敲开了泥壳,乌鸦赤红的肉体露了出来。他撒上盐,扯了一个翅膀,递给二蛋。看着栓娃,他犹豫着捏住乌鸦的屁股,扯下一块,递给他,瞪着眼说:"啥事你都是跟在我们屁股后面,你也只能吃屁股了。"

栓娃接过冒着油汁的屁股,用门牙撩了几下,放进嘴里,嚼了几口,浓香塞满了口腔。他憨笑着,不住地点头。栓和抓起没了翅膀,少屁股的乌鸦,扯成几块,塞进嘴里,不时闭着眼睛,他噎住了,打着嗝,惬意地享受着。

一车车玉米棒子,堆在饲养室后面。吃完晚饭,劳作了一天的社员,在饲养室记了工分,围着玉米堆,垮掉青色的壳,留下两三条,和别的绑在一起,放在边上,等着天气好的时候,再垒上架子。

栓和扯着玉米壳,隔着门洞昏黄的光,见槽头的叫驴身下,褐色的泛着老人斑的玩意,吱啦啦从皱皮中蠕动胀大着漫了出来,随着后胯的抖动,上翘着颠了几下。他来了兴趣,捡起一条玉米棒,扔到二蛋前面,眼睛向饲养室瞥了几下。二蛋坏笑地应和着。

栓和站起来，退到大人后面，从暗影中溜到饲养室。二蛋跟在后面。他们蹲在驴肚子下面，好奇地打量着。驴抖动着缰绳，回头喷着气，嘴唇扑啦，瞄着他们，趔着屁股，胯下之物吱溜吱溜缩了回去。栓和跑出饲养室，捡回一撮茅草，蹲在驴肚子下面，单腿跪地，偏头侧仰瞄着，用毛茸茸的穗穗撩着，嘴巴噗噗喷着气，一脸好奇。叫驴摆了下后腿，屁股向外挪了一下，鼻孔的白气就像火车启动时的烟囱，一咻一咻地喷着。下面的物件，像冬眠的蛇，慢慢滑出头，从褶皱中跟了出来。他们加快了撩拨的频率，互相推搡着，捂着嘴巴，嘿嘿笑着。

　　叫驴突然扬起头，颈下的铁链子，在水泥做成的槽上磕得哗啦啦乱响，它转过头，看着身下的人，扬起蹄子，在地上刨了几下。队长扔掉手里的棒子，抖着肩头的棉袄，侧脸瞥见他们猥琐的作为，扬起手唤来栓和爸，弯腰斥笑着。几个社员跑进来，伏在门框上，笑得前仰后合。栓和爸嘟着脸，倏地走到门背后，操起扫把，骂着抡了过来。二蛋扯了下栓和，手挡在头顶上，撒腿跑开了。

　　雨停了，喇叭响了，社员们扛着镢头，提着镰刀，来到玉米地。队长脱掉棉袄，挽起袖子说："农时不等人，大家得铆足劲，将玉米秆收了，松土后得赶紧下种。"

　　一排社员拎起镰刀，攥住玉米秆，抡起来轻轻一砍，将玉米秆放成一堆。后面的社员拉着架子车，将浸着雨水的玉米秆运到地头，撂在路边。暮暮的日头下，他们抡着镢头，把玉米根挖下来，将成坨的泥土，翻晒在地上。

　　队长蹲在地头。驻队干部骑着车子过来，他汇报着秋收的情况。他眯着眼,瞅着乌青的天空,脖子缩在肩胛中,咻咻吹着烟,转过身,对着驻队干部掐算着日子,建议将玉米根分给社员,挖下来就归自己。驻队干部抽着脸,哑巴着烟,警觉地看着他。队长挪着屁股,嘿嘿笑着,软磨硬泡地陈述着。干部呼地转过身,扔掉烟头,用脚踩着,推起自行车,走了几步,挥着手说:"咋办你定!这事就当我不知道,你也没有给我说过。"

说着驻队干部滑着踏板,跃上车子,在稀烂的车辙中,抖动着车子,趔趄着离开了。身后撩起一串泥粒。

寒冬腊月的夜里,庄户人家睡觉前,揭开炕门,将晒干的玉米根,扔进炕洞,用灰拨通一下,堵上炕门。这样,他们就不会担心天亮前炕凉,家人裹着被子,蜷曲在炕上,瑟瑟发抖。听到队长的号召,想着暖暖的热炕,社员们拖家带口,带着蒸馍,涌向玉米地,如蚁般散布在田间,热火朝天地释放着潜藏的力气。

玉米秆收拾完了,田地里散落着枯黄的碎叶。队长从田里回来,交代饲养室,给牲口添上硬料,招呼着社员,从后院的库房搬出犁铧,撩着水,用磨石去着铁锈。久违的太阳露出了脸,阴冷的湿气慢慢消退,大家套上牲口,拉着犁铧,一溜串下地了。前面的人,赶着牲口犁地,后面的人挥着耙耙,敲碎上面的土疙瘩。

牲口拉着犁铧,嘴巴扑啦着,踉跄地迈着不紧不慢的步履。队长走过来,让扶犁的社员给了牲口几鞭子。牲口甩着尾巴,抖落着脖上的鞍套,还是那样从容。队长蹲在地头,盯着田间蠕动的牲口和人影,吧嗒着抽了锅烟,他站起来,扬起手喊道:"别耙地了!大家回家,带上锄头和铁锨,赶紧回来翻地。每家按翻地的面积记工分。"

社员们扛着农具，赶来站在地头。队长挥着烟锅，将地垄分到每个家庭。栓和站在前面，扯着他爸的胳膊，不然他往前走。到了棉花地，栓和慢慢闪到前头，到了前段时间自己挖红芋的田垄，他推着别人，闪到前面。队长想起那天饲养室的事，挥着烟锅，点着，摇头笑着。栓和提着铁锨，越过水沟，踩着铁锨翻地。他爸迟疑了下，莫名其妙地跟了过去。

太阳的光晕，像没有睡醒的人，懒洋洋照在田间。水淋淋的田畴，有了干爽的感觉。刚开始翻地时，裹着泥和柴草的锨头，挖进板结的土层时，从刺刺声变成了沙沙声。冬季的小麦，是全村人一年中最主要的指望，那里显现着蒸馍和面条。社员们蜷曲的身子，在翻地中舒展开来，额头开始冒汗。他们脱掉棉袄，白色的粗布褂子，捂在棉衣中的热气，随着一阵秋风，瞬间散了。大家打着寒战，咯抖着赶紧拿起铁锨，曲着身子，使劲地踩着。身上有了热气，身体又慢慢展拓了。玉米地的人，看到埋在地里细小的玉米棒子，便踹出来，扔在边上。棉花地里的人，用铁锨撩着冒着虚土的梁子，拔出断掉的红芋，蹲在地上，用铁锨刃子削掉皮，塞进嘴里，嘎嘣嚼着。

地垄翻到了大半截，二蛋提着锄头，从玉米地斜窜了过来。栓和站在梁子上，眯眼瞥着太阳，歪着头见他溜进灰黛视野的余脉中，他咧嘴笑了。栓和往回走了几步，招着手，和抹着鼻涕、往上不时提着裤带的二蛋，蹲在梁子上。栓和撩开梁子的虚土，露出了几窝隐埋着的红芋。二蛋站起来，挥着锄头，刨了几下，一堆红芋露了出来。栓和朝四周看了看，拿起两条红芋，塞在他的裤兜中，站起来，踹着土，将红芋埋住，踩在上面，拄着锨把，催促二蛋赶紧回去。

队长散着身架子，晃了过来。他摘下烟锅嘴，上下打量着，朝四周巡了几眼，没有发现异样，便抖着肩上的夹袄，晃着烟袋说："甭胡弄！赶紧翻地！"

西落的太阳，躲进乌青的云层中，天际没有了生气，像熬夜人布满血丝青白的眼角。一阵秋风，灰暗的田畴里腾起渗凉的地气。社员们赶紧穿上棉衣，挥着手里的锨把，招呼着回家。栓和妈走过来，让儿子收拾，准备散工。栓和踹着梁子，挤眉弄眼地摆着头。她低头看见一窝红芋，明白了他的心思，嗔怒地瞪了一眼。二蛋跑了过来，见社员们回村了，让栓和挖红芋。栓和蹲在地上，抠着红芋的轮廓，就是不动手。

马路对面的犁铧，在社员们的吆喝声中离开了田垄，消失在马路上。栓和弹了起来，抡起锄头，刨出了几窝隐埋的红芋。二蛋搓掉土，将红芋放进担笼中。栓和妈走过来，想斥责，又摇着头，收住了声。栓和摆着手，让她先回去。她想了想，摘下头顶的帕帕，扛着铁锨，踩着翻起的虚土回家了。

湿土在暮照下，泛着一层白色的沙粒。虎子牵着驴，走到了田头。队长从架子车上，搬下来长方形的耙耙，放在地头，跺了几下。虎子搭好鞍套，将两条绳索扣在耙耙的两边，他攥着缰绳，站在上面，抖动着缰绳，喊着"得儿起！喔喔！"。驴仰起头，撅着屁股，走了起来。虎子踩着了上去，驴扬起尾巴，撩了几下，后面的蹄子顿了下，调整着脚步，绷紧的臀部颤抖着，喘气走了起来。耙耙在湿土上滑着，翘起的土层平整了，土疙瘩碎了，柴草、瓦片和碎砖挤在前面，耙耙翘了起来，像托在水面上的滑板。到了田头，虎子跳下耙耙，松开缰绳，将耙耙翻过来，摘掉裹在上面的柴草，将瓦片碎砖捡起来，扔到地头的渠中。

栓和牵着骡子，他爸扛着种麦子的耧，叼着烟锅，走到田头。队长站了起来，接过耧，摸着两边的脚，放在地头。栓和将骡子拴在树上，蹲在边上，看着骡的下面。队长转过身，踹起土块，朝他飞去。栓和嘻嘻地站起来，还是瞥着那个地方。会计骑着自行车过来，从后座搬下一个麻袋，解开口，撩着里面的麦粒说："公社粮站都是领种子的人，耽搁了！"

队长磕掉了烟灰，搓摸撩着种子，捻起几粒，放在嘴里，咬碎吐在手掌上看着。

栓和爸低着头，拨弄着耧斗下面漏麦粒的摆锤，晃着耧，测试着是否能用。队长和会计给骡子搭上鞍套，牵着站在前面，挂上钩子。会计舀了几碗种子，倒进斗中。栓和爸扶着把，随着骡子的起步，踩着富有节奏的步履，均匀地摇摆耧柄。种子在斗中蹦跳晃动着，饱满的沉下去，在掉锤的磕碰中，从漏空中下去，顺着空心的腿脚，从两只腿掌下弹出，埋在土层中。队长弯着腰，手剥开土，看着种子洒落的稀稠。他站起来，挥手吩咐着摇耧的快慢。

麦子下种了，全村人紧张的心，总算有着落。秋雨绵绵，社员们蹲在家里，收拾着分到的玉米棒子和红芋，筹划着寒冬腊月的日子。学生们上学了，村子窜溜嬉闹的声音没了。阴雨中的村落异常宁静。乌鸦落在村前屋后的枯树梢上，缩着脖子，闪着黑豆一样的眼睛，浸在湿淋淋的雨水中，间或抖动身上的雨水，嘎嘎地哀鸣着。

3. 分油与大雁

　　深秋的阳光暖暖的，棉花晾晒在北边的场里，枯黄萧瑟的空间中，有了像雪一样白啦啦的一片，平添了少许的活气。会计带着民生和虎子，来到场上，蹲在棉花前，抓起一把棉花，使劲地捏着，捻留着一瓣棉，扯开成絮，查验着棉花的纤性，脱出一颗棉粒，放在门牙间咬开，露出了黄拉拉的核，指甲一挤，渗着黄亮的油液。絮叨了一会儿，他们站起来，拿着白布的袋子，抖着撩开口，将棉花装进去。

　　几袋子粗壮的高过人头的棉花袋子，歪斜着身子，软软地蜷蹲在地上。会计提着大秤。民生和虎子拿出绳子，勒在棉袋子上，将绳扣挂在秤钩上。他们将穿过秤头的棍子，弯着腰放在肩上。应着会计托着秤砣的手势，他们一起挺直腰。棉袋抖了一下，两头依旧耷拉在地上。会计晃动着秤，让他们放下来。场边的槐树下，竖着两个碌碡，他们将棉袋推着滚到碌碡间，两个人站上，抬了起来。秤杆一晃一晃的，会计仰着头，踮着脚，伸长脖子，扯着秤砣，总算称出了斤两。

　　吃过午饭，虎子跟着队长，牵出老黄牛，套上拉拉车，赶到场房前，将六袋棉花装上车，用筋绳拂着，绑在车沿上。拉拉车回到饲养室前，队长喊着会计，让他带上生产队的棉花本，到棉站交棉花。蹲在门前的社员们和放学的孩子们，看着碗里清汤寡水的汤面,眼前飘着一层黄拉拉的油花花。他们围了过来,捶着棉花袋,知道这一车棉花送出去,会换回棉籽油,家里的油泼辣子,或许可以像稀泥一样,可以撩起来了。

吃完汤面,栓和攥着半个塌塌馍,歪头站在门前,看见拉拉车的棉花,嚼着玉米塌塌的嘴巴,停了下来,顿觉粗糙得难以下咽。二蛋拿着辣子夹馍,抹着嘴边红红的辣子油,吸啦吸啦地走过来。栓和盯着蒸馍间,像海绵一样溢渗的红油,他嗫嚅着嘴唇,将他唤过来,亲热地揽着他的脖子,走到墙角,像要说悄悄话。二蛋抬着头,看着栓和。栓和捏着他的手腕子,滑到他的手掌,捏过蒸馍,揭掉上面的盖子,和他玉米塌塌的盖子,对调过来,递给了二蛋。二蛋没有缓过神。栓和贴着他的耳朵,悄悄地说:"咱是兄弟,得有难同当,有福同享嘛。"

两个星期后,队上拉回一桶油和两坨好像磨盘一样的油渣。油桶放到库房,油渣撂在檐下的台阶上。放学后,同学们盼着分油,常常攥着玉米塌塌,趁着大人不注意,溜到饲养室的后院。他们推着库房的门扇,一串乌溜溜的眼睛,从上到下挤贴在门缝上,嘴巴噗喋着,咽着玉米塌塌,想的却是黄拉拉的棉籽油。

队长端着碗,蹲在土堆上,筷子在碗中刨着,嘴巴搭在碗沿上,扬起脖子喝掉面汤。他将碗放在脚下,从腰带中抽出烟锅,在旱烟袋中捻着烟末,对着圪蹴在对面的会计说:"冬季还要平整土地,后晌将油分了,给大家添些油货。"

饲养室前的社员们,听到分油,抖着滴着面汤的碗,抹着下巴笑着。回到家里,他们将碗放在案板上,对着正在洗锅的老婆说:"后晌队上分油,你收拾一下!"

老婆拧着抹布，隔着窗户喊着孩子的名字，传递着分油的喜讯。

栓娃妈从案板下取出黑色长颈的瓷瓶，拔掉塞子，将剩下的油倒进碗中，将瓶子倒过来，靠在铁锅的耳上，让油滴干净。她拎起电壶，拔掉塞子，翻过瓷瓶，给里面倒了少许的开水，塞上塞子，来回晃动着，瓶里哐啷哐啷地响。她拔掉塞子，趁着热气，将混着油迹的水，倒进碗中。栓娃站在边上，端起碗晃着，盯着水面上一坨坨泛黄的油花。妈妈拿过碗，说晚上做油馍蛋蛋，随手将油瓶递给他。栓和蹲在炉膛前，两只鞋夹住瓶底，抓起一把麦草，在瓶子外面，使劲地搓着。

孩子们提着油瓶，举在太阳下瞄着，兴高采烈地来到库房前。栓和半个屁股，搭在木墩上，斜眼瞥着库房，挥手让大家用油瓶排队。人口多的家庭，用的是大一点的瓷壶，少部分是医院用过的葡萄糖输液瓶，大部分是蓝色高颈的酒瓶子。油瓶子两边，站着两排大小不一的孩子。他们乌溜溜的眼睛，盯着自家的瓶子，手里拿着玉米塌塌，不时嬉闹着，用期盼的眼神，瞥着库房的门。

会计和民主打开库房的门，将油桶搬了出来。民主从墙角提来黑色的瓷盆，捡起一撮麦草，在里面搓了几下，端着举起来，鼓着气，吹净土尘，放在油桶边。会计将抹布搭在油桶盖上，攥住横着的棱，拧了几下，抖着手腕子问："是倒转还是顺转？"

民主抖着烟头，龇着黄牙说："都试一试！"

民主拧开油桶，和会计一起，在一群孩子的帮助下，将油桶扳着，斜了下来。油汁噗地冒着泡，流了出来，泛在油桶的棱沿中。栓和喊着，松开扳油桶的手，和二蛋抬起瓷缸，搭在油桶沿边。黄亮的油液噗噗着，一抖一颤地涌出来，流进瓷缸中，油头在光滑的缸底，盘旋了一圈，沉寂了下来。

油桶竖起的时候，一淋油丝断了，耷拉在油桶的铁皮上，滚动着流下来。栓和拨开大家，倏地捡起放在砖头上的塌塌，顺着铁皮，从下向上摁着，擦了上来。塌塌上粘着黑色的污迹和黄色的油汁。他将塌塌抖了下，二蛋赶紧掏出纸包，打开后捻着粗盐，撒在上面。他狼吞虎咽地咀嚼着，边上的同学，捏着手里的塌塌，眼巴巴地咽着口水，蠕动着嘴唇。

会计拿起顶头的油瓶，转过头问："谁家的？"

那家的孩子用袖子擦着清鼻涕，笑嘻嘻看着别的孩子，站在了前面。会计蹲在地上，叼着旱烟，搓着膝盖上的本本，喊着这家能分到油的斤两。民主将油瓶子挂在秤上，称出皮重，放下秤，用漏斗给瓶子灌油，估计差不多了，就提起秤。塞子塞入瓶子，瓶嘴留下点点油迹，这家的孩子用手里的塌塌馍，使劲地在瓶嘴上擦拭着，捻净油花，放在嘴里，大口嚼着。

分到了油，将油瓶放回家的孩子，手里拿着塌塌馍，又蹦又跳地跑回来。他们围成个半圆，眼睛直勾勾地盯着盛油的缸子。油分完了，缸子边上沾了层黄拉拉的棉籽油，孩子们伸出手中的馒头和锅塌塌。会计和民主接过来，在缸子边上擦下，将蘸着油的馍，递给他们。接过馍的小孩，赶快将手指捻着的盐，撒在上面，塞进嘴里，憋气嚼着。

大人们离开了。孩子们推搡着，挤到缸前，将手中的塌塌馍伸过去，在缸子底上用力擦拭着。跑出饲养室门，他们满头大汗,喘着粗气,红红的脸蛋下,是一张张油乎乎的嘴。由于吃得猛,几个孩子像打摆子一样,冷不趔趄地挺起胸,翘起下巴,张开嘴,此起彼伏地打着嗝。

麦粒发芽了,从清晨泛着白霜的褐色的田土中冒了出来,像纸上的蚕蛹,满地都是芝麻一样的绿点。秋日清冽的气息中,嫩芽沐浴着暖暖的阳光,不几日,就成了好似绒毛一样的绿絮。栓娃从学校回来,放下书包,拿着半个冷蒸馍,操起竹竿,站在涝池岸上。一只老母鸡带着群小鸡,扑棱着翅膀,低着头,黑豆一样的眼睛滴溜着,爪子刨着柴草,抖动着脖子,啄着食。母鸡一只脚站着,另一只脚缩在肚毛中,抖着爪子上的泥粒,木偶一样地摆着头,犹豫了一会儿,放下腿,咕咕着进了麦田。

栓娃将馍塞进嘴里,挥着竹竿,"吆唪!吆唪!"地喊着,跑了过去。栓和和二蛋走过来,喊着栓娃。他跑了几步,转头笑着,依旧喊着赶鸡的号子。鸡群刨着田土,嘴巴从缝隙中啄着已经出牙裂开的麦粒。栓娃抡着杆子,母鸡扑棱着翅膀,嘎嘎叫着,身体腾空趔趄着。鸡群啄着食,心有不甘地离开了。栓和走过来,捡起一块土疙瘩,对着鸡群甩了过去。

栓和款着担笼,在萧瑟的树梢寻着鸟窝。二蛋掏出弹弓,弯腰寻着碎瓦片。两个人嘻哈着,朝村子后面荡去。栓娃站在岸边,看着涝池边上枯黄的杂草,心里一片茫然。鸡群踱到麦草垛子中,扯麦草的茬口中散落着麦壳,鸡群拨弄着麦草,悠然地蹲了下来。栓和驻步,转头见麦草垛子的夹道中,有一个鸡造的窝。他踹了脚二蛋。二蛋的脑袋像拨浪鼓一样,灵巧地弹了过来。栓和眨巴着眼睛说:"过去看看!有鸡窝,说不定可以寻到鸡蛋。"

两人走过去，挥着担笼，撩开鸡群。栓和蹲下去，扯了几把麦草，垫在膝盖下，跪在上面，手伸进去摸着。他摇着头站起来。二蛋不死心，头钻进鸡窝中，撩出了麦草，在一层麦粒壳中摸着，突然，他咻咻笑了。栓和赶紧蹲下身，见他摸出了一个鸡蛋。栓和接过鸡蛋，晃了几下，举在空中看着。二蛋喘着气，脸憋得涨红，就像下蛋的鸡。他又咻地笑了，慢慢站起来，展开手掌，还是一颗鸡蛋。他们如获至宝，浑身飘了起来，走起路来就像皮影。看到他们癫狂的神情，栓娃知道他们有了新的发现，他走前几步，问二蛋。二蛋皱眉瞪眼地笑着，刚要开声，栓和扯了一把，他们一溜烟地走开了。

二蛋带着栓和，推开了自家厨房的门，从灶台上拿起了铁勺，蹲在案板下，拧开了油瓶，滴了一串油。栓和推了他一把，接过油瓶，咕咕倒了一摊油，转过头问："面粉在哪里？"

二蛋揭开面瓮瓮。栓和拿起碗，舀了半碗面，加上水，抽出一双筷子，抖动着手腕子，熟练地搅拌着。二蛋蹲在灶膛前，燃起火。栓和在锅边上磕破鸡蛋，手指一掰，鸡蛋流进碗中，他加上盐，搅和了一番，见铁勺中的油扑闪着蓝色的焰，便将混着鸡蛋的面汁，倒了进去。油烟蹿起，一声吱喽声，面汁抖动着，定了形。二蛋将铁勺放在炉上，拉了几下风匣，拿出铁勺。栓和用筷子翻着面饼，用筷子尖撩起面粒，放在舌尖噗溜着，点头笑着。他们蹲在灶膛前，吃完了鸡蛋饼，将碗筷清洗好，放回原位。就要出门，栓和返回来，拿起一块半截砖，伸进灶膛中，枕灭火烬。他们舔着嘴唇，哼着"小小竹排"的歌曲，蹦跳着晃出了头门。

小麦一撮一撮的，长到一指高了。一组社员们挥着铁锹，将地垄中断开的梁子上，培上土，让梁子竖起来。另一组人铲着水渠边枯黄的杂草，将壅堵的淤泥掏出来，培在岸上。湛蓝透底的天宇，高远了好多，没有一丝云彩，清冽的风吹着，斜阳挂在西边的树梢上，靠近地平线的天际，透着绛红色，天空就像蓝底酱色边的碗，扣在土塬上。

地平线尽头一阵轰鸣，两只银色的光点，拖着长长的尾巴，直冲云霄，两道平行的白色的线有了毛边，慢慢地酥散，变成了一坨坨浅色的白云。北边的苍穹，传来飕飕的声音，一溜人字形的大雁，排着整齐的队列，拍着宽大有力的翅膀，伸长脖子，鸟瞰大地，悠悠地飞了过来。雁群盘旋着，徐徐落下，落在东北方向的公墓地上，尖利的嘴巴在胸毛下撩着，啄着鲜嫩的麦叶。头雁间或昂起头，警觉地看着四周，咕咕叫着。

爷爷从饲养室回来，走进厨房，对端着碗的栓娃说："大雁飞过来了，雁粪喂猪最好。明天是周六，你提上担笼，到东北公墓地，捡雁粪去。"

栓娃撂下碗，跑到头门外。栓和领着一群孩子，抬起一只腿，搭在另一只腿上，提着裤脚，单腿跺着晃着，腾拉腾拉冲过去，膝盖撞着膝盖，正在比赛。栓和提着裤脚，单腿跺着转了一圈，问还有没有人挑战。一群孩子放下腿，勾肩搭背地围着，献媚地摇着头笑着。栓和瞪着眼，挥着手说："你们四人一组，放马过来。看我咋收拾你们！"

几个人交换着眼色，撩去裤脚，喊着号子，冲了过来。栓和松弛着身子,站在原地,见他们冲过来,他挺起臀,直起身子,摆着膝盖。四个方向的进攻,将栓和夹在中间,力抵在他身上平衡了。他腾拉着转着身子,摆着膝盖,将他们放倒了。

栓和放下了裤脚,喘气坐在柴堆上,看着二蛋问:"明天下午放学后干啥?"

二蛋嘿嘿着说:"听你安排!"

栓和转身问栓娃。栓娃说得去捡雁粪。栓和挠着脖子,眯眼瞅着月亮,手比画着大雁的形状,不停地嘀咕着。他突然揽着二蛋的头,问:"大雁能不能吃?"

二蛋蒙蒙地想着,看了栓和一眼说:"我妈有时对我爸说,癞蛤蟆想吃天鹅肉。天鹅肉肯定好吃!天鹅咱没有见过,可能和大雁差不多。"

栓和哧哧笑着,拍着脑袋说:"大人说的天鹅肉,指俊俏的女娃。我觉得你说得有道理。大雁应该和天鹅是叔伯姊妹。咱吃不了天鹅肉,弄一只大雁烤了,那也是难得的美味。"

周六放学,栓和让二蛋和栓娃赶紧吃饭,饭后到涝池边上集中。三个人蹲在椿树下。栓和拉着弹弓的皮筋,自行车内胎做成的皮筋上,横着泛白了纹路,他摇着头,问二蛋:"你家里有没有皮筋?"

二蛋爸是大队的兽医。他说得回家找找。栓和让栓娃找一些碎瓦片,磨成有棱角的三角形,装在裤兜。二蛋跑回家。栓和捡起碎石子,夹在弹弓上,拉长皮筋,对着队长家的黄狗,放了一弹。石子击在狗脖子上。黄狗转过头,瞥着他们,狂吠了几声。栓和站起来,走前几步,又拉开了弹弓。黄狗夹着尾巴,趔着身子,张望着怯惧地跑开了。

二蛋跑了回来,递上两条打针用的黄白色的皮筋。栓和高兴得跳起来,他扯着皮筋,试了几下弹力,笑着让他们赶紧回家,等社员们下地了,大家一齐出发。回到家,栓娃在屋檐下找出几片破瓦,用砖头砸成碎片,在青石上磨着。爷爷走进家门,好奇地看着,低头问:"你干啥?"

栓娃抬起头,抹着额头的汗水,嘿嘿笑着,就是不应声。上工的钟声响,社员们扛着农具,来到饲养室门前,分成几组下地了。栓和提着担笼,拧着嘴唇,几声口哨,二蛋和栓娃跑了出来。他们踌躇满志地踩着田埂,向公墓地奔去。

坐在公墓边的渠岸上,他们看不到大雁的踪影。二蛋攀着树枝,站在树杈上,手搭凉棚,像猴子一样地刺溜着。栓和接过磨好的碎瓦片,在鞋帮上搓着,夹在弹夹中,举起弹弓,拉长皮筋,对着坟头的砖头,比画着。栓娃提着担笼,弯着腰,脚拨弄着麦丛,捡着盘成一团,外面裹着白粉,好像雪糕一样的雁粪。他掰开雁粪,见干裂的断面上有没有完全消化的麦叶,知道那是几天前的东西。走了一段,他又见几团雁粪,光溜溜的,没有干在上面的白迹。栓娃用脚一拨,成团卷着的雁粪散开了,粘着没有断掉。他站起来,挥着手喊着。栓和和二蛋跑过来,蹲在雁粪前面,用草枝拨弄着,讨论着这两天有没有大雁来过。

空旷的塬上,大队的喇叭声交合在一起,随着秋风,叠加成长长的音尾,就像光线一样,一明一暗地抖动着。基干民兵头顶黄色的军帽,穿着黄色的上衣,蓝色的裤子,肚子上系着瘪瘪的弹夹肚兜,背着闪着银光的半自动步枪,在连长的带领下,迈着整齐的步伐，挺着胸膛，穿行在荒凉的田畴中。栓和被连长整治过几次，他心有余悸。他从渠岸上溜到渠中，二蛋跟着蹲了下来。两个人趴在渠坎上，透过枯黄草丛的间隙，看着民兵队伍，从田埂上经过。

二蛋站起来，拍着衣襟上的土，指着远去的民兵说："用步枪打大雁，一定没有问题。"

栓和咧着嘴巴，偏着头，冷笑着说："那玩意都是糊弄人的，听说枪里根本没有子弹，打起架来，还不如烧火棍。"

民兵的队列变成了蠕动的影子，只有一溜刺刀闪着光点，摇曳在秋风里，慢慢地合在地平线上的一抹黛色中。突然，天空传来飕飕的声音。栓和侧耳静听，和二蛋一起蹦了起来，但见刺刀的光点中，闪出了几个黑点，慢慢变成了人字形，现出了抖动飞翔的样子。二蛋跑上岸，挥着帽子，指着西北的天际，喊着让栓娃快点过来。

雁群降下来，咕咕着在麦田上面盘旋。栓和扯着他们的袖子，几个人趴在渠坎上，盯着想落又没有落下的雁群。栓和眯眼瞪着，看着大雁展开的翅膀下，嘟噜着毛茸茸的身子和长长探伸的脖子，他抹着口水说："这东西弄到一只，就够咱们吃了！"

雁群拍着翅膀，靠着惯性，悠然地落在麦田中。他们刚冒出头，溜到坟冢间，雁群滴溜着眼睛，跟着头雁，飞了起来，盘旋着落到不远处的正在修造的水库岸上，蹲在枯草丛中，齐齐地瞄着下面的田垄。

栓和伸着头，看了一会儿，蹲下来，爬上坟头，急得不行。他让二蛋和栓娃猜包哠（猜拳），输了的从田野绕过去，驱赶水库岸上的雁群。栓娃挥着拳头，抡了几下，输了后垂着头，从水渠岸上，向水库走去。栓和掏出碎瓦片，摆在草丛中，瞭望着他的影子。雁群咕咕地飞了起来，落在麦地上，抖动着翅膀，晃着脖子，啄着麦叶。

栓和瞪着冒火的眼，将碎瓦片夹在弹弓上，慢慢地拉开皮筋，对着雁群瞄准。二蛋掏出用红色内胎做成的弹弓，俯在栓和身边，拉开弹弓，静候命令。栓和缓缓站起来，弯着腰，猫步前行了几步，转动着身子，调整着瞄准的角度。他憋了一口气，待到晃动的手定住了，嘴巴"哧"的一声，松开了弹弓。一只大雁咯抖着，扑棱了一下翅膀，趔着身子闪开了。雁群咕咕着挤在一起。当栓和夹上第二粒瓦片，举起弹弓的时候，雁群抖着翅膀，飞了起来，从他们头顶掠过。栓和对着大雁毛茸茸的肚子，射出一粒瓦片。

雁群飞走了，身后是一阵阵忽强忽弱的哨声，像在嘲笑他们。栓和站在坟头，甩着弹弓，踹掉坟头的砖，坟头的白纸借着风势，扑啦裹在他的脚上，任凭他踹跺，就是不离开。他感到晦气，蹲下撕掉白纸，扔在空中。二蛋蹲在坟冢间，木然看着，垂头挠着脖子。栓娃晃着树枝，从水库上走回来，蹲在麦地里，捡起两根大雁的羽毛，在脸上撩着。栓和和二蛋跑过来。二蛋接过羽毛，看着根部，搓了搓，对栓和说："刚才你打到了，就怪咱的火力不够，大雁不像麻雀，难于致命。"

栓娃拿着羽毛，扯掉两侧的绒毛，往手掌上吐了一团唾沫，用羽毛根撩着，扯开袖子，在手腕子上画着，笑着说："这是最好的笔。马克思就是用羽毛写书的。"

栓和来了兴趣，拿过羽毛，在手背上画着，举在空中，透过阳光，瞄着根部。他们走到渠岸边，靠在向阳的玉米秆上。栓和问二蛋，家里还有没有火药。二蛋迟疑了片刻，点着头。栓和拿着羽毛，从脖子上方伸进脊背，闭着眼，惬意地挠着，嘴巴抖动着，想笑却没有笑出来。他睁开眼睛说："明天上午，我收拾枪。二蛋准备火药，不行就到供销社买些炮，剥掉弄出火药来。栓娃得找一些磕破了的自行车珠子，还需要一团老棉絮，准备好了，咱们到涝池边上集中。"

　　周日下午，栓和站在涝池岸上，歪头趔身，斜眼瞥着街道，一条腿抖动着。民兵连长骑着自行车，在坑洼不平的路上，随着车子颠着。见栓和这般模样，他下了车，推着自行车，退了几步，转头问："你站在这里，弄啥哩？"

　　栓和愣了一下，屁股动了下，站直身子，嘿嘿笑着说："准备打麻雀，这也是除'四害'！"

　　连长疑惑看了一会儿，掂起车头，在地上弹了一下，拍着坐垫说："你娃乖乖的，再胡弄！看我咋收拾你？"

　　栓和趔了下身，就像黄狗遇到了他，匆匆走开了。

　　栓和领着二蛋和栓娃，蹲在坟冢间，瞭望着蓝莹莹的苍穹。二蛋掏出了火药盒子，揭开盖子。栓和从担笼中拿出了枪，掏出一块牛皮纸，倒了些火药，折起抖着，灌进用喷雾器杆子做成的枪筒中，晃了几下。他接过栓娃递来的搓成粒粒僵硬的棉球，塞进枪筒中，捡起一根树枝，伸进枪筒中，摁了几下。栓娃掏出一个纸包。栓和捻着自行车的珠子，灌进枪筒中，又塞了几粒棉花，小心翼翼地将枪放在坟头上。

西落的太阳，挂在树梢，天空有了声响，雁群悠然地飞了过来。栓和坐起来，趴在坟头，看着雁群落在麦田中。他轻轻地拿起枪，转过身，用耳朵挠挠，撩了点火药，填到枪筒根部上方的眼上，手指捻了几下，拉起束在扳机上面的皮筋，将弓子形的扳机头，搭在束着枪管的铁丝上。他转过身，弯着腰，举着枪，撩着脚下的荒草，借助坟冢的遮掩，慢慢地向雁群靠近。

头雁伸着长长的脖子，见窸窸窣窣抖动的草丛，咕咕叫了几声。雁群停止啄食，抬起头，机警地瞭望着。栓和静止了，举着枪的手微微颤动着。头雁突然抖动着翅膀。栓和弯着腰，跑了起来，在雁群起飞的瞬间，扣响扳机。雁群在低空挤碰着，扬起了一团土尘，羽毛乱飞，盘旋着腾空离开了。栓和和二蛋跟在雁群下面，期望有一只大雁沉下来，掉在麦田中。跑了好一会儿，见大雁的队列没有变，他们喘着气，弯着腰，手扶在膝盖上，还是翻着眼睛，盯着慢慢变小的雁群。栓娃跟着跑了几步，回过身来，捡起麦田中大雁的羽毛，攥在手里，对着栓和舞着。

栓和和二蛋瞥着天边，趔着身子，悻悻地走回来。他们蹲在麦田里，撩着麦根，踹着田土，找寻着射出去的珠子。二蛋在麦叶间捻起一粒，喊着栓和。栓和将珠子放在手掌心，搓着端详，让他们再找。二蛋蹲下来，见地上散落几粒，刚要捡起来，被栓和拦住了。栓和跪在地上，头贴着麦丛，骨碌着眼睛，见残缺珠子凹陷的地方，有一点红色粘在上面。他用两只手指蛋，轻轻地夹起来，似乎看到了一粒肉星，填在凹陷的地方，他懵拉拉地笑着，转头说："打到了！肯定有大雁受伤了，也不知它什么时候落下？会落在什么地方？"

几个人愣愣地站起来。翘首望着靛蓝的天空，依旧追寻着大雁的影子。

　　自习课，童老师坐在教室外面的台阶上，用红色的蘸笔批改完作业。他站起来，走进教室，将一沓作业本放在讲台，走开了。栓和掏出大字本，准备写毛笔字，他的影格不见了。他揭开本子，撩着白纸，扭头看着二蛋。二蛋从书包中拿出上面印着乘法口诀的笔盒，抠开盖子，抽出折叠着的沾着点点墨汁的快要散开的影格，递了过来。栓和铺在白纸下，拿出毛笔，在栓娃的墨盒润笔，准备写大字。

　　栓娃见讲台上的红墨水，手搓着书包里的羽毛。他走过去，拿起红墨水，坐回座位，掏出羽毛，将影格放在白纸下面，顺着"无产阶级文化大革命就是好"的字帖，蘸上墨水，顺着边沿描了一张中间透空的影格。几个孩子趴在桌子上，好奇地看着。他手指捻着羽毛，指着教室前面贴的马克思坐在桌后，桌上摆着的羽毛笔的挂画，用拼音缠着写了几个字母，同学们伸出手来，都想试一下。

　　栓和接过红笔描成的影格，举在光束中抖着。同学们转过头，好奇地看着。童老师带上房门，走了回来。栓娃赶紧将红墨水，放回讲台。栓和摸出一根羽毛，蘸着墨汁，在本子上写着。童老师沿着课桌间的走廊，低头过来，见他手里攥着根羽毛，在他的脖子上，轻轻地抽了一把。栓和抬起头，脸上抹着团墨汁，嘿嘿笑着，用羽毛指着墙上的画。童老师拿过羽毛，瞄了几下，捻着羽毛走了。看着童老师背着手，用手指蛋搓着羽毛，栓和对着二蛋，吐着舌头，泛着得胜回朝的笑容。

放学后，同学们跟在栓和后面，询问羽毛笔哪里买。栓和给二蛋一个眼色。二蛋站在土堆上，将大家唤过来，摆着手说："那是天鹅的羽毛，外面买不到。咱一只鸡蛋换一根，想要的，回家拿鸡蛋，我在涝池岸边等着哩！"

同学们散开了，栓和跑回家，从裤兜掏出一把羽毛，递给二蛋。二蛋按照粗细长短，将羽毛分成两撮，揣在两个裤兜里。几个同学揣着鸡蛋，弯着腰跑出家门，将鸡蛋放在栓和脚下，二蛋攥着一撮羽毛，让他们抽选。

到了周四，栓和羽毛换鸡蛋的兴奋消减了，还是惦记着麦田中的大雁。放学后，他拉着二蛋和栓娃，在村前屋后转悠着，想着怎样弄到大雁。转眼正在饲养室垫圈，屋内漫着尘土。栓和溜到门前，趁他转身铲土，他们蜷缩着身子，吱溜进了后院。转眼放下铁锨，眼珠朝上乱转，稀拉着嘴巴问："谁呀！"

他们躲在饲养室北面的屋檐下，大气不出。转眼嘀咕着眼睛，抡起了铁锨，土尘扬起的瞬间，他们顺着墙角溜在库房门前。

屋檐下垒着的油渣，酥松开了，掉着屑。边上是装过六六药粉的牛皮袋子。栓和抹着脑袋，有了主意。他想用油渣拌上六六粉，撒在麦田里，毒死大雁。二蛋和栓娃点着头。他们捡起砖头，见转眼出了饲养室，砸着油渣辊子，提起牛皮纸袋子，将六六粉抖入一个袋子，将碎的油渣装进，抖着搭在肩上。栓和在前面侦查，他转过头，招着手，二蛋就往前走几步，栓娃走在后面，扶着袋子。溜出了饲养室，见街道上没人，他们将袋子背到场边，藏在麦草垛子间的鸡窝中，撩起麦草，抖着盖住。

接下来的两天，栓和牵心着毒杀大雁的事。走出学校，大家就蹲在一起，合计着细节。周六中午放学，吃完午饭，他们不约而同地来到场边。二蛋瞅着昏沉沉的天空，抖着棉衣，感受着冷飕飕的秋风，对栓和说："这天气，大雁不会来的，不如明天再去！"

栓和提着牛皮纸袋子，看着六六粉的字样，挠着脖子，轻轻地踹了一脚，笑着说："咱用的是六六粉，今天又是礼拜六，大人常说六六大顺。我看不要等了，咱将这东西放在担笼中，等下就出发。"

二蛋拔了些荒草，和栓娃一起蹲在坟冢间。栓和掏出火柴，抽出坟顶砖下压着的白纸，点着将荒草搭了上去。火苗扑腾着燎了起来，三个人蹲在边上，手在火堆上晃着，不时瞅着灰蒙蒙的天。栓和说："天冷，有几个红芋就好了，可以烤着吃。"

二蛋跑到渠岸上，见渠另一边的苹果园里，好像还有干枯的红芋藤。他跑回来，提着担笼，拽着栓娃跑过去，刨了几窝红芋，搓掉上面的土，提回来放进火堆中。栓和笑嘻嘻地用火棍拨着火烬，将红芋埋在里面，看着担笼里混着六六粉的油渣，他抓起一把，撒在火苗上。焰头吱啦着，蓝色的火焰噗噗朝上蹿着，混杂着浓烈的六六粉的味道。

远处隐约传来嘤嘤嗡嗡的声音。二蛋撂下撩火的树枝，跑着站在坟头上，朝着北方的天空瞭望着。灰色的云层间，一溜麻点蠕动着，排着人字形，他转过身，喊了声来了。栓和呼地站起来，望了几眼，将二蛋喊回来。几个人撩着土，将火苗闷住，扇撩着冒起的烟。雁群从水库的岸边，开始盘旋下落，侦测着地面的动静。栓和好像躲避飞机扫射一样，揽着二蛋和栓娃的脖子，一起低下来，俯在坟堆上。飕飕声萦回在天空。栓和转过头，见雁群飞到邻村公墓边上的麦地中。他们提着担笼，猫着腰，顺着坟冢间的小路，轻手轻脚地溜过去，似乎要将自己还原到天地间的景物中去。

趴在坟头上，雁群就在二十多米外的麦田中，栓和抓起一把油渣，挥着胳膊，又怕惊飞雁群。他往前走了几步，头雁抖动着脖子，黑豆般凸起的眼睛溜着，咕咕后退着。二蛋在后面低声说："再往前走，大雁就飞了。不如撒过去，等着它们吃。"

栓和转过头，竖起拇指，嘘了一声，让听他的口令。二蛋和栓娃攥着油渣，跟着栓和的节奏，抡起胳膊，一起抛了过去。雁群敏捷地腾起身，一只接着一只飞了起来，抖着长长的脖子，咕咕鸣叫着。栓和接过担笼，仰头看着雁群，在它们刚才觅食的地上，撒上油渣。

退到坟堆后，几个人靠在荒草上，喘气嘻哈着，静待雁群到来。渠岸对面的果园传来了嬉闹声，一群孩子提着红芋藤，气势汹汹地喊叫着，跑了过来，围住他们，问谁刨了红芋。二蛋抬起头，怯弱讪笑着。栓和咧着嘴巴，腮帮子抖动了几下，不动声色。一个孩子跑过来，抹着鼻涕说："这帮夙娃，往咱村的麦子上撒六六粉！"

领头的是一个麻秆一样的高个子。他瞪着眼，走过去，踹着麦叶上的六六粉，凶神恶煞地折返回来，挥着树枝，在栓和眼前撩来撩去，喷着唾沫，叱骂着。见他们没有反应，麻秆撂着瘦长的腿，踹起的土块，飞向栓和。

栓和知道，麻秆是邻村大队书记的儿子，他是那个村的孩子王。见他这么张狂，栓和压着身体里腾升的血气，抬起头，用充血的圆眼，盯着他。看见栓和眼中的杀气，麻秆晃着手，对边上的同伴嚷道："做了坏事，他竟敢用这样的眼光盯着我。"

栓和站起来，坐在坟头的砖上，依旧死死地盯着他。麻秆跺着脚，让同伴往上冲，他指着坟堆说："这是我老爷的坟，他把我先人坐在屁股下，这口气咱咽不下去！"

一群人拿着弹弓、铲子和树枝，晃动着围了过来。二蛋扯了栓娃一把，他们呼地站起来，一左一右站在栓和两边。栓和啜了口唾沫，将他们拦到身后，将棉袄脱下来，扔在坟头。他挽着袖子，走到麻秆面前，脸对脸望着。他微微闪了下脸，轻轻地说："要打架，咱们找时间单挑！这么多人面前，我把你撂倒了，你爸大队书记的脸面，给哪儿搁？"

麻秆比着嘴巴，眼睛拉成一条线，挥着手，大声说："比就比，谁怕谁呀！"

栓和扭着头，往坟头吐了口唾沫，咬着牙说："吃完腊八面的下午，无论下雪还是刮风，咱们在这里比试一下。"

麻秆转过身子，对着同伴挥着手说："你们都听好了，腊八下午，两村在这儿比武！"

天色暗了下来，栓和瞅着乌青的云层，没有雁群的影子。二蛋走在前面，从火堆中刨出红芋，弹掉上面的黑灰，吹着气将撕了皮的红芋瓢，递给栓和，让他消消气。栓娃拿着他的棉袄，跟在后面，将棉袄从后面给他披上，笑着说："就是说说，还比什么武？"

栓和胳膊伸进棉袄,转身驻步,盯着栓娃,嘟着脸说:"你胆子小就别来了。比武是一定的,说出去的话,就是泼出去的水,想收也收不回来,何况那也不是咱的秉性。"

寒冬腊月

han
dong
la
yue

1. 火热的工地

牲口，是一种财富，也是一种劳力储备，更是农耕文明中粪土转换的一种方式。农闲的时候，社员们就像蚂蚁一样，拉着架子车，从壕里川流不息地将土拉上来，堆在饲养室门前。平土的社员招呼着，架子车上到土堆的顶，提开渠箱（后面竖起来的门），倒下土。土堆就像老黄牛拉下的粪团，盘旋而上，堆成圆锥形。饲养室门前的地方有限，土堆和粪堆，像咬了一口馍，馍团在口腔里滑溜，这边的腮帮子憋了，那边的就鼓了起来。

吃过晚饭，队长敲钟，站在槐树下说："晚上拉土，以每家每户为单位，会计登记车子的数量，按照数量记工分。"

民主提着电线，接一只螺丝口的灯泡。他扯开粘在一起的塑胶，分成两条线，将线头塞进嘴里，咬着线头的胶皮，用力一抽，胶皮破开，他用指甲撩起翘起的皮芽，往下一扯，露出撮缠在一起的银丝。他将电线缠在竹竿上的钩子上，将接好的灯泡挂在树下，斥开了一群孩子，让他们后退，举起两根竹竿，挂在土堆顶上的电线上。天黑了，灯泡亮了，告诉社员们，该加班拉土了。

社员们将靠在院墙上的架子车放下，拉到头门口，侧着从门框抬到门外，拎出渠箱，搭在车厢后面，将铁锨放上去。孩子们驾辕，家长跟在后面，一溜下到东边的壕里。下午，队长和几个男社员，挥着镢头，顺着土崖的茬口，挖了好多土。架子车到了，大人们攥着铁锨，将土铲起来，甩着扬进车厢。孩子们站在土层上，扳起大点的土块，扔进车厢。大人们伽起辕，搭上辕绳，孩子们在后面推着。平路的时候，大家有说有笑。坡路的时候，社员们弓着身子，前后一起用力。到了半坡，仰望着电灯，他们撑着腿，换了口气，低头俯身，嗨咻喘着气。

小明站在门前，见饲养室前热闹的场面，他嚼着馒头，往上扯着裤腰，笑嘻嘻走过来。小明爸在外面干事，是村子的一头沉的家庭。栓和倒完土，架着车辕，从土堆上下来，他咧着嘴巴，瞥了眼小明。小明赶紧走过去，扶着车辕，讨好地扯着辕绳。栓和松开一只手，在他耳边嘀咕了几句。小明嚼完蒸馍，将辕绳从栓和肩上脱下来，搭在肩上。

栓和拉了两车土，小明在后面推着，空车回来的时候，小明站在壕岸上，灯光映着他长长的影子。坡下的人对着他喊，他顺着塄坎，撅着屁股溜下去，嘻嘻着推车子。栓和下了坡，转过身来，挥着手让他留在坡上，帮大家推车子。小明红扑扑的脸上冒着汗。队长站在灯影中，挥着泛着红色灰烬的烟锅，夸了他几句。小明呼啦脱掉棉袄，挽起夹袄的袖子，摆着身子，忽上忽下。

二蛋妈拉着架子车，二蛋在后面推着。小明蹿了过来，用胯骨撞了下他，低头并排推着架子车。小明手抓着后沿，有点异样，低头一看，渠箱下原本的挡板前架着一块木头，渠箱向车厢斜得厉害。架子车顺着车辙，轮胎就像皮球一样蹦着。二蛋亲热地拍着他的肩膀，听着他用力时哧哧的喘气声，他身子蜷曲着，

寒冬腊月

手却没有用劲。小明斜着身子,见车厢像筛子,细土从一指的缝隙,唰唰漏了下来,上了土坡,撩开渠箱,车厢里的土瘪了进去。

小明多了个心思,他推着架子车,比对着每一家渠箱的竖斜程度及缝漏的情况,他越想越感到不忿气。队长从土堆下来,蹲在壕岸上抽烟。瞅着他一明一暗烟火的节奏,小明溜着蹭过去,贴着他蹲下。队长侧过头,舒缓地喷了一口烟,满脸的褶子,晃了一下,嘿嘿笑着说:"你这娃将来当农民,一定是个好劳力,能当队长。"

小明眼前一亮,挪着屁股,凑在队长耳边,将看到的情况报告了。队长瞪着眼,翘着身子,盯着他看了下,磕掉烟灰,站起来,忽闪着走到土堆顶上。二蛋家的车子上来了,转过车辕,刚要提渠箱,被队长拦住了。他拍着车厢看了一眼,跺着脚,瞪着眼,手在架子车上拍了两下,喊道:"生产队也得靠大家,都像你们这样滥竽充数,生产队迟早都要散伙!"

队长唉唉着,手拍着大腿,对土堆上蹲着的会计说:"这车土,两车算一车!"

一场西伯利亚的寒流过后,乌青的天像一个罩子,呼啸的北风夹带着雪花,透支着大地残存的余温。人们蜷着身子,脖子缩在衣领中,操操着手,瑟缩地跺着脚。大队的喇叭响了,一段《红灯记》后,书记咳咳着说,冬季兴修水库的工地要开工了,公社通知,明天早上,各个生产队要赶到工地。

队长拉响了钟,社员们咪嗒着出了门,聚在饲养室前。他搓着手,哈了几口气,站在粪堆上,让大家将铁锨、镢头收拾好,把自家的架子车检修一遍。民权和虎子操操着手，蹲在地上，抽着旱烟。队长对他们说，将去工地牲口的鞍套收拾下，到库房领上硬料。会计走过来，队长指着二蛋妈说："你到工地上做饭，和会计一起，拉上几口袋麦子，磨好面，准备好锅灶上的用具，明早拉到工地。"

社员们回到家里，在院子看了一遍。家里有老人的，不用担心孩子吃饭。家里没有老人的，爸爸带着孩子，叮嘱家里的农活。妈妈揭开面瓮，撩开馍笼，讲解怎么做饭。天色暗下来，二蛋爸带着他，一起到壕里，给茅房拉土。二蛋妈挽着袖子，将洗好的红芋端进厨房，将发酵好的面糊倒出来，兑上玉米面，双手交替，晃着臀，双脚一抬一晃地揉着面。二蛋姐蹲在炉膛前，拉着风匣，往炉膛加着柴火。蒸气扑哧扑哧地推着锅盖。他妈搓掉手上的面粒，揭开锅，将红芋摆在扣着一只碗的水面上，盖上锅盖。她返回身来，将面团搓成一溜，一只手转动着面丘，一只手抢着刀，随着一阵富有节奏的当当声，两溜面团错落有致地排在案上。她提来蒸笼，将纱布在碗里蘸湿，抖落着铺在上面。两只手掌衬着面粉，飞快搓着面团。面团成了圆形，她随手放在蒸笼上，揭开冒气的锅盖，将蒸笼搭上去。

鸡叫的时候，二蛋躺在热炕上，睡得正酣。爸妈起床了，唰唰扫着院子，厨房的风匣嗒嗒响着。临出工的时候，他妈推开房门，说饭做好了，便带上门，和男人将架子车抬出头门。社员们从黑魆魆的夜色中，闪了出来，喷着白啦啦的气，在队长的招呼下，大家借着饲养室门洞昏黄的灯光，将农具和粮草装上架子车，踩着霜气，向工地进发了。

塬上没有自然的沟壑，连续几年的平整土地，慢坡的地都被倒平了。尽管宝鸡峡罐区渠网密布，为了保证旱灾时万无一失，公社决定，将几个相邻的壕壑联通，修一个水库。东方发白，启明星挂在天幕上，在凛冽的北风中，眨着眼睛。附近村子的喇叭齐鸣，讲话声和歌声混在一起，在飕飕的寒风中变了音。一队队社员们，缩手缩脚地跟在牲口后面，没有喧闹，好像还在梦中，随着牲口嗒嗒的蹄声，迷糊着眼睛，蠕动在路上。

　　太阳冒头，东方天宇间涌动着炽烈刺眼的钢水，乌云像一条条搭在火焰上，正在燃烧的巨木，顶上是赤红的焰火，一道道由红变灰的纹路，若隐若现，慢慢地暗了下来，尽头粘连在乌青的云团中，恰似寒夜里的一堆篝火，竖起挂在天际尽头。男社员们眼睛婆娑着，从羊肚肚手巾中探出头来，抹掉胡子上冰冷的霜气，眯眼瞅着水艳艳的霞光。队长走到前面，从架子车上拿起一面红旗，上面写着生产队的名字，他挥着展开，抖落着绑在架子车上。不远处传来了喧闹声，社员们挺着腰板，在旗子的召唤下，加快了脚步，吆喝着牲口，向工地走去。

　　水库工地，像是天地间一个有了轮廓，尚未成型的老碗。各个大队的社员排成队，站在水库岸上，岸上插着成圈的红旗。几个方位上，竖起高高的架子，架着几串高音喇叭，播放着运动员进行曲。大队干部陪着公社穿着黄色军大衣、戴着褐色火车头毛帽子的领导，巡视着每个生产队。公社的技术员，拎着皮尺，夹着本子，和大队的会计丈量着土方，手抓着脸盆的白灰，攥起来，从合口漏下，在地上画着白线。亲戚、同学和战友相见，都会走过来，蹲在边上，抽着旱烟，寒暄几句。

浓云就像厚厚的帘子，垂在天际尽头。太阳亦如扎着羊角辫的调皮的小姑娘，扒开了帷幔，笑嘻嘻地对着大地，做着鬼脸。一抹霞光映在水库岸上，给人们的脸和身体，镀上一层黄红的边，阳面暖融融的，阴面冷森森的。公社革委会主任走上土台，面向太阳，挥着拳头，慷慨激昂地宣讲着革命形势，号召大家，要发扬一不怕苦，二不怕死的革命精神，打一场兴修水利的歼灭战，以战天斗地的激情，拂住塬上旱灾这条苍龙。

半坡上停着两辆拖拉机，穿着黄色军装瘦小的司机，扔掉烟头，将油渍渍的绳子，缠在拖拉机的轮子上，随着主任一声令下，岸上鞭炮齐鸣，司机就像猴子一样，蹬在履带上，手攥着绳子，用力一扯。拖拉机突突着，冒着黑烟，像冬天晨起憋着气的老汉，咳咳了几声，吐了一口浓痰，气慢慢顺了。拖拉机轰隆隆，像赤色的甲壳虫，在半坡上蠕动着，用履带碾压土层。

岸上的社员们，在大队干部的指引下，撅着屁股，牵着牲口，驾着车辕，下到水库底下。他们拎起镢头，开挖土方，装在架子车上，用牲口牵引着，运到半坡，倒在拖拉机碾压的地方。革委会主任巡视了一番，回到土台上，钻进帆布搭起的帐篷中，坐在炭火炉子边，拎起茶垢斑斑的茶缸，让广播员加上水，放在炉子上熬着。他捡起一条烤红芋，撕开皮，咬了两口，走出了帐篷。放眼望去，密密麻麻的人，像忙碌的蚂蚁，黑色的棉衣群落中，夹裹着黄色的军衣。白晃晃的羊肚肚手巾中，点缀着女人花花绿绿的头巾。广播员递过茶缸，他吹了口漂着的陕青沫子，嘴巴贴在沿上，吱啦吱啦吸了几口，吐着热气，舒坦地将茶缸放在砖头上。主任踱着步，拿起砖墩上抽了好多次的黑棒棒卷烟，点着后浅吸了几口,看着上渗的红烬,赶紧掐灭。

广播员打开喇叭,他知道主任爱听《苦菜花》的插曲。省台正在播放那段音乐,他固定了频道,调大声音,寒风呼啸的苍穹下,响起《苦菜花》的曲子。主任眯着眼,摇着头听着,突然想到了旧社会,贫苦百姓困苦的劳作场景。他眨巴着眼睛,摇着头走进帐篷,撩开广播员,扭着摁扭,听到杨子荣打虎上山的唱腔,他调大了音量。

主任取下挂在柱子上的望远镜,走出来,对着每个大队望着,见有懈怠的情况,就会走进帐篷,对着麦克风,训斥一番。正午时分,阳光暖暖的,他飞快地走下去,解开上衣的扣子,边走边脱掉衣服,接过镢头,抡起来挖土。广播员对着唛头,播报着主任挖土的情况。社员们愣愣地回过身来,瞭望着穿着白色衬衣,挥着镢头的主任的影子。

二蛋父母去了工地,他一下子畅快了。妈妈留下的馍吃完了,姐姐学着妈妈的样子,将酵子撕碎放进面糊中,面团就是发不起来。眼看就要饿肚子了,她让二蛋烧锅,蒸了一笼馍,出笼后,成了淤青的死面坨坨。二蛋泡在开水里,就着腌萝卜,吃了几口,便放下碗。他从地窖取出红芋,和姐姐蒸了一笼红芋。栓娃跟着栓和,到了二蛋家,见笼中的坨坨,栓娃将奶奶在炉膛烤出来的蒸馍,递给了他。栓娃让二蛋姐发面的时候,到自己家,说奶奶能帮忙。二蛋姐嚼着坨坨,点头应着。

天飘起了雪,栓和拉着二蛋,蹲在涝池的沟里,揪了一堆枯草,燃着后烤着火。民权挎着要饭的褡裢,拄着拐棍,穿着一件讨要来的铁路工人的棉制服,抹着嘴唇上的清鼻涕,龇着牙,站在坎上,嘿嘿笑着。栓和转过头,瞥了他一眼,挥手让他走开。二蛋俯在他耳边说:"他褡褳里常有白馍,烤着吃总比玉米塌塌好。"

栓和站起来,走到半坡,将民权叫回来,招手让他下来,蹲在火堆边。他扯开民权的褡褳,在里面翻腾着,见到半个过年才能吃到的礼馍,放在火堆边烤着。二蛋舔着嘴唇,扯过褡褳,也在里面挑拣着。民权索性将褡褳放在前面,任由他们搜摸。

栓娃到涝池边扯柴,见沟里冒烟,他放下担笼,站在坎上,跂着脚瞭望着。栓和和二蛋走上坎,民权跟在后面。栓和捡起半截砖挥着,民权趔着身子,怯怯地走开了。二蛋说他家里没有人,让他俩晚上睡在他家,做个伴。栓和点着头,问栓娃:你们家晚上吃啥?栓娃立马明白了他的意思,他挠着头,不好意思拒绝,报上玉米面烙饼。

二蛋回到家,姐姐正在烧炕。他蹲在自己屋子的炕门前,撩起柴草往里面塞。姐姐说够了,太热睡不着。二蛋放下扇子,抹着脸上的烟灰说:"晚上栓娃和栓和跟我睡,你睡在里屋就不用怕了。"

姐姐噘着嘴巴,甩着辫子,扭头撩开门帘,走进屋子。栓和推开二蛋家的头门,站在院子,问栓娃来了没有?二蛋迎上去,笑着摇头。他瞅了一眼头门,转脸见厨房的屋檐下,挂着一串柿子片,他跃上台阶,扯下两片,放在嘴巴里,刚嚼了两口,皱着脸停下来,咳咳着将柿子的碎末,吐了出来。

栓和走进厢房,拉开电灯,在柜子上下寻找着。挨墙的柜脚放着两只长颈的瓶子,他提起来,放在柜子上,搓掉上面的灰尘，看着标签，他晃着瓶子，将尚有半瓶酒的瓶子，放在柜子上。他撩开被子，脱掉鞋，坐在炕上，不停地挪着屁股，责怪二蛋不该将炕烧得这么热。

栓娃跺着脚上的雪，撩着头上的雪花，颤抖地走进屋，脱鞋坐在炕上，手摁着炕席，在脸上搓着。栓和盯着他的裤兜，目光相遇，他赶紧掏出三个焦黄的上面粘着葱花的玉米面烙饼，放在被子上。栓和拿起饼子，嗅了嗅，撕开一片，递给二蛋。二蛋嚼着，走出去关上头门。栓和拧开酒瓶，将剩下的酒倒进茶缸，抿了一口，脸缩成包子样，嘴巴噗喋着，一副难受而又享受的样子。他将酒缸递给栓娃，栓娃摆着手，难以抵挡他的热情，便接过来，抿了一口，呛得趴在炕边上咳咳着。二蛋走回来，给他捶着背，嘿嘿笑着。栓和一口饼子，一口酒，没有一会儿，酒就见底了。

栓和靠在炕头的被子上，红着脸，愣愣地听着飕飕的北风，看着飘洒在窗棂外的雪花。窗台上放着一盒旱烟，他挥着手，让二蛋拿过来，学着大人的样子，卷了一根烟。栓娃拿起火柴，给他点上。他轻轻地吸了一口，闭着眼睛，噗噗地吐了出来。呼呼的风声，夹裹着低沉的呜咽声。栓和侧耳静听，放下了烟卷，直起身，跪着挪到窗边，拉开窗户的栓子，耳朵贴在缝隙中，眼睛眨巴着，听了一会儿，又让二蛋和栓娃听。寒风呼啸中有断断续续的抽泣声。栓和呼地蹲在炕上，疑惑地看着吱吱抖动的门扇，觉得村上的劳力都上工地了，不可能有夫妻打架。他们跋上鞋，慢慢地拉开门，站在院子里，看着白茫茫的屋舍和墙头寒风中抖动的茅草，三个人揽在一起，头贴着头，抖动着耳朵，刚才的呜咽声没了。

三个人打着寒战,走进屋子,关上门,坐在炕上。墙上挂着的二蛋爸的兽医包。栓和想起大队医疗站的大夫,想到自己曾经躲在窗户后面,贴在玻璃上,偷看大夫给病人打针,被大夫用鸡毛毯子赶走的情形。他挪着屁股,取下医箱,扳开上面亮闪闪的不锈钢扣子,拿起一只粗大的针管,举在空中,看着上面的刻度,推拉着后面的柄,针管头扑哧扑哧冒着气。他让二蛋倒了一缸水,将管头伸进去,吸上水,又吱啦吱啦地射进缸子中。柜上边贴着一张李铁梅揪着辫子,瞪眼咬唇的剧照。栓和瞥了一眼,吸上半管水,举起来,嚷嚷着要给铁梅打针。二蛋想拽住他,匍匐在炕中间,栓和对着铁梅的臀部,射出了一线水柱。

几个人推搡嬉闹累了,睡了过去。鸡叫的时候,栓和感到炕冰凉冰凉的,他踹着二蛋,让他下去烧炕。二蛋抓着绳子,拉亮电灯,稀里糊涂地裹上衣服,蹲在地上,揭开炕门,将柴火塞进去,拿起扇子,半睡半醒间扇着。炕烟顺着缝隙和炕门飘了起来,二蛋堵上炕门,爬上炕,熄了灯,蒙着被子,曲着身子,瑟瑟发抖,脚伸到栓和的腹部。栓和推开他的脚,将被子往身下一撩,转过身咳咳着睡了过去。

泛白的窗户底色中透着橙红。公鸡抖着翅膀,站在墙头上,晃着索啦啦绛红的冠子,喔喔喔地打着鸣。栓娃撩起被角,坐起来,揉着眼睛,穿好衣服,缩着身子,踩着积雪跑回家。推门走进厨房,坐在炉膛前,他喝了一碗榛子,抓起几只热红芋,放进书包,拿起挂在门闩上的棉帽子,摁在头上,走出了头门。

二蛋操操着手,弓着腰,跺着脚,站在涝池岸等栓和。栓娃走过来,掏出热红芋,塞在他手里。二蛋哈着气,暖着手,撕掉皮,吃着红芋,生着冻疮的腮,一鼓一鼓的,缩着脖子,瞥着栓和家的门。栓和踹着门前的碎砖头,摆着身子,走了过来。快到学校门口的时候,他揽着二蛋,嘴巴撩开他棉帽上翘起的扇扇,贴在他耳边说:"你妈在工地做饭,听说工地上有片片面吃,放学后,咱俩赶过去。"

二蛋疑惑地看着他,喉结动了几下,嘴巴微微啜开,喷着白气,犹豫地点着头。

上课的时候,栓和满脑子都是白润筋道的片片面,他不时转过头,对着二蛋做着鬼脸。看着外面的日头,二蛋用渴望的神情应着。体育课,同学们围着皂角树,跑了两圈,在童老师的口哨声中做了遍体操,就是自由活动。栓和对着二蛋,轻轻地摆了下头,他们慢慢脱开了同学,瞥着老师的房门,溜出了校门。

暮暮的日头挂在灰白的天上,泛着紫色的光晕。过了涝池岸,栓和顺着田埂,慢跑了起来。二蛋不时提着松下的裤腰,喘着气,跟在后面。水库岸上招展的红旗,喇叭里雄壮的音乐和干部激昂的讲话,让他们精神一振。栓和转头说:"集体劳动多好!有吃有喝,还能胡吹浪谝,多热闹呀!总比关在四堵墙里面畅快。"

二蛋知道,他早就不想上学了,附和地笑着。

水库的堤坝下,用塑料纸搭起的一溜临时的灶台,烟囱冒着烟,弥漫着各种香味。栓和顺着塑料棚,缩头鬼脑地看着,他解开了领扣,透着气,张着嘴巴,吸着香味,感到口腔里漫着水,滑到喉咙眼。他吞咽了一口,不一会儿,嘴巴里又湿淋淋的。一个灶台前摆着刚出笼的蒸馍,做饭的妇女,背对外面。他伸出手,想抓起蒸馍,就要得手的瞬间,她转过身,盯着他贼溜溜的神情,扯下头巾,呵斥着。

帐篷中有一个攥着油辣子夹馍的少年,他嚼着蒸馍,舞着手,嘴里呜啦着,气势汹汹地走出来。二蛋扯了下栓和的衣摆,栓和定眼一瞧,原来是麻秆。麻秆闭着气,咽下嘴里的蒸馍,舌头在沾满辣子油的红烈烈的嘴唇上舔着,吱吱吸着气,挺胸拦在栓和前面。栓和瞪着眼,冷笑着喷了一口痰,推开他走过去,回头竖起拇指说:"腊八下午,不见不散!"

二蛋妈系着围裙,正在给锅里撩切好的菱形面片。二蛋跑过去,给炉膛加着炭,仰起头,隔着热气,嘿嘿笑着。妈妈在蒸汽中惊愕地问:"你咋来了?"

二蛋鼻子呼哧嗅着,不停地加炭。栓和站在后面,出神地盯着沸腾锅水中翻滚的面片,舔着嘴唇。二蛋妈摘下头巾,仰头看着日头,走到帐篷后面的坎上,望了几眼水库的岸。她走回来,从案下拿出两个碗,拎起灶撸,搭起面片,倒进碗中,抓起勺,舀上面汤加进去,揭开调料碗,撩上盐醋,用勺子搅着油泼辣子,将匀了放入碗中。二蛋和栓和噗喋着嘴唇,一把抓住碗,端起来就要往嘴里刨。二蛋妈揭开盆子,拿出一只洋瓷碗,扯掉上面的纱布,用筷子拨了些下锅菜。她放下碗,让他们躲到帐篷后面,叮嘱赶紧吃,吃完把碗放在地上,快点离开。

栓和仰起头,将面汤喝掉,抹着嘴巴,下巴摆了一下。二蛋放下碗,跟在他后面,弯着腰,顺着帐篷后面的沟渠,撒开腿跑了。工地落在身后,喇叭上传来散工的口令,随后就是振奋的乐曲声。栓和坐在渠岸上，眯着眼。水库的堤坝上，穿着玄色棉衣黑瘦的社员，像蚂蚁一样，从坝上漫下来，涌向冒着炊烟的一溜串帐篷中去。二蛋吃得太猛，又跑了一会儿，他感到嘴唇火辣辣的，两串黏稠的鼻涕，挂在上唇的浅槽中，随着喘气，冒出了大小不一的气泡。栓和看着，笑个不停。二蛋拧着鼻子，擤了几下，手指拎着夅拉着的浓鼻涕，抹挂在杨树干上。几个泡泡粘在树干上，随风抖动着，透亮的面上闪着一丝紫光。

2. 沸腾的牛肉和飘逝的呜咽声

一场鹅毛大雪，遮盖了田畴村舍，土层冻得很深，塬上成了一个冰雪的天地。工地上的人，冒着大雪回来了，像溃败下来的逃兵。进了家门，男人们让老婆烧炕，他们拥着被子，坐在热炕上，抽着旱烟，眨巴着眼睛，有一搭没一搭地瞭着窗外的雪花，在热气的滋润下，张着嘴巴，酣然入梦。

奶奶站在灶台前，让栓娃到饲养室，叫爷爷吃饭。栓娃踩着积雪，试着脚下的冰溜子，蹦跶着跑进饲养室。老黄牛卧在圈中，腿伸得长长的，牛眼圆瞪，没有了平日的反刍。爷爷蹲在边上，在牛肚下燃着一堆火，扯着缰绳。老牛吃力地晃着头，哧哧地喷着气。栓娃喊着吃饭。他好像没有听到，站起来，操起铁锨，拍碎干土，铲上一锨土，轻轻地抖撒在牛肚下的稀泥中。

转眼站在槽头，撩着缰绳，喔喔地唤着。爷爷手捂在牛脖下，摸了一会儿，站起来，唉声叹气地走了出去。栓娃蹲在牛肚下，手摸着牛的绒毛，捻起一撮，轻轻地揪着。外面传来队长急促的脚步声，他赶紧站起来。队长蹲下来，问着爷爷的情况，几个人拽着缰绳，扯着尾巴，喊着号子，老牛试着想站起来，最终还是精疲力尽地瘫在地上。

队长松开缰绳，捻起一锅旱烟，蹲在炕洞前，揭开炕门，拿出一支柴火，放在烟锅上，大拇指摁在上面。他站起来，抽着烟，焦急地踱着，对栓娃说："去！叫二蛋他爸过来。"

二蛋帮着他爸，提着医疗箱子，后面跟着栓和。队长站在门口，扬手让二蛋爸赶紧过来，叨咕着老牛的病情。二蛋爸撩开牛的嘴唇，晃头看着牙齿，手在老牛的胸前摸索了一会儿，问着情况。他拿出单子，铺在腿上，拧开笔帽，拎着墨水，一摁一松地写了几味药剂。队长攥着烟锅，接过来看了一眼，放在炕头，压在枕砖下面。

二蛋爸拿出针筒，习惯性倒推了几下，见里面泛着沫沫，瞪着二蛋，将沫沫推射出来。二蛋低下头，抹着鼻涕，呼哧着瞥了眼栓和。会计走了进来。队长拿起单子，让他到镇上的药房抓药。会计跺着脚上的雪泥，眯眼看着门外，讪笑着挠着脖子，看着队长冒火的眼神，推诿着接过药单。二蛋爸取出了箱子的格挡，拿出一个盒子，抽出两支长长的针剂，用黑乎乎裂着口子的手指，叭叭掰掉了上面的尖头，吸上药水，摸索着老牛的脖子，扎下针，将药剂推了进去。

奶奶站在头门前，喊着栓娃的名字。栓娃跑到门口，挥了下手，走进饲养室，扯着爷爷的胳膊，嘀咕着吃饭。爷爷给火堆添了把柴，缓缓站起来，拍着手上的土，操操着手，晃悠着走回家。走进厨房，奶奶埋怨地絮叨着。栓娃走过去，扯着她的胳膊说，老黄牛不行了。奶奶舀饭的手僵住了，息了声，叹着气，将饭碗放在炕桌上。爷爷蹲在麦囤前，晃着筷子，趁着热气，连嚼带吸地刨着饭。奶奶坐在炉膛前，扯下头巾，抹着眼睛，呆呆地盯着炉膛中依稀扑棱着的微弱的火苗。爷爷撂下老碗，脸上的皱纹缩在一起，他手摸着下巴，眯眼朝外瞅了瞅，叹着气说："老黄牛怕是不行了，咱家入社时黄牛的血脉，就要断了。"

会计踩着厚厚的雪，肩膀上搭着一条鼓鼓囊囊的蛇皮袋子，趔趔走进饲养室。午饭后，社员们围在饲养室，他们知道队上的牲口少了，来年就要用人力顶上去。爷爷接过袋子，拿出药材包，抖着放进盆子中，捡起几块砖头，在饲养室后面的屋檐下垒起炉子，将加了水的药盆放上去。转眼拿着扇子，蹲在前面，加着柴火，挥着扇子。爷爷拿着料叉，搅动着沸腾的药料，水变成了褐色，泛着泡泡，飘着浓浓的药材味。

二蛋爸攥着蒸馍，走到饲养室后院，看着药水，说差不多了。队长端起盆子，放在雪地里。二蛋爸嚼完蒸馍，从医疗箱抽出一条黄色的乳胶软管，让会计到库房拿来漏斗。爷爷端起药盆，手搭在里面，试着温度，走了进来。队长招呼着大家，扳着牛头。二蛋爸将管子顺着牛的鼻孔，慢慢塞进，搭上漏斗。爷爷举起盆子，将药水倒进漏斗中。药水顺着透明的管子，流进牛的肚子。老黄牛喘着气，前腿刨着，一个喷嚏，药水冒着泡，回流了出来。二蛋爸让大家停下来，抽了一锅旱烟，又开始灌药。

天黑了，飘起了雪花。社员们没有煨在自家的热炕上，他们放下饭碗，聚到饲养室，蹲在老黄牛身边。昏黄的灯光下，青色的烟雾缭绕，牲口的屎尿味和旱烟呛人的味道混杂在一起。牲口吃草的拌嘴声和屎尿的嗒嗒声中，社员们亦如雕塑，吧嗒吧嗒抽着旱烟，连连的叹息声中，是有一搭没一搭地议论。

老黄牛似乎感受到人们的关心和温情，耷拉着头，间或吃力地抬一下，皮蛋一样的眼珠凸着，映着电灯的黄光，眼角下是一淋淋黏液，顺着泪痕下渗。爷爷撩着火苗，给老牛取暖。会计站起来,对转眼说:"吹个曲子吧!"

转眼咧着嘴巴,不知道是哭还是笑。队长转过头,搓着面颊,挥手说:"吹吧!就算是给老黄牛送行吧。"

转眼从炕头的被子间,抽出笛子,舔湿笛瓢,试了几下音。一曲"天上星,亮晶晶,生产队里开大会……"的曲子响起,笛声穿过饲养室的门洞,在入夜寂静的飘着雪花的村子回荡着。老黄牛的脖子慢慢垂了下来,贴在地面上,眼睛呆滞地盯着槽头的同伴,间或刨动的前腿,松弛了下来,隆起的肚子,就像泄了气的皮球一样,嘟囔着瘫在地上。曲子结束了,队长站起来,对会计说:"你赶到大队,报告一下。"

老黄牛断气了。队长站起来,招呼着要不要将牛的尸体,搬到饲养室后面。爷爷站起来,摸着黄牛的耳朵说:"外面冷,你们先回去,就让牛在圈里,再暖和一夜吧!"

社员们缓缓地站起来,看着黄牛,弯着腰,拎着烟锅,趿踏着走出饲养室,仰头看着纷纷扬扬的雪花。栓娃不想回家,他坐在炕上,摸着转眼的笛子。转眼给牲口加上最后一槽草料,撩开被子,躺了下去。爷爷让栓娃先睡,他蹲在黄牛边上,撩着地上的火苗。

天晴了,红霞染透了东方的天宇,深红的黛色,粘连着湛蓝的天空,墙头雪丛中枯黄的茅草,抖动着穗穗,一股清冽的冷风,从窗户吹了进来。听到嚷吵声,栓娃坐起来,穿上棉衣,见爷爷坐在炕上,耷拉着眼皮,无神地看着窗户外面。转眼正在垫圈。队长走进来,对跟在后面的会计说:"去找胡二,得把牛杀了。"

一群孩子拥了进来,看着瘫在圈里,已经僵硬的黄牛,好像看到了肉。他们滴溜着眼睛,推搡着,舔着嘴唇。

爷爷坐起来,撩开被角,跂上棉窝窝,搓着面颊,对队长说:"你们忙活吧!我请假歇息一天。"

队长转过头,愣着看了他一眼,扬起手同意了。

爷爷精神头不好,栓娃心里抽动着,见他走走看看地出了饲养室,他想跟出去,牵上爷爷的手,刚一转身,栓和站在后面。栓和走上前,揽着他的脖子问:"你爷咋走了?晚上肯定有肉吃。"

胡二是附近有名的屠夫,个子不高,浑身精瘦,长年的劳作使得他的身体过早地变形了。他戴着棉帽子,两条扇扇翘起来,耷拉着,随着他一闪一晃的走姿,轮换抖动着。他手提着一个沾着酱色血迹的帆布袋子,嘴上叼着烟锅,和站在门口的社员们招呼着。

队长走上前,接过他的袋子,将他招呼进饲养室。胡二弯着腰,扳着僵硬的牛腿,扯着牛尾巴,看了一会儿,转过头问:"在哪里弄?"

队长举着烟锅,朝饲养室后面指了指。胡二走出门,脚踹了几块碎砖头,筹思着杀牛的地方。会计拿起扫把,清扫着雪。队长脱掉了棉袄,招呼大家,有的拽着牛缰绳,有的扯着牛尾巴,有的抓着牛耳朵,有的扳着牛腿,有的蹲在牛肚子下面,撅着屁股,用肩膀扛着。一伙人随着他的口令,一齐用力,老黄牛移动了一米左右。孩子们围成一个圆圈,随着大人的动作,摩拳擦掌,弯腰跺脚,伸出手试着帮忙。

胡二从门背后操起一把铁锹，将锹把插进牛的肚子下面。两个社员也学着他的样子，拿起棍子撬着，将牛的尸体翻了过去。牛的腿僵硬地伸在空中，卡住了翻转。胡二拎起铁锹，铲了几锹雪，洒在地上，撒上麦草，黄牛慢慢地挪动着，出了卸了门扇的门框。

胡二解开帆布袋子，将各种刀具摆在地上。他拿起一把弯刀，在磨刀石上磨了几下，手指蛋撩着刀刃，让大家扳着牛的四条腿，肚子朝上。他拿起刀子，从牛的颈下一直划到胯下，捻住外翻的牛皮，扯了几下，对队长说："牛都冻僵了，皮不好剥，得笼几堆火。"

队长走过去，脚在黄牛的四周踹了几下，对着孩子们说："去！在这几个地方点上火。"

栓和来了精神。他带着二蛋和栓娃，指挥着一群孩子，从后院提来柴火，烧起几堆火。

胡二手搭在火苗上，烤了一会儿，站起来，将两把刀递给虎子和民主。两个人扯着牛皮，看着胡二娴熟的动作，在他的指拨下，剥起了牛皮。栓和挑着火堆，眼馋地盯着胡二的刀口，随着手腕子的晃动，牛皮和身体分离了，皮耷拉了下来。胡二烟瘾来了，他放下刀，装着烟锅。栓和嘿嘿走过来，搓着手，拿起刀，学着剥起了牛皮。队长抡起胳膊，准备驱赶。胡二喷着旱烟，嘴巴含笑，点着头说："这货是块当屠夫的料。"

回到家里，爷爷坐在灶膛前，漠然地看着窗外，他感到胸口发闷。他心里惶惶，走到后院屋檐下，看着柿子架靠墙的角上，放着入社时黄牛用过的鞍套，他心里一紧，眼眶湿湿的。他拿起担笼,踩着开始融化的雪水,顺着渠岸,茫然地走着。他神使鬼差地来到了入社前耕种过的地垄前,蹲下来,幻想壮年时自己赶着牛,在阳春三月犁地的情形。

民权拄着棍子,趔趄着闪了过来,龇着牙,拎起棍子,指着村子,嘿嘿着挤出了几个肉字。爷爷摆了几下手,民权掂了掂肩上的袋子,灰不塌塌地隐晃在雪地里黛色的田埂上。

队长和会计扳倒队上吃食堂时的铁锅,倒上一桶水,用磨石搓着里面的铁锈。民主扫掉炉灶上的雪,将洗好的锅转过来,几人抬起来放上去。虎子在家里搅了两担水,倒进锅中。队长喊来转眼,让他烧锅。牛皮剥下来了,血淋淋地瘫在融化了的雪水中,老黄牛变成了一个嶙峋的骨架。

胡二拿起长刀,队长扳着牛头,他连剁带割,白生生的骨头露了出来。他抓起斧头,抡起来试着角度,感觉到了,斧头砍了起来,一股沾着骨头渣子的血酱溅起,扑啦挂在队长的脸上。队长抹掉了血酱,弯着腰,吃力地抱着牛头,眯着眼,趔着身子,腿筛糠一样地挪动着。栓和跑过来,扳着牛嘴,往下压着,嘿嘿媚笑。

太阳落山了,融化的地面和滴着雪水的屋檐凝固了,留下了稀烂的脚窝和清凌凌的瓦楞下坠的冰柱。锅里的水在冒泡。队长和会计将卸成一块块的牛肉,放进锅里。胡二提着桶过来,抓起牛的下水,嘟溜着放入锅中。会计打开库房的门,拿出一堆调料,将调货塞进纱布袋子中,挽起袋口,撇掉大葱的皮,撕成几段,提着一串串干辣椒,舀起一勺水,从上面淋了几下。

汤水沸腾了,骨肉间冒着泡泡,泛起了褐色的泡沫。队长拿起铁勺，捋着上面的泡沫。清亮的汤水咕咚着，滴在灶台上，嗞啦一声，冒着烟，变成了蒸汽。会计将纱布包、葱和干辣椒放进锅中，用灶撸翻摁着。蒸汽中慢慢有了香味。

社员们回到家里，对老婆说，晚上不吃饭，队上煮肉，准备几个馍。孩子们看着爸爸，摇着头也不吃饭，用眼神央求着爸爸，希望一起到饲养室吃肉。队长回到家，让老婆烙上几个坨坨馍。老婆噘着嘴，埋怨没有早说，嘀咕着发面也要个过程。队长磕着烟灰，笑着说，不用发得过，用酵子兑上面粉就行，死面嚼起来筋道。

栓娃回到家，见爷爷蹲在麦囤前，一脸愁苦。他想爷爷是饲养员，回到饲养室，别人不能说闲话，自己也可以坐在热炕上。爷爷搓着脸，叹着气说："我坐在那里难受，晚上我就住在家里，让他们热闹吧！"

栓娃约莫感到爷爷的难处，他噘着嘴巴，从瓮瓮中摸出馒头，揣在裤兜里，走出了头门。栓和站在自家门前，看见栓娃，将他叫过去问："咋看不到你爷？"

栓娃摇着头说："他不愿意到饲养室去。"

会计从家里拿来一个灯泡，从饲养室引线过去，挂在锅边上。社员们抖索着来到饲养室，站在肉锅前，看上一会儿，回到饲养室，蹲坐在炕周围。孩子们站在肉锅边上，盯着沸腾的肉汤和嘟嘟抖动的骨架，摸着裤兜里的蒸馍，舔着嘴唇。

栓和蹲在转眼身边，叔长叔短地叫着，拉起他的胳膊，让他回饲养室给牲口拌草料。转眼站起来，脚往前挪了一点，犹豫了起来。栓和蹲了下去，占了转眼的位置。他给了二蛋一个眼色，二蛋笑嘻嘻地连推带扯,将转眼弄回饲养室,跑回来蹲在边上,嗅着腾起的香味,往炉膛加着硬柴。栓娃跺着脚,搓手蹲了下来,趔着身子,伸出手,想烤火。栓和用肩膀抵了下他,不情愿地说:"炕上有你爷的铺盖,你爬上去,躺在被窝,没有人敢说你,你跟着凑什么热闹。"

队长走到锅边,拿起筷子,在肉坨上扎了几下,看到调料包浮在上面,他挑起一块骨架,将调货包压在下面。他扇着蒸汽,见栓和坐在炉膛前烧火,正在纳闷,栓和咧着嘴,对着他哀求地笑着。队长摇着头,抖着手说:"加把柴火,烧旺一点。"

队长走回饲养室,屁股搭在炕边上,拇指摁着烟锅,吧嗒吧嗒抽着旱烟。民主拿过他的烟袋,捻出烟末,撒在纸槽中,卷着旱烟。会计嘴上挂在一根肉丝,嘴唇抖动着吐着气,肉丝抖动着吱溜滑了进去。他舔着油渍渍的嘴唇,喘着气问:"差不多了,咋分?"

队长磕掉烟灰,看着一张张蜡黄的脸上渴望的眼睛和挤在门洞里孩子们扑吱的嘴巴,思默了一会儿,放下烟锅说:"肉摘下来,用秤分到每家。一锅油汤,大家回家拿碗,把蒸馍掰好,给大家冒上,剩下的再分给大家。"

人群散开了,大人走在后面,孩子们撒开腿,推开家门,拿起老碗开始掰馍。队长站在锅前面,用马勺撩开汤锅的油,给磕碰着伸过来的碗,倒上肉汤,最后用马勺沿,撩一团漂在上面的油花,淋在肿胀起来的馍堆上。社员们接过碗,就像急着吃奶的孩子,嘴巴搭在碗边,转动着吸上一圈,酥酥的馍堆瘪了下去。孩子们接过碗,张开嘴巴,晃着头吞着馍块,哈着气,贪婪地嚼着。

会计将锅里的肉捞出来，放在案上，队长帮着剔了骨架，将称好的肉放在洋瓷碗中。没等家长伸手，孩子们伸出手，端起碗，捻起一撮肉，放进嘴巴，憋着气嚼着。虎子伸出舌头，舔干净沾在碗边上的馍渣，听到他的名字，赶紧将碗伸过去。队长将秤盘的肉倒进碗里，他抓一块，在灯光下端详了几眼，不舍地放进嘴里。

　　回到家，媳妇已经睡着了。虎子将肉碗放进挂在屋梁下的馍笼中。他躺在炕上，枕在手掌上，不停地打嗝，看着蒙着被子，一动也不动好像一堆物件的媳妇，他伸出手，摸了下她的脖子，凉凉的，只有那间或喷出来的气还有一丝温度。天快亮的时候，听见有人敲门，他披上棉袄，推开厢房的门，咳咳着应了一声。队长站在头门外说："赶快起来！趁着地冻着，将饲养室门前的粪，拉到麦地里去。"

　　虎子穿好衣服，扎好腰带，扣上棉帽子，推开门，见炕上的被子动了一下，屋梁下的馍笼晃动着。他回过身来，揭开炕门，往炕洞加了几把柴火，手伸进馍笼，捻了一团牛肉，嘴巴张开，咬了一口，又撩开被角，顺手将一撮肉，抿进媳妇的嘴巴里。他夹紧棉袄，缩着脖子，来到饲养室前。队长已经套好了车，民主挥着镢头，刨开了冻在一起的粪土。虎子拿起铁锨，铲起粪土，开始装车。

　　太阳冒头的时候，虎子赶着拉拉车，拉了三车粪。空车回来，他坐在车头，一只脚弓起来，放在车架上，另一条腿耷拉在空中，随着车子晃悠着。民主坐在另一边，嘴巴噗喋着，侧过脸问："牛肉好吃吗？"

虎子一下子来了精神，掀起帽子扇扇，嘿嘿点着头。民主靠在车架上，操操着手，瞅着暮暮的太阳，手抹着下巴，笑着说："咱们这些庄稼汉，缺的就是油货。牛肉太干了，没有肥肉解馋！"

想到散工后有肉吃，虎子挺直身子，感到喉咙发干，肚子抖了几下，咕咕叫了起来。回到饲养室门前，他将鞭子插在粪堆上，松开腰带，准备回家。队长站起来，看着车辙说，雪还没有消，再拉一回。虎子瞥了他一眼，拍着肚子，埋怨地嘀咕着，又扎上腰带，拿起了铁锨。

太阳竹竿高了，雪层下褐色的冻泥融化了，车轮上裹满了泥巴，在泥泞的路面上打着滑。虎子牵心着牛肉，感到浑身发软。回到饲养室，他三下五除二卸了牲口，交给转眼，跺着脚上的泥，趔趄着走回家。推开院门，屋前桐树上几只乌鸦，抖动着翅膀，伸长脖子，对着蓝莹莹的天空，嘎嘎叫着。他抬起脚，在树干上踹了几下，树冠上的雪哗哗地飘下来，他缩着头躲着。一团雪在一个清风的吹拂下，突然加速，他歪着头，眯眼躲避，还是盘旋着坠进他的脖子。他打了个寒战，将棉衣松开往后撩着，手伸进一摸，雪融化了，渗进棉袄。

跃上台阶，推开房门，披头散发，脸上挂着斑斑淤血疤的老婆，穿着单衣，躺靠在炕门前，柴草裹着泥浆，糊着她的嘴唇。她指着屋梁，怯惧地傻笑着。虎子抬头一看，馍笼掉在屋角，玉米塌塌散落了一地，洋瓷碗扣在地上，牛肉落在地上，柴草和地面上，有道道指尖抓过的痕迹。虎子半敞的胸一起一落，喘着气，瞪着眼，踢了老婆一脚。他跨过去，蹲在地上，拿起洋瓷碗，见牛肉没了。他舔着嘴唇，摸了下肚皮，虎着脸走过去，扯着老婆的头发，在炕沿上磕着，呵斥道："没有长一点记性，干不了活，就知道偷吃！"

老婆趔着头，躲着虎子抡在空中的拳头。她苦着脸，抽泣了几下，手撩起地面上的玉米塌塌，咪咪地傻笑着。

几天的晴日，田畴村舍的雪融化了，大地露出了褐色的面目，屋檐下的青砖上结了一层冰。天宇闭合，呼啸的北风将土层中的水分搓揉成了冰碴子。吃完晚饭，村里人紧闭大门，抖索着蜷在热炕上。虎子家里传来了嚷吵声，寒风中隐约传来了哀哭声，社员们知道，虎子又请来土郎中，装神弄鬼地在给媳妇看病。

一轮红日，挂在靛蓝的天空，北风停歇了，东边壕岸上萧瑟树冠的影子，垂在街道上。队长端着老碗，吹着热腾腾的糁子，见虎子走过来，放下老碗，将他叫到跟前。见周围没有人，他放下老碗，趔着身子，伸长脖子问："老婆的病，咋样？"

虎子蹲在地上，搓着脸，捡起一根树枝，在冻结的地上画着。他慢慢地抬起头，眯眼瞥着树影间的阳光，咪咪笑着说："郎中说过年的时候，能跟着我，一起走亲戚。"

队长端起碗，嘴巴搭在碗沿上，呼噜着吸掉稀饭的皮子，疑惑地瞥了他一眼。转过头又问："郎中就那么灵？"

虎子抬起头，虔诚地应道："那是南乡的名人，架子大，不好请。我让亲戚央求了多次，人家才答应了。"

队长举起碗，又喝了一口糁子，抹着胡子上的饭粒，似信非信地礼道着点了几下头，噢噢地应着。

喇叭响了，公社通知，兴修水库的会战又要开始了。黎明时分，社员们踩着晨露，抿着嘴巴，吸着凛冽的寒风，来到工地。栓和尝到了甜头，隔三岔五地拉着二蛋，趁着社员们上工的时间，溜到二蛋妈做饭的帐篷中，改善一下生活。

　　牲口的草料快完了。虎子按照会计的吩咐，装上麸皮和豌豆瓣，上面垒了几袋麦草秸，用麻绳勒紧车子。他推开家门，屋脊阴面的院落冷森森的。他心里一紧，加快脚步，推开了厢房的门。媳妇安详地躺在炕上，盖着被子，他焗着的心松了下来。他走过去，摸了下炕席，冰凉冰凉的。他蹲下来，揭开炕门，塞进柴火，拿起柜子上的洋火，点着后扇着。炕烟冒了起来，他咳咳着站起身，见她一动不动的。他手搭在她的脖子上，指尖触及的瞬间，虎子就像触了电，弹簧一样地蹦了起来，他跺着脚，哇哇地痛哭起来。他爬上炕，撩开被子，跪在炕上，将老婆揽在怀里，不停地摇晃着。

　　栓和和二蛋放学，见虎子家平时紧闭的头门开着，他们驻步看了一眼，正要挪脚，听到了虎子的哭喊声。栓和将书包甩到身后，拔腿跑进去，隔门见虎子悲痛欲绝的样子。他拦住跑进来的二蛋，扯着他往外走，说虎子媳妇没了，咱们得去工地上报告。二蛋疑惑地转过头，张望着。栓和扯着他的胳膊，一起朝工地奔去。

　　到了帆布棚，栓和喘着气，将情况对二蛋妈说了。二蛋妈一惊，摘下头巾，抹了几下眼眶，舀了两碗面，让他们吃着。她踩着沟渠，向工地跑去。队长知道了情况，愣了一瞬，蹲在地上，拍着大腿，嘴里哆嗦着说："这可咋办哩？"

队长呼地站起来，背着手，攥着晃动的烟锅，去向大队报告。社员们停止了干活，蹲在土方前，唉声叹气。喇叭响了，革委会主任点着了生产队的名，说他们偷懒，告诉他们，完成不了土方，晚上就要加班。

队长悒惶着走回来，站在土坎上说："会计和民主跟我回村，帮着虎子把人埋了。其他的人留在工地。"

虎子家的院子，一群小脚老太太，劝着虎子，端着脸盆，泪眼婆婆地给他媳妇擦洗身子。擦着擦着，她们骂起了虎子，看着伤痕斑斑的身体，一个同族的婆婆抓起扫把，喊着畜生，将他捶打了出来。虎子蹲在捶布石上，手交叉搭在脖子后面，头埋在大腿间，呜呜地哭着。几个老太太走出来，问虎子有没有干净的新衣服。虎子低着头，一个劲地摇头。

队长走进来，听了老太太的说道，虎着脸走过去，高声喊骂着，飞起一脚，将虎子踹得跪在地上。他转过身说："年轻轻的穿寿衣不好，你们看自己家里有没有好一点的衣服，给她换上。"

队长带着会计，在虎子家里看了一遍，摇着头走到饲养室后院，他扬着手说："打开库房，看有没有板板，找出来给她钉一个棺材，不够的到各家去凑，记上账，到时再说。"

转眼翻着眼，瞅着太阳，嘴巴咧着，一淋淋口水挂在嘴角。队长拉着民主走过去，扯着转眼的胳膊说："你和民主扛上镢头和锨，到公墓地，给虎子媳妇去打墓。"

栓和在边上。队长将他叫过来，吩咐道："帮着打墓，给你记大人的工分。"

民主摸着脖子问:"打墓要好几天,就这号人,咋弄?"

队长将他扯到边上,低声说:"现在提倡革命化,不兴老的讲究。你们挖个深坑就行了。"

天快黑的时候,薄板板定成的棺木做成了。虎子抱着已经僵硬的媳妇,放进铺着被子的棺木中。队长和会计合上盖子,捻起钉子,落锤砸下的瞬间,虎子的情绪瞬间失控了,他跪在地上,在老太太的拉扯中,奋力挪着膝盖,呼天抢地地过来,扳着盖子,拍着会计的腿,就是不让落锤。队长放下锤子,将虎子连劝带扯地弄出屋子,一群小脚老太太跟在后面,用帕帕抹着眼泪,安慰着。

大队来了两个基干民兵,对队长吩咐道,大队通知,不许披麻戴孝,也不能甩盆盆,可以戴黑纱,胸前佩戴白花。队长看了一眼虎子,点头哈腰地送走了民兵。回到屋子,他晃着手说:"在家里可以烧烧纸,出了门,就算了,我也难做呀!"

会计看到民主回来了,伏在队长耳边,建议将棺木搬出来,放在屋檐下的台阶上。看着他们抬起棺木,虎子跑过来,一把抱住,发疯一样地瞪着眼,抱着棺木,顺势推着放在炕上。

老太太给虎子端来的饭馍,虎子哽咽着摆着手。虎子抹着红肿的眼睛,让大家回家,说他要和媳妇说说话。队长站在门外,让大家散了。虎子将大家送到门外,咣当关上了门。回到饲养室,民权抽着旱烟走回来,蹲在炕前面,喏喏地自言道:"虎子会不会想不开?"

队长站起来,走了几个圈,对会计说:"你晚上住在他家隔壁,盯着灯光,听着声音,不对劲的时候,就来敲我家的门。"

又转过头，对民主说："你晚上就住在饲养室，不要回家了，反正老婆也在工地。"

虎子拿起被子，盖在棺木上，一会儿哭泣，一会儿傻笑。他靠在炕头，看着昏黄的灯光，有一搭没一搭地絮叨着过往的生活，伤心自责的时候，他用手抓着自己的腿，扯着已经开花的棉裤。精疲力尽的时候，他身子酥软地溜下来，躺在炕上，蒙着被子，隔着一指头宽的缝隙，和媳妇说着悄悄话。

会计坐在隔壁的炕上，看着窗户的灯光，听见没有了声息。他赶紧下炕，搬来梯子，搭在墙头。他爬上去，见虎子蒙在被窝中，间或蠕动着。他搓着手，颤抖着下来，撩起被子，坐在热炕上。到了后半夜，会计耷拉着眼皮，哈欠连连。虎子从被缝中，瞥见柜子上的筷子，他伸手拿过来，将筷子伸进去，拨出媳妇一撮头发，攥在手里搓着，喃喃自语。会计放心了，他靠在枕头上，昏睡了过去。

天刚亮，队长走进饲养室，将民主叫起来。会计揉着眼睛，走到门前。几个人蹲在饲养室门前，合计了一会儿。队长站在虎子家门口，轻轻地敲着门，等了好长时间，虎子好像脱了魂一样，从屋子飘了出来。几个老太太端着榛子，拿着热蒸馍过来，劝虎子吃掉。虎子接过馍，咬了一口，似乎没有了咀嚼的力气。民主将架子车放在头门外面，一伙人走进屋子，撩开被子，就像蜈蚣一样，抓着棺木的底座，慢慢将棺木移出来。虎子呆呆地跟在后面，恍若隔世地看着。

民主架着车辕，几个人推着。一群老太太送到壕岸上，队长拦住了，让她们回家。车子出了村子，北边的场房前传来了笛声，转眼孤零零坐在树根上，晃着滚溜溜的眼珠，吹着叫不上名字的曲子，哀怨忧伤。虎子突然加快了脚步，趴在棺木后面，拍打着，絮叨着，痛哭了起来。车子到了公墓地，民主撩开了盖在上面的玉米秆，队长围着看了一圈，蹲在边上，瞭望着远处水库的工地，听着断断续续的广播声，他捻上一锅旱烟，盯着墓穴，吧嗒抽着。

虎子跪在麦地上，手插在正在融化的土中，搓着抓着。队长磕掉烟灰，站起来挥着手，几个人七手八脚地抬起棺木，在两头搭上绳子，喊着号子，平衡着将棺木溜下去。民主拿起铁锨，铲起土，正要撂下墓穴。虎子好像醒了过来，一把抓住锨头，将土扬在外面。队长挥了下手，大家停了下来，蹲在地上，抽着闷烟。队长挪着屁股，趔着身子，将栓和叫过来，在他耳边嘀咕着。栓和搓着手，会意地点着头。他站起来，拿起锨把，给会计和民主一个眼色，几个人铲起土，扬了过去。虎子瘫在地上，趴着往墓穴冲。栓和咬着牙，呼啦从后面抱住他，憋着气，嗨地吼了一声，将他抡在空中，转了半个圈，放在地上。

坟墓堆了起来，冰冻的雪土化开了，满是荒草的坟冢围着褐色的粪堆。队长看着工地，让大家拉上架子车，直接回工地。虎子坐在坟堆前，呆愣地絮叨着。栓和要将他抱上架子车，队长制止了。他们顺着田埂，走开了。队长摸着栓和的脖子说："那么有劲，家里没有事，就到工地来，我让二蛋妈中午给你调一碗凉面。"

栓和回过头，看了一眼俯在粪堆上不断变小的虎子，抹着脸上的泥巴，嘿嘿笑了。

3. 野火中激战

　　栓和跟着队长上了工地。他像是好动的小鹿，更像是强壮的牛犊，欢实地劳作着。队长挂着锹把，对会计说，这娃干活比大人强，得给人家八分的工分。几天后，虎子手操操，夹着裹在身上的棉衣，灰不塌塌地来到工地上。他瘦了一圈，总是躲着人，马虎地干上一阵子活，就蹲在岸上，瞭望着远处公墓地的粪堆。社员们总是让着他，队长也由着他的性子。吃过晚饭，他摇晃着走下堤坝，从麦地斜着的田径，走向公墓地，消失在黛色的暮霭中。

　　到了腊月，为了赶进度，公社要求晚上加班。工地上灯火通明，人声鼎沸，拖拉机冒着黑烟，突突着。巨型的碗沿上，散落着一堆堆篝火，不时有社员蹲在火堆边，搓手哈气，撩着火苗。栓和去了工地，二蛋和栓娃玩了几天，觉得他有点古板，没有栓和的胆量和点子，慢慢没有了兴趣。他游荡在村前屋后，想起工地上的面条，心里痒痒的，想到能和栓和在一起，他有点渴望。吃过早饭，他让姐姐找个伴，说要去工地，晚上不回来了。姐姐提着扫把，抢起来，噘着嘴指着他说："见不到栓和，就像丢了魂一样。妈在工地上做饭，你就不怕别人说闲话。"

　　二蛋跑到了工地上，帮着大人推架子车，歇息的时候，总和栓和蹲在沟渠边，窃窃私语，好像有许多大人不知道的秘密。过了两天,社员们嚷嚷着,都要将娃叫到工地上,帮着推架子车。队长没有办法,转弯抹角对二蛋妈说:"叫娃回去,在工地上大家有看法。"

二蛋妈明白队长的难处,就责斥着对二蛋说:"你姐一个人在家,我不放心,你得回家。"

二蛋回到工地上,和栓和嘀咕了几句,一步三回头地离开了。刚走到渠岸上,工地的喇叭说,腊八就要到了,为了改善群众的生活,过一个革命化的腊八节,公社定了几盘豆腐,让每个生产队做饭的妇女,到指挥部后面领豆腐。二蛋突然想起栓和和麻秆的约定,他了解栓和的性格,知道他一定会回来,筹划战事。

栓和听到喇叭,放下锨,向队长说道了几句,走上堤坝,撒开腿,朝村子走去。二蛋坐在渠岸的水闸上,见他过来了,站起来,跃上闸门,挥手喊着。栓和过来,他们勾肩搭背地讨论着,如何制服麻秆。

回到村子,二蛋叫来栓娃,三个人一齐下到壕里。栓和瞅着日头,望着农舍的炊烟说:"吃过午饭,你们挨家挨户通知大家,到壕里集中,不来的,就将他开除出组织。"

村子剩下老人和孩子。栓和摆着手,走走停停,在街道上晃了一圈,咧着嘴巴冷笑着,眼神中透着威严。栓娃袖筒里揣着一个热腾腾的花卷,溜到栓和身边,袖筒对着袖筒递了过去。栓和捏了一下,咧的嘴巴正了过来,会心地笑着,手揽着栓娃的脖子,朝自己身边拽了拽。

同学们嬉闹着走下壕坡,聚在玉米秆堆前。栓和吃着花卷,慢腾腾走下来，大家站起来，齐愣愣地看着他。他咽下最后一口馍，抓着树枝，跃上田坎，手在嘴巴里抠着，扫视一遍，将嘴里的饭渣，抹在树干上，搓着手说："腊八下午，村子和邻村约好，比试一下实力。赢了，开春公墓地里的小蒜就是咱们的，输了就只能听别人的，明年就没有小蒜夹馍吃了。"

同学们的情绪上来了，往前挤着，拥在栓和的跟前。栓和咧着嘴，学着公社驻队干部的样子，背着手，胸有成竹地在坎上踱了几步，转过身，板着脸说："一个村子就是一个集体，赢了大家脸上都有光，输就要得夹着尾巴做人。夹着尾巴，你们可能行，我不行。"他瞥了一眼二蛋，踹了一块土疙瘩，摇着头补上一句，"那不是咱的性格。"

栓和扯起裤腿，蹲在坎上，笑着说："你们要有信心！"

看到大家的脖子伸得更长了，栓和扑塌坐在坎边，弯着腰，伸长脖子，将头放在圆心，瞅着大家的鼻子说："将弹弓、链子枪和火药枪收拾好，将火柴头、火药盒集中起来，有时间多练练弹弓。"

大家笑着散开了，用眼神互相鼓励着。二蛋拿起一片碎瓦，在半截砖头上搓着，用瓦片敲着砖头，抬起头说："土块一碰就碎，打麻雀还行，别的就不敢说了。"

栓和挠着脖子，犹豫着说："用瓦片把人打破了，那就难收场了。"

栓娃扯着他的胳膊，探过头来说："人可不是树上的乌鸦，万一头破血流，咋办？况且麻秆他爸还是大队的书记。"

栓和呼地挺直腰，猛地捶了栓娃一拳，指着他的鼻子，呵斥道:"大队书记算个球!现在就是要造当权者的反,你这是站在当权派一边,动摇军心,蔑视我们的战斗实力。"

栓娃没有料到他翻脸那么快,想到自己都舍不得吃的花卷,他有点后悔了。他低着头,躲在后面,再也不敢多嘴了。二蛋来劲了,他站起来,挥着手说:"大家将家里炕席下面的、糠囤里面和墙缝中的钱拿出来,到供销社买炮,拆开来弄出火药,这是最厉害的武器。"

栓和咧着嘴巴,挥着手,笑着说:"等到我们胜利了,我会按照大家的贡献,给你们一些补偿!"

天阴沉沉的,寒风料峭,老人们躲在家里,忙活着家务,很少出门。村子成了孩子们的天下,他们聚在东边的壕里,点上火堆,在铁锅里炒好玉米粒,盛在脸盆中。二蛋用大家筹来的碎钞,买了许多爆竹和几串鞭炮,绽开爆竹,取出火药。栓和攥着苞谷粒,搓着放进嘴里,踱着方步,低着头,就像大战前的统帅,思考着问题。看见盛了两小盒红色的火药,他拍着二蛋的肩膀,让他们不用绽了,留下没有绽开的鞭炮。

同学们手里拿着弹弓,扯着皮筋,测试着力度。栓和走过去,摆着手,让他们过来,接过弹弓,扯着皮筋,提出改进的要求。几个人围上来,解开束扎弹弓上的铁丝,平衡好两条皮筋的长度,一个人扯着皮筋,另一个人取下咬在嘴上的铁丝,重新将皮筋扎好。有的扳着钢条做成的撑子,校正着宽度。

栓娃带着几个人,搬来几块胡基,用锤子敲碎,将有棱角的碎疙瘩捡成一堆。他蹲在边上,拨弄着捡起几块,从腰间抽出弹弓,将碎土块夹着,慢慢举起弹弓,侧着脸,里面的眼睛闭着,外面的眼睛眯着,侧目瞄准,松开弹夹。土块击打在树干上,碎成小粒飞溅开来,没有成团的土尘。一群人跟着他走过来,见杨树干上留下凹进去的痕迹,开心地笑着。

同伴们拿出过年时各式的枪。栓和拿起一把链子枪,拉起了勒着皮筋的枪栓,拧开了枪头用胶布包在一起的两节自行车链子,接过一个大头火柴,将梗从中间的孔中穿过来,红色的火柴头卡住了。他合上枪头,举起枪,对着地面,扣动扳机。他重新拿起扳机,再次扣动,枪头冒着青烟,清脆地响了一声。

二蛋走过来,手搭在嘴上,对着栓和贴过来的耳朵说:"链子枪就是听响声,没有攻击力。"

栓和点着头,拍着他的肩膀,顺手操起一把喷雾器管子做成的枪,加上火药试了一下。二蛋坐在坎上,看着枪管袅升的青烟,嗅着硝烟味,闭眼沉思着。栓和蹲在他面前,用树枝拨弄着地上的柴草,他知道大家的苦恼——枪管里不加珠子,就没有威力,加上珠子,又怕真的击伤别人。二蛋手撑在膝盖上,头放在手掌上,思默了一会儿,抬起头说:"不如给枪管里加上豌豆,既有威力,也不会太危险。"

栓和看了他一眼,站起来,扑哧笑了。拍着他的肩膀说:"豌豆是圆的,咱要的是瓣瓣,得有棱角。"

天快黑了,同学们散伙了。栓娃走到半坡,栓和将他叫住了。他跑下来,二蛋刚要张口,栓和瞪了他一眼,他赶紧息声。栓和拧着枪,嘴巴对着枪管吹了几口气,瞥了眼栓娃,慢腾腾地说:"这么长的管子,得吃饱了才有威力。我思来想去,豌豆瓣最理想。这东西只有饲养室牲口的饲料柜里有。"

栓娃瞥了眼即将消失在壕岸上的同伴的影子，摘下帽子，撩着湿漉漉的头皮。栓和来气了，飞起一脚，踹了一块土疙瘩，虎着脸对他说："你爷是饲养员，这事情非你莫属，你就看着办吧！"

　　说着，栓和拉起二蛋的胳膊，嘟囔着走开了。

　　吃过晚饭，栓娃嚷嚷着要跟着爷爷，到饲养室睡觉。奶奶挥着帕帕，同意了。爷爷走在前，他跟在后，走出头门，转眼站在虎子家门前，操操着手，呆愣地翻着眼，瞅着树梢。社员们去了工地，饲养室冷清了好多。拌上草料，爷爷坐在炕头，给栓娃讲着村子的历史。转眼摸索着走进来，屁股搭着炕沿上，抹着下巴，眼珠对着昏黄的灯泡滴溜着。他默然地抽出笛子，摸着炕沿，走到草堆前，缓缓蹲下去，吹起了笛子。

　　圈里的牛卧了下去，嚼着草料，就像孩子们嚼口香糖。马、驴和骡子四条腿对角撑着，耷拉着眼皮，屁股间或摆着，慢慢地进入了梦乡。栓娃心里惦记着栓和的吩咐，闭着眼睛，假装睡觉。听见爷爷的鼾声和转眼拉灭电灯的声音，他转过身，从被角看着泛着青光的窗户，筹划着怎么完成任务。他想着想着，慢慢睡着了。

　　半夜，栓娃听见转眼摸索着站在圈后，嗒嗒小便。他摸着枕砖下压着的裤兜，待转眼呼吸平顺了，他撩起被角，轻手轻脚地提着裤兜，下了炕。他蹲在炕下，见没有动静，弯着腰，挪动着身子，摸到料柜前面，哆嗦着身子，就是不敢下手。他手攀着柜沿，缓缓站起来，摸着柜子里几个袋子，终于在麸皮的下面，摸到了一个瘪着的有点刺手的蛇皮袋子。他肚子贴在柜沿上，弯着腰，探下身，拎起袋子，袋口用绳子绑着。他知道爷爷的习惯，短的绳头一般都是活结，只要一拉，绳口就会解开。栓娃期望抓上两把豆瓣，没有想到袋子已经见底了。他提起来，抖着将豆瓣堆到一角，手捻着搓了几把，惊慌地放进裤兜里。

栓娃站在牲口圈后，撒了一泡尿，他咬着牙，浑身咯抖着爬上炕，刺溜钻进被窝里，伸手将裤兜扯到被子里，压在侧躺着的腿下，舒坦地睡着了。天刚麻麻亮，爷爷操起铁锨，将圈里的屎尿稀泥铲到土堆边，铲起干土，撒在圈中，操起扫把，将饲养室清扫了一遍。转眼端着筛子，给槽中抖着麦秸，淋上水，撒上麸皮，挥着料叉拌着。

栓娃骨碌爬起来，摸着胯下热乎乎的豆瓣，他穿上棉袄，将裤子埋在被子中，挪着屁股，移动到炕边，腿伸进裤腿，下炕时顺势提起来。他怕爷爷看见嘟嘟的裤兜，趿上棉窝窝，揉着眼睛，踩着爷爷挥动的扫帚梢，跑出了饲养室。

涝池岸上聚着一堆伙伴，栓娃攥着裤兜的口，快步走过去。二蛋顺着冰面边上的荒草走，栓和一只手搭在他的肩上，脚下滑溜着，身子趔趄着。栓娃喊着二蛋的名字，抖动着裤兜。二蛋对着栓娃嘀咕着，他们一起走上来，手伸进他的裤兜，捻出几粒豆瓣，放在嘴里咬了几下，吐出来还是豆瓣。栓和拨弄说："把皮壳子去掉，混着这些杂物，会影响枪的准确性。"

一个人拉着架子车，从东头走过来，对着寒风中空荡荡的街道喊着："腊八！豆腐和菠菜！"

明天就是腊八节，栓和带着大家，来到壕下，给枪管装药，他让大家对着几棵树，用弹弓练习。豆瓣装进去了，栓和举着枪,边上的人放下弹弓,围了过来。他对着一棵桐树,偏着头,扣响了扳机。随着一声闷响,他们呼啦跑过去,桐树干上布满了爆碎的豆瓣,镶嵌在树皮中,流着青汁。

腊八早上,栓娃正在屋檐下端着碗,刨着面。栓和和二蛋走进来,笑嘻嘻蹲在院墙边。奶奶走出来,撩起围裙,让他们进屋,舀上腊八面,淋上油辣子,递给他们。撂下碗,他们抹着嘴唇,走到壕岸上。一群同伴在等着他们。栓和带着大家,从渠岸上向公墓地走去。小明叫喊着,从后面追了上来,手里拿着一支用钢管做成的枪,晃着递给了栓和。栓和拿起来一看,好多部分都是机器加工出来的,他将自己的枪递给二蛋,对小明微微一笑。小明咧着红拉拉的唇,嘿嘿地附和上来,成了队伍的一员。

飕飕的北风劲吹着,他们来到公墓地,蹲在坟冢间,不时偏着头,瞥着南边长满荒草的渠岸和后面萧瑟的苹果林。栓和给几把枪装上火药,灌上豆瓣,塞上棉球,让大家将碎胡基掏出来,摆在边上。渠岸边的草丛簌簌地抖动着,栓和爬起来,见草丛中头发攒动。他让大家准备好,对着小明使了个眼色。小明呼地站起来,开始骂了起来。一阵飕飕声骤起,碎瓦片雨点一样的飞了过来,小明噢噢地叫着,捂着头,扑在栓和边上。栓和捡起瓦片,看着三面锋利的棱角,咧嘴嘿嘿笑着。

麻秆看到这边没有动静,从苹果林中跃到水渠上,站起来,笑骂了几句,还是没有动静。他以为栓和退缩了,扭头挥着手,同伴们纷纷站起来,跨过渠岸,嬉闹辱骂着。栓和伏在草丛中,慢慢拿起枪,见大家拉长了弹弓的皮筋,他闪着头,随着一声"放",碎胡基和豆瓣一起飞了过去。骂声瞬间息了,变成了号叫声，纷纷扑倒草丛中，掏出弹弓，准备还击。小明呼地站起来。栓和手扯着他的裤脚，就在他匍匐倒地的瞬间，对面的瓦片飞了过来。

二蛋学着电影里的英雄人物，护着头，从一个坟头滚到栓和身边，趴在他耳根说："咱要用火攻，那样他们就乱了阵脚。"

栓和趴在地上，想了一会儿，举起手，感受着风向和风速。见对方趴在草丛中，匍匐着过来，他让二蛋和小明趁着攻击，爬到侧翼，点着荒草。他们会意了，缩了回去。栓和拿起装好火药的枪，看着大家举起弹弓，他扣响扳机，一串串碎胡基射了过去。二蛋和小明就像蚯蚓一样，从侧翼爬过去，点着了揣在胸口从坟堆上揭下的纸团。荒草趁着风势，扑啦着燎了起来，冒着黑烟向南边烧过去，后面留下了一道火线，前面掀起了一堵火墙。看到二蛋和小明退回来，趁着浓烟和对方的慌乱，栓和匍匐到前面，点着了前面的荒草。烟灰丛中，满是咳咳声和蹦跳的身影。栓和呼地跃到坟头，拎起鞭炮，抡圆了，甩进火堆中。伙伴们举着弹弓，投着瓦片，拿着火枪，对着烟火中狂奔乱跳、捂鼻狂喘的人群，一起发力。

在火焰的熏烤和烟尘的缭绕下，随着爆竹炸响，麻秆弯着腰，抱着头，在即将燃起的草丛中翻滚了几圈，爬起来，带头逃跑了。火苗被渠中的冰凌隔住了，留下了一个半圆形的黑坨。栓和咧着嘴巴，踹着地面上散落的黑灰，带着同伴欢呼雀跃，对着在苹果林中的心神未定、抱头鼠窜的麻秆的人马，吐着唾沫，恣意嘲笑着。

过大年

guo da nian

1. 年味渐浓

放寒假了,栓和又成了村子孩子们的首领了。年关将近,工地上还没有放假,家中有老人的,带着孙辈,开始筹划着过年;家里没有老人的,孩子们经常跑到工地上,帮着大人推架子车,开饭的时候,大人吃着冷馍,喝着面汤,将定量打到碗里的汤面,让孩子们吃。混了一餐饭的孩子们,下了水库的岸,结伙在田埂上溜达,看到堆在地头的玉米秆,他们翻腾着,寻找没有成形,被社员们忽略的瘦瘦弯曲的玉米棒,也会跑到地梁子上,揪着填埋了的已经干枯的红芋藤,用铲子刨着。他们蹲成一圈,在沟坎下燃起火堆,烧着玉米,烤着红芋。

小明爸从铁路上回家了,家里顿时有了过年的气氛。小明裤兜里揣着一个橘子和半包羊群香烟,手里拿着《侦察兵》的连环画,嘿嘿着蹦到壕岸上。栓和领着一伙人,正在掏鸟窝。他挥着连环画,跑了下去。栓和歪着头,瞅着树梢上的鸟窝,指挥着爬上树的同伴,听到小明的喊声,他爱理不理地瞥了一眼,咳咳了几下,正准备吐痰,忽然想起有人说,小明他爸回来了,他感到小明是来向自己汇报来的,他嘴巴呜啦着,抓着树干,跃上土坎,迎了上去。小明咧着嘴巴,媚笑着将他拉到边上,摸出橘子,顺手塞进他的裤兜,展开手掌,亮出半包香烟,递给栓和。栓和摸着裤兜,接过香烟,撩开锡纸,闻着抽出一根烟,叼在嘴上。二蛋赶紧跑过来,掏出火柴,给他点上。栓和接过连环画,蹲在地上,咳咳看着。

小明在孩子中的地位,从边缘变成了核心。大家都想早点看书,争相对着他示好。小明嘟哝着,没有个态度,他飞着眼,瞥向栓和。孩子们围在栓和边上,头堆在一起,看着书页,有的干脆跪在地上,扭头从下面看着他撩起来的背页。栓和抖着书,晃动一下,叠在一起的头,随着移动。他合上书,一堆咧着嘴巴的白牙,对着他嘿嘿笑着。树上同伙,双腿盘夹着树干,吱溜下来了,手里攥着几颗泛着黑点的鸟蛋,递给栓和。他弯下头,见自己棉裤的线茬开了,露出了一丝丝棉花。

吃完晚饭,栓娃撂下碗,抹着嘴巴,将裤带往上提了提,准备出去找栓和玩。爷爷将他叫住了,对着放假回来的爸爸说:"明天早起,趁着地皮冻着,将后墙外面的粪,拉到自留地里。"

听到头门外的叫闹声,栓娃心神不定往外瞥着。爷爷挥着手说:"你也不小了,别整天牵心着玩,得替家里干些活!快过年了,得把家里的活安排好,不然过年时候,心里都是个缪乱的。"

天黑了,孩子们还在疯跑嬉闹,尽管寒风刺骨,他们出了汗的脸上红扑扑的,抹下帽子,头发冒着热气。爷爷提着扫帚,站在饲养室门洞的光影中,对着栓和喊了几声,让他赶紧回家,趁早睡觉。

窗外黑麻麻的,爷爷从饲养室回来,推开头门,咳咳着走进院子。爸爸起来后,站在窗外,喊着栓娃。奶奶撩着被子,推了他一把。栓娃揉着眼睛,噘着嘴巴,坐起来,咯抖了几下,又钻进被窝。奶奶拿起他的棉衣,蹲下去,揭开炕门,在冒出来的热气上撩着,揭开被子,将他推着坐起来,搭上棉袄。

爸爸拉着架子车,栓娃睡眼蒙眬地蜷着身子,棉衣好像是被窝,他好像是站着睡在里面,脚步的飘动亦如在梦中。爸爸将架子车推在粪堆前,脚踩着铁锨上,摇着锨把,撬着冻结的粪层,装满架子车,架着车辕,弓着身子,在前面拉着。栓娃攥着棉袄的袖子,垫在渠箱上,看着爸爸吃力的样子,他倾着身子,酥软的身子绷直了,开始用力。

田畴覆盖着一层白啦啦的霜,清冷寂寥中没有人活动的踪迹,天地回复到本真的状态。一阵阵刮脸刺骨的寒风袭来,他们哆嗦着背过脸去,一出出白气随着呼吸的节奏,从口鼻喷了出来。他们没有言语,寒风拂过树梢的飕飕声中,混杂他们的喘气声和车胎磕碰到冰冻车辙的砰砰声。

拉了三车粪,栓娃感到浑身发热,棉衣的衬里和身体分离了,随着身体的活动,浸着汗水的衣服冰冰的。他深深地吸了几口清冽的晨风,顿时感到清爽了好多,他松开领扣,一股寒风钻了进去,身子凉簌簌的,棉衣里面的汗气,从棉袄的下摆溜了出来。东方的天宇,泛着白色,临着的是一抹灰青高远的苍穹,慢慢地和在尚在沉睡的夜色中。启明星就像一个调皮的孩子,眨巴着眼睛,逗着天际上漫天的繁星,又像是太阳的童子,仗着太阳的光芒,肆无忌惮地摇头晃脑。

太阳露出了脸,地平线上闪着水润的红光,田畴和麦叶上的霜没了,地垄上漫着一层霜气。褐色的好似榆树皮一样冻结的路面,像涂上了凡士林,车轮开始打滑,脚步踩在地上,一用力,鞋底留下了一道滑溜溜的痕,车子没有了前行的动力。拉完最后一车粪,回到头门前,爸爸将架子车靠在墙上,用树枝扣着车轮上的泥。栓娃捡起一根树枝,抬起脚,撩拨着鞋底上和着柴草的泥。二蛋缩着身子,走过来,手里揣着冒着热气的红芋,看到满头冒汗的栓娃,扯着他去找栓和。

栓娃跟着二蛋,走到栓和家门口,爷爷将他叫了回来。吃完早饭,爷爷扯掉蒙在麦囤上的塑料纸,指着边上的口袋,吩咐将麦子收拾一下,趁着大家还在工地上,先将过年的麦子磨了。爸爸攥着口袋封口,拎起来抱在怀中,趔趄着走到院子中间。他从门背后取来簸箕和筛子,解开口袋,把麦子倒在斗中,给地上铺上塑料纸,将斗中的麦子抖着倒进筛子。他双手抓着筛子,抖着颠着在空中画着半圆。麦子像水流的漩涡,麦壳、土疙瘩和渣子慢慢地旋在中间,下面漏出了细土和杂尘。他用手撩着,抓起旋在一堆的渣子,手拍着筛子的框,抖着颠了几下,倒进簸箕中。

栓娃将簸箕放在台阶上,坐在凳子上,像做作业一样,一粼粼地拨着麦粒,捡掉没有旋出来的渣子和土疙瘩。爸爸走过来,蹲在地上,撩拨着捡过的麦粒,端起簸箕,抓着两边的沿,抖动着上下颠了起来。麦粒扬起来,唰唰落在簸箕上。细尘和麦壳在不断的抛弃与下落中,随着抖动的气流飘走了,有的从麦粒中挤出来,从晃动的簸箕前沿上落了下去。栓娃帮着爸爸,将收拾干净的麦子装进口袋,搁在台阶的砖头上。

吃过午饭,爸爸到磨面房看了一下,回来将小麦口袋放在架子车上,拿起装面粉和麸子的口袋,拉着架子车,来到磨面房。磨面房不大,檐墙正中是一个没有窗扇的土洞,中间竖着几个棍子做成的栅栏，屋顶和墙壁上耷拉着杂乱的电线，中间垂着一盏蒙着面灰的电灯。屋顶的椽上和梁上，挂着长长的裹满面灰的絮絮，随着磨面机的震动，下面的面箩和上面的电线及下坠的絮絮一起抖动，在白色粉尘的空间中，别有一番意境。

爸爸将口袋抱进屋，解开封口，将麦子倒进几个镔铁做成的斗中。他转过身，蹲在箩面的面柜下，将面斗和箩子扫了一遍。他绕着走到盛麦子的高斗上面，试了下不锈钢碾轮的操作柄。他挥着手，让栓娃将装着麦子的斗，放在面柜上面。他走到墙角，撩开坠着面灰的缠在一起的电线，将闸刀推起，就见几道铜片间扑哧闪着火花。电磨子突然间哐当着抖了起来，来回颠簸摇晃着，好像要散架了。

爸爸攥着调整契合缝隙的铁把子，固定了下来。他举起铁斗，摇晃着将麦子倒进电磨的槽中，拍了几下铁斗，放在地上，踹着给了栓娃。栓娃蹲在出料的口，见麦粒完整地落下来，对着爸爸喊着。爸爸抓起手把，向上一扳，碾口吱啦地响着，电磨子就像喘气的老人，传动带蹦跶着，好像在打滑，头顶的灯泡暗了下来，像绛红的电线架子。爸爸稍稍动了下扳手，喘息着就要熄火的磨子，瞬间咆哮了起来，电灯泛起了亮光。

栓娃挪动着盛着碾过麦子的斗，提起来放在柜面上，推给爸爸。他弯着腰，挪着屁股，跨到面槽下，扯开垂着的帘子，见箩筛摆动着，一道道白白的面粉顺着箩筛，规则地画着图案，飘撒在面斗中，成了雪野一样的小丘。他挽起袖子，伸进去拨了几下，一股醇醇的面香扑面而来。麦粒碎了，瓤成了粉白的粉，褐色的麦皮一片片，依旧坚持自己的本色，面斗中的粉慢慢变成了褐灰色。

爸爸拍着头上的粉尘,撩着睫毛和胡须上白啦啦的面灰,走下高台。栓娃抹着脸上的灰,露着白牙,摩拳擦掌地走过去,站在高台上,拎起盛着近乎是麦麸的铁斗,将没有了分量、松软的麦皮倒进斗中,手扳着控制柄,一紧一松,听着电磨子沉郁或欢快的喘气声,看着眼前变换着亮度的灯泡。爸爸蹲在门口,卷了根旱烟,吧嗒吧嗒抽着,不时回过头来,说道几句。他听着电磨子的声音,判断着面粉的颜色。

爷爷背着手,弯着腰,从饲养室过来。爸爸挪着身子,抬起头说:"差不多了。"

爷爷走进屋,蹲在槽中,撩起帘子,捻起飘落的面粉,在指头蛋上搓着,站起来说:"将压面的和走亲戚蒸礼馍的上灿面留下,别的混在一起,过年自家吃。"

栓娃来回拉着扳手,胳膊拎起斗,给上面舔着麸皮,敷着面粉的脸颊上,只有黑色的眼珠滴溜着。爸爸走进来,就要去扳下电闸。爷爷扬着手,叫住了,吩咐着再碾一碾。

拉着面粉,快到家门口的时候,栓娃听到村子东头一阵嚷吵。他抹着脸上的面灰,见一群同学,拉着两辆架子车,栓和手指夹着烟,指挥着他们,正在给他家拉土。大队的喇叭响了,播了一段《沙家浜》里的智斗,书记咳咳了两下,讲着今冬兴修水利的成绩。宣布工地就要放假了,要求广大社员同志们,要移风易俗,过一个革命化的春节。

听到工地放假了,一群孩子蹦跳着,跑到壕岸上,拥上高坎,脖子就像大雁一样,瞭望着工地的方向。

北边的田野上，闪动着一面面红旗，后面跟着一串蠕动的麻点，越来越大。社员们拉着架子车，回到村子。村子一下子热闹了起来，过年的气氛漫了开来。二蛋看到父母，从坎上跑下去，欢实地凑上去，扯着辕绳。回到家，二蛋爸提着水桶，拎着扁担，去搅水。二蛋妈提着担笼，扯着柴草，准备做晚饭。

入夜，一家人坐在热炕上，二蛋妈下了炕，揭开柜子，拿出包袱，摊在炕上解开，抖落着半新不旧的衣服，拿出做好的鞋子，让他试试。二蛋穿上新鞋子，在地上跺着脚，看着隆起蜷缩在一起的脚趾，叨咕着鞋子小了。他妈捋着额前的刘海，愣愣地看着，猛然间笑了，摸着儿子的头，对炕上的男人说，长得真快。二蛋爸直起身子，挥着手指夹着的烟卷，笑着说："哪有那么合适的？穿穿就松了！"

红日高照，栓娃跟着爸爸，拉着架子车，下到壕里。爸爸提着镢头，顺着土崖张望着，看见一坨土坯，裂着缝隙，在荒草枯藤的拱卫下，玄玄乎乎地挂在崖上。他挥着手，栓娃抓着架子车，倒推到崖下。爸爸踩上车沿，仰着头，瞅着透过缝隙的一线天，抡起镢头，钩着缝隙，趔着身子，往下一扯，土坯掉了下来，他挂着镢把，跳了下去。土坯落了下来，一半摔在车厢中。栓娃眯着眼，挥手撩着土尘，咳咳着放下车辕，走到边上。

爸爸拿起铁锨，抖着锨头，将落在草丛中的干土，撩在锨中，倒进车厢。父子俩拉着架子车，和村里的人招呼着，回到家里。妈妈给捶布石上铺了一块蛇皮纸，用担笼把干土提进来，放在捶布石头上砸碎。她顶着头巾，将屋子的家具和餐具搬出来，堆放在院子中。奶奶坐在凳子上，手扶着锅底，挥着铲子，咯吱咯吱地铲着锅灰。栓娃知道锅灰能调制墨汁,他撂下棒槌,从窗台上拿起墨汁瓶,捡起一根鸡毛,将黑灰撩在一起,手指捻着,捏起来放进瓶子中,拿起鸡毛,搅拌着。墨汁成了糨糊状,他拿起茶缸,倒了些水进去,搅动着走到窗台前,拿起毛笔,蘸着墨汁,摆弄着笔头,走进厢房,对着墙上的报纸涂了几笔,墨汁有点淡,干了的墨迹泛白。

妈妈将炕上的被褥抱出来,搭在铁丝上,拿着竹竿拍着。爸爸揭掉炕席,炕席开边处用粗布缝着,褐色的中部有几坨焦黄的斑点,竹皮熟了,撸一下就是一个洞。他将炕席平放在台阶下,用鸡毛毯子撩着灰尘。屋子能搬动的东西,都搬了出来,零零碎碎地堆满了院子,不能搬的东西,用塑料纸盖住。爸爸蹲在墙角,抽完一根旱烟,站起来,操起扫把,扛着梯子,走进屋子。他站在梯子上,抡着扫把,将椽下梁上垂挂的絮絮状的灰尘捎下来,对着黑魆魆的墙面,连拍带捎,墙面的黑灰掉了,留下道道扫把的痕迹。

爸爸拎着扫把,咳咳着走出屋子,满脸黑灰,像从砖瓦窑中出来。他将架子车上剩下的土,提进来,用铁锨刨成一个窝。栓娃提着半桶水,哼哧着倒进土窝中。干土见到水,吱吱渗进去,水线外溢。爸爸用铁锨撩着,将湿土堆到中间,水顺着撩起的缝隙,渗到外面。他弓着身子,挥着铁锨,铲起泥土,撩起来堆在一起,用铁锨背撸着揎着,光溜的泥浆成形了。

爷爷提起担笼,将麦草秸倒在泥浆中。爸爸赶紧拿起铁锨,翻腾着泥浆。栓娃钻在物件中搜寻着,拿着一个牛皮纸包走出来,拍着上面的灰尘,将短短的头发,抖进麦草泥中。爸爸将锨把递给栓娃,让他将泥倒腾顺溜。他拿起一根竹竿,将鸡毛毯子绑在上面,走进屋子,举起鸡毛毯子,在椽檩间弹着黏附的灰尘。瓷盆中盛着水,奶奶和妈妈将餐具放在里面,漱洗擦拭着,拧干抹布,抹掉碗碟瓢盆上的水,堆放在边上。栓和蹲在泥堆边,手指蛋粘着泥丸,感受着麦草秸和头发的扎刺。

爸爸走出屋子,放下竹竿,拿起一个破旧的盆子,抓着泥抹,将泥盛进盆中。栓娃走在前面,蹲在墙角,看见裂开的缝隙和老鼠洞,撅着屁股比画着。爸爸用泥抹撩起泥,抹着缝隙,往老鼠洞中弹上一坨泥,将碎砖块塞进去,用砖头砸几下,再抹上泥。烟囱和炕边上的烟缝,熏得黑黑的。他给盆子倒上水,用泥抹搅和着,稀释成泥浆。他用泥抹的尖,来回划着缝隙,除掉黑灰,撩起泥浆,顺着缝隙灌下去,水吱吱渗掉了,面上成了浆,他挥着泥抹,再抚平缝隙。

太阳当头,厨房收拾好了。一家人将餐具和物件搬进去,院子一下子空了许多。奶奶给锅里添上水,点着柴火,拉起风匣。妈妈舀了几碗面粉,挽起袖子,拿起马勺,舀上水,一边淋着,一边搅和着。软硬适中的时候,她手摁着盆子,另一只手顺着盆底,搓着面粒。面团成形了,她搓掉手上的面疙瘩,摁在面团中,翻腾着捶打几下,用淋湿的抹布盖住。

栓娃跟在爸爸后面,将厢房土炕墙上发黄翘角的报纸撕下来,把枕砖上的报纸扯下来,用扫把清扫干净。他们将捶布石上的干土末子,倒进盆子中,加上水,搅拌成泥浆。爸爸戴上草帽,拿起笤帚,栓娃端着盆子跟在后面。爸爸站在凳子上,将笤帚浸在泥水中,蘸足了赶紧贴着墙拎起来,从头顶的墙面刷下来。泥点落在栓娃的头上,他眯着眼睛,不敢抬头,随着爸爸的动作,移动着身子。一束阳光斜映到墙面上,成了菱形的光坨,没有阳光的地方,墙面还是褐色的,光坨中的墙面,颜色浅了下来,白中泛黄。土尘缭绕的光束中,瞬间飘起了黄土沁人心扉的醇香。

吃完中午饭,爸爸喝了一碗面汤,蹲在屋檐下,抽着旱烟。妈妈拉着风匣,烧开面汤,给锅中加上面汁,用筷子快速地搅拌着。栓娃知道要贴报纸了。他抱来一堆爸爸从学校拿回来的报纸,蹲在台阶下面,撩开翻看,要找一张自己喜欢的报纸,贴在自己的炕头。他中意躺在热炕上,侧着身子,盯着报纸,发呆冥想。

妈妈端着冒着热气的糨糊盆,放在台阶上。爸爸掐灭烟头,从门背后取下糜子做成的细软的笤帚,端着盆子,进了厢房。栓娃将报纸铺开,爸爸蘸着糨糊,在报纸的周边刷一遍,又在中间的位置摆几下,他吹着糨糊,捏住上边,提起来,搭在墙面上。栓娃站在后面,看见周正,就让爸爸摁下去。他拿起笤帚,顺着墙面,从上到下捋着。

墙围子的报纸贴好了,栓娃走到前院,抱着玉米秆,揭开炕门,曲着膝盖,将玉米秆折断,塞进炕洞中。他跑进厨房,从灶膛燃起一撮麦草,攥在手里,跑出来,塞进炕洞,跪在地上,对着火苗吹了几口气,从门扇上摘下挂着的蒲扇,对着炕洞扇着。黑烟从窗外的屋檐下冒了起来,蠕动着顺着檐墙袅升,在屋檐下聚集着力量,成为一个黑色的气团,漫过下倾的檐头,随风扑啦飘了起来,抖动着变着形状,颜色变淡,摇曳着消失在空中。栓娃站起来,摸着炕边的缝子,涂抹的泥浆干了,没有了烟丝。

太阳西斜，背阴的院子渗冷渗冷的。爸爸打开牛皮纸包，抓起六六粉，撒在炕底，拿着席子，铺在土炕上。妈妈收起晾晒在铁丝上的被褥，抖落着走进屋，铺好褥子，蒙上单子，放好被子。炕慢慢热了，浓浓的六六粉的味道，漫了出来。栓娃知道，晚上不怕虱子，可以睡个安稳觉。

东西归位了，家里顿时感到清爽了好多。天黑了，一家人蹲在厨房里，看着清扫过的屋顶，泥水漫过的墙壁，案板下垒着的擦得闪亮的碗碟，舒坦地喝着稀饭。栓娃撂下碗，蹦着跑出头门，见栓和带着一帮孩子，正在骑驴。他抹着上嘴唇的清鼻涕，跐磨着走上前，想加入栓和那边。栓和咧着嘴巴，摆着手，让他到小明那边去。

腊月二十七清早，奶奶系着围裙，从炕角拉出了瓷盆。她揭开蒙着的被子，撩开纱布，在鼓起的软嘟嘟的就要坠溢的面皮上拍了几下，手指轻轻地揪了下，瞬间扯起一团面，她低头看着面纹的间隙，用鼻子嗅了嗅，对着屋外，喊着媳妇。

妈妈撩起围裙，塞进带子中，碎步快走了进来。她端起面盆，盆子抵着膝盖，一走一停地进了厨房。妈妈揭开面瓮，舀了一碗面粉，撒在案板上，揪出发起的面酱，摊在案板上，一边加面粉，一边搓揉着。面团成形了，她弯下腰，从案板下拿出碱瓶，抖着给碗中倒了些，加上水，手指搅和着。她将面团搓揉着摊开，握着拳头，擂成一个个坑。她斜着碗，手撩着泛黄的碱水，晃着碗撒在面团上，手在面坑中搓着，将边上的面扯着撩起来，搭在中间，扭动着身子，在椭圆形的面团上揉搓着。面团吱吱冒着碱水，白中泛着淡黄。

爸爸拿出理发的推子，蹲在台阶上，拧开螺丝，将两个铁片卸下来，在青石上磨着。栓娃从厨房跑出来，爸爸安装着推子，对他说，叫你爷回来理发。爸爸举起推子，比着嘴巴，摸着自己的胡须，搭上推子，捏着把试了几下。他放下推子，拧着调节松紧的螺丝。他站起来，走到窗台边，拎起煤油灯的灯芯，淋上几滴油，捏着把，挤弄了几下。

爷爷摸着干枯的头发，走进家门。爸爸提着凳子，让他坐下，拿起挂在扫帚上的包袱，抖动着给他系上。他转过头，对栓娃说："去！给你爷准备洗头水，把洋碱放在边上。"

爷爷理完发，蹲在台阶下，头伸到台阶上的水盆上。爸爸拿着毛巾，浸上水在他的头皮上搓着，拿起洋碱，在头上抹着，不见泡泡。他撩起水，冲洗了一遍，又用洋碱搓着，花白的发丛涌出了泡沫，顺着面颊流到眼眶。爷爷挤着眼睛，摸索着拿起毛巾，在眼眶上抹来抹去。擦干了头发，爷爷抬起头，眯眼看着树枝间隙的太阳，咧着嘴巴，舒坦地笑了。

栓娃拿起包袱，披在身上，坐上凳子。爸爸拧着推子的螺丝，手指弹着，放在耳朵边听着声音，走过来，就像犁地一样，给他理了个小平头。栓娃蹲在水盆前，拎起毛巾，抓起洋碱，连扣带刨地洗完头，擦干脖子上的水珠，跑出了头门。

二蛋妈坐在头门前的树沟边，旁边放着一铁盆冒着热气的水。二蛋蹲在边上，她撒着洗衣粉，搓着他的头皮，捡起一条毛巾，让儿子擦头，拿起洗衣粉袋子上的剃头刀，扯起踩在脚下的皮带，来回撩着刀刃子，将儿子唤到跟前。二蛋眯着眼，怯愣地蹲在她腿间，不时趔着头，翻眼瞥着。她摁着他的头，大拇指搓起开镰收割的头发，随着吱吱的声音，一撮撮黏湿的头发掉在地上。二蛋列眉瞪眼，将眼睛闭上，感到有点不适，头趔了下，一道血丝从头皮上泛了出来。他叫了一声，手摸着看了一眼，呼地站起来，头发就像玉米地，一大半砍掉了，一部分竖立着。妈妈站起来，笑着想扯回他。他趔着身子，想溜走。她捡起一条树枝，挥着责斥着。他噘着嘴巴，嘟着脸，重新蹲在妈妈前面。

二蛋剃完头，拿起镜子，看着泛着青光的发茬，摸着光溜溜的后脑勺，揪着天顶上黑泽的头发，他咧着嘴巴，嘿嘿笑着。栓娃走过来，手撩着他的血口子，嬉闹着。他们看不到栓和，一起走到他家。

栓和妈站在台阶上面，黑色的铁盆中盛着开水，里面浸泡着内衣。她手捻着露在外面的衣领，提起来又放下，搅和着。见他们走进来，她直起腰，对着厢房喊道："快脱了衬衣，用开水烫一烫，不然虱子就把你搬走了。过年走亲戚，你一身虱子，好意思坐在人家的炕上。"

二蛋推开了房门，走了进去。栓和正在脱内衣，他打着寒战，扬手将他赶出来。他穿着空落落的棉衣，提着衬衣，走过来扔进盆子。他爸站起来，提着窗台上的电壶，拔掉塞子，给盆中扑哧加着开水。他妈拎着衣领抖着，提起来翻过来，伸出长长的指甲，顺着针线缝子，撩着滑了一下。头钻进缝隙，白嘟嘟的身子中间泛着红点的密密麻麻的虱子，瞬间变成了酱，沾在她的指甲缝中。她举起手，对着他们说："就这，还不愿意脱掉衬衣，真不知道你一个冬天是咋过的？"她伸出指头，指着栓和说："你没有啥好的，就是胆大皮实。"

2. 杀猪

腊月二十七天快黑的时候，天上飘起了雪花。队长带着会计，嚷嚷着要杀猪。

孩子们停息了嬉闹和追打，舔着嘴唇，跟在队长后面。打开猪圈，队长和会计走进去，蹲在猪边上，手在猪的背上摁着，揪着猪耳朵，就像是磨面时抓起一把玉米。黑猪哼哼着，耷拉着耳朵，伸出嘴巴，在地上拱着，抬起头见圈墙外面，是一片叠着的脸和各种神色睇溜着的眼珠，他们嚅动着嘴巴，喉结上下抽动着。猪突然意识到自己的危险，扬起头，耳朵翘了几下，瞪着眼睛，懵懂地盯着队长手里扑闪的烟锅。猪撅着屁股，后退了几步，嗷嗷吼着，獠着牙冲了过来。队长挥着烟锅，挪着屁股，往后闪了几下，趔着身子站起来，踹上粪坨，慌忙跺着脚。

晚上，孩子们没有像往常一样追逐扯披，他们蹲在麦草垛子前，嘀咕着明天杀猪的事，猜想着尿泡的归属。躺在热炕上，扑闪着眼睛，坐在炕边上抽着旱烟的爸爸，拍了他一把，喷着烟说："还不睡觉，明天队上要杀猪！"

孩子们舔几下嘴唇，蒙起被子，在对肉香的期待中进入了梦乡。妈妈坐在炕上，举起手扯着棉花柱，摇着纺车，嘤嘤嗡嗡地纺着线。爸爸靠在炕头上，掂量着这年该咋过，和老婆商量着要买什么。纺车轮子扬起的风，吹拂着炕头孩子的头发，有的孩子为了探听过年的秘密，假装睡觉，内心却在神往着新衣、新鞋和鞭炮。

二十八的早上，天气放晴，太阳红彤彤的。天上规则地布满了一粼粼云彩，在朝霞的照耀下，像一道道深红粘裹着斑斑白油的排骨。小孩们在栓和的带领下，嬉闹着，在涝池岸上跑来跑去。雪水冻成了一层冰，二蛋拿着热红芋，一边啃着，一边提着棍子，在涝池边上打冰凌。他捡起一块冰凌，放在光滑的地面上，起跑加速，站在上面，凭借惯性滑行着。队长站在饲养室的粪堆上，招呼着准备杀猪的工具。涝池边上的孩子，知道要杀猪了，呼啦奔跑了过来。

爷爷往锅里加了几桶水，转眼蹲在炉膛前，用麦草点着火，架上树枝，用扇子在膛口扇着。挨墙的烟囱冒起了青烟，炉膛里火焰越烧越旺，噼里啪啦地响着，映着转眼的脸，一明一暗的。

队长脱掉棉袄，腰带后面插着烟锅，随着走动，烟袋一闪一闪地。他招呼会计，将饲养室院子的大瓷缸，转到门前，将缸底放入挖好的坑里，用锨填上土，用脚把边沿踩实。他摇了一下缸子，又用锨把顺着缸子四周，擂了一遍。他们将四条粗细相当的橡绑成两个十字，固定在地上，上面架上一条横梁。会计双手扒在梁上，吊了一吊，抖动着身子，晃动了几下。民权从学校提来两条长板凳，摆成平行线，上面放上案板。

一切准备停当了。屠夫胡二从村子西边走了过来。他头戴着火车头帽子，腰上束着一根粗粗的绳子，后面插着烟锅，清瘦的面颊黄里透着霉，一撮胡须翘着。队长家的孩子成了焦点，他手里拿着细细的竹筒，攥着一根绳子。小孩们跟在他的后面，乖巧得唯命是从。

胡二将装着刀具的黑乎乎的袋子，撂在粪堆上，压压案板，推推缸子，试试横梁，走到饲养室后面，和转眼打了个招呼，用手试了试水温。他蹲在粪堆上，默默地抽了一锅旱烟，愣愣地看着杀猪的摆设，不知是为了积聚力量，还是在内心为自己的屠宰行为，静心祈祷。他在鞋帮子上磕掉烟灰，咳咳了几下，吐了口痰，站起来说："开始吧！"

胡二提着长长的钢筋钩子，走在前面，队长和会计跟在后面。一群小孩嬉笑着跟着看热闹。冬季水利会战前，队长对爷爷说："一年了，社员们很辛苦！没有见到过荤，就指望着饲养室后面的猪解馋了。库房里有半袋麦麸，给猪加上！"

冬季里饲养室主要对象是牲口，猪吃的都是冷食。爷爷提着猪食桶，在桶边敲几下，圈里的猪就会摇着尾巴，哼哼着用嘴拱栅栏门，跑过来寻食。他觉得猪就要上路了，这几天都是用热水喂养，猪却躺在草堆里不出来。他躺在炕上，想着猪这几天的异样，觉得猪也是通灵性的。猪可能感到人是最可怕的：平时人时常虐待猪，骂人的时候，也不忘用猪来垫底，有时还用点圈内暴力，那是因为人没有惦记起猪；当猪不断有好吃好喝的，躺在太阳下，吃了睡，睡了吃，人站在圈外，总是微笑看着的时候，猪也就走到了生命的尽头。

胡二扬起手里的钩子，跳进圈里。猪惊恐地一直退到墙角。他走上前，平时温顺的猪，竟然扬起头，张开嘴，露出牙，在空中嗷嗷狂叫。队长走到猪后面，踹了一脚，猪后腿倒地了。胡二瞬间挥起钩子，扎在猪的嘴唇上，一股血顺着钩子滴着。他在前面托着，猪虽然痛苦，还是撅着屁股，向后强力地缩着。队长揪着猪尾巴，会计用棍子敲打着。猪圈外面的孩子们，津津有味地看着，自动让出了一条路，蹦着起哄。

爷爷蹲在炉膛前，往里面加着柴火。猪发出嗷嗷的尖叫声，他瞥了一眼。猪晃动着头，路过的时候，灰蓝的眼睛死死地盯着他，充满了绝望和期待。到了案板前，胡二松掉钩子的瞬间，双手揪住猪的耳朵。队长吆喝着，和会计一起用力，在一群社员的帮助下，连提带推，将猪平放到案板上。

会计将放着长刀的脸盆，放在猪的颈下。民主走到前面，将猪头使劲地向后面扳着。胡二单腿跪在猪的脖子上，手在猪脖子上捏摸了几下，操起盆子里的长刀，扑哧一下插了进去，攥着刀把，一进一出地摆动着。猪浑身痉挛地抖着。会计赶紧端起脸盆，刀口和口鼻瞬时喷出血流，嗒嗒落入盆子里。队长叼着烟锅，端起鲜红的脸盆，给大家看了下。他向盆子里加了点盐，走到饲养室后面，将盆子放在开水中。

看着张着嘴巴，龇着牙，颈下滴着血咽了气的猪，胡二蹲在粪堆上，招呼队长和社员们，赶快给缸子里加开水。水差不多了，他的烟也抽完了。他撂下烟锅，挽起袖子，试了试水温，用马勺兑着冷水。走到案板前，他用短钩钩住猪的嘴唇，几个人将猪抬着，放进水缸里。胡二提头，队长揪尾，会计压在中间，上下来回翻腾着。胡二不停地加着开水，缸子冒着热气，撩润着几个人的脸。感到差不多了，他停下来，揪住猪背上的毛，用力一扯，掉下一大片，露出了脂白的肉皮。他从包里掏出几块蜂石，每人一块，举起来，揣着猪毛。

猪毛去得差不多了，胡二指挥着，将白生生的猪抬上案板。猪四脚朝天，从活体变成了一堆肉。他叼着烟锅，对走过来的队长说："没有完全长起来，有点瘦！"

胡二在老槐树上磕掉烟灰，走到案板前，从袋子里拿出一把小弯刀，提起猪的后腿，在猪的膝盖后面挑了一个眼。他操起足有一米五长的用钢筋做成的通杆，插进眼里，顺着猪皮和脂肪的分层，一直捅到猪的颈下。

会计端着脸盆，走出来了。队长接过脸盆，见里面结成一坨的血，面上抖动着。胡二走过来，用手拍了几下，拿起刀，来回划了几下，顺手掰开一块猪血，放在嘴里，嘴巴嚅动了几下。小孩们瞪着乌溜溜的眼睛，盯着他红红的嘴巴，舌头在嘴唇间噗喋着，吞咽着口水。队长先给大人们吃了几块，再用刀子切成更小的方块，让孩子们去拿。他们拥挤在一起，将黑兮兮的手伸进盆子，猪血即刻就完了。

吃完猪血，胡二撩起粗布围裙，擦了下嘴巴。他操起小弯刀，在猪的另一只脚上挑眼，用通杆从不同的方向穿捅着，形成了网。他提起一只腿，两只手扯着肉眼上的猪皮，嘴巴贴在上面，用着吃奶的劲，向里面吹气，通杆经过的地方，慢慢鼓起来。他摁住气眼，咕咚喝了口水，挺起身子，调整着呼吸，腰从直的慢慢变弯，直到肚子和腿贴在一起，两腮鼓得像皮球一样，眼睛圆瞪，眼珠子好像都要出来了，脸涨得恰似关公，到了换气的最后瞬间，他的脚都会在地上狠狠地跺一下。看着屠夫吹得那么起劲，栓和嘟着嘴，唇边冒着气泡，模仿着他。队长和会计拿着棒槌，随着胡二吹气，在猪身上不停地捶打着，气流从通杆串成的气道向四周漫去，白生生的猪变成了一个类似猪体的真皮气球，黑毛的瘦猪一下变成白生生的肥猪了。

爷爷心里总映着猪盯着他的眼神，会计将猪血端出去的时候，他默默地回到家里。他蹲在院子里，将散放着的洋生姜收拾一遍，装进麻袋里，垒在墙角，筹思着年前拉到集市上卖掉。他靠在向阳的墙上，眯着眼睛，打量着透过树梢明晃晃的太阳，捡起一根玉米秸，撕掉皮，指头摁着好像海绵一样的芯，心里阵阵惝惶。

胡二拿起两个铁钩，扎进猪的两条后腿，吆喝着节奏，和大家一起将猪挂在横梁上。人堆后边站着几个妇女，他更加来劲了。他端起脸盆，嘴里咬着一把短刀，向猪身上撩着水，手拍打着有毛的地方，拿起刀子，轻快地撩去了腋下和褶皱处没有烫掉的猪毛。

临近中午，社员们忙活完了，从家里走出来，在饲养室前面蹲成一圈。土堆、粪堆和架子周围挤满了孩子，他们吞咽着口水，盯着垂在架子上的猪。胡二脱去棉衣，将盆子里的水泼在猪身上，他操起刀，从猪的胯下一直划到颈下。大家呼啦围过来，见证杀猪过程中最壮观的时刻。猪肚子前面，下面是小孩，中间是矮个子，后面是高个子，栓和的冬瓜脑袋在小孩和大人中间。落刀瞬间，人群的嬉闹戛然而止，大家屏住呼吸，眼睛紧紧盯着刀口，刀划过时，肉皮即刻外翻，露出了肥膘。肥膘的薄厚，决定社员们过年油货的多少。开膛以后，紧缩的人群散开了，蹲在墙边的社员，用眼神问着情况。散开的人伸出一个手指，说明今年队里的猪是一指膘。

看的人多了，胡二更加来劲了，他咬着刀子，将一盆子水顺着猪的胯下倒进猪肚子。水流混着血脂，泛着腥臭，穿过腹腔，从猪头淋了下来。他跺了几下脚。队长铲起干土，垫在他的脚下。队长的儿子举着筒子和绳子，站在边上。胡二伸手在猪肚子里摸揣着，揪出嘟啦啦的一团东西，从中捋出尿泡，扯了一下，从嘴巴上取下小刀，割断了递给了他。

　　队长的儿子接过尿泡，举起尿泡，正要放在嘴上吹气。队长一把抓了过来，在他的脖子上拍了下。他挠挠头，不解地望着爸爸。队长将尿泡里的尿液挤出来，又往里面灌了几次水，弄干净后，将筒子塞进尿泡里，手攥着吹气。一会儿，尿泡从厚实变得轻薄，成了皮球。儿子递过绳子，他鼓着气，涨红着脸，用绳子将气道扎起来。

　　队长的儿子拿起尿泡，跑到粪堆上，后面跟着他家的黄狗。他晃着湿漉漉的尿泡，孩子们拥挤着，围了过来。他隔着薄薄的青白的尿泡，看着大家兴奋的脸，突然见一张影影乎乎龇着牙冷笑的脸，晃了过来。他心里一怵，垂下尿泡，见栓和扬起脚，正要踹自家的狗，眼睛中露着威严。对视了一会儿，队长的孩子漠然垂下了头，将尿泡递给了栓和。栓和推了回去，让他负责保管尿泡。

　　栓和将大家分成两组，踩着融化的雪水，追逐着尿泡，互相撕扯着，疯跑抢尿泡。队长的儿子拥有了尿泡，成了春节期间村子孩子们的焦点。他手拎着尿泡，谁讨要都不给，他只唯栓和的命令是从。栓和回家吃饭，门口和院子总是聚着一堆小孩，期待着他吃完饭。尿泡在泥水中，踢成了一个软绵绵的黑球，依旧是孩子们戏乐的核心。

胡二将胳膊插进猪肚子，将猪的肠子成串取出来，连接的地方用刀子割开。会计接过肠子，用手将肠子里面的粪便挤到粪堆上，放入水盆中，将通杆靠在盆子边，一只脚踩住，将肠头顶在通杆头上，双手来回换着，把肠子翻了过来，用水清洗着。

胡二取出肚子，用刀切开，倒出里面半消化的食物，交给了队长。他双手伸进猪的胸腔里面，用力扯着，临了一手托着，一手拿下嘴上的刀，撩了一下，猪的心肺肝成串取了出来。看着冒着热气的下水，他提在手里，掂弄了几下，笑着放在案板上。

开膛后的猪脊梁，冒着热气，脊椎上挂了一层软软的半液态的油，泛着淡淡的青色。没有等大家反应过来，就见胡二弯着腰，蹲着将嘴巴贴在脊椎下面，从下到上移动着嘴唇，不停地摇着头，棉帽子上的扇扇摇摆着。随着一串吱吱的声音，他没有换气和停顿，就像干瘪饥饿的婴孩，突然间寻到了温热饱满的乳房，他浑身抖动抽搐着，贪恋地吸吮着，一口气将冒着热气的肥油，吸进肚子里。社员们愣愣地看着，埋怨他侵吞集体财物。瞧着他撅起晃动屁股上的棉裤，补丁摞补丁，大家更感到，他有点像冬里的饿狼。

爷爷蹲在饲养室门前，一群人听着转眼的笛声。太阳被一块云彩遮住了，他突然觉得，一片椭圆形两边整齐排列着的红里泛白的条条云彩的空洞，恰似垂挂在架子上，开了膛的猪的胸腔。他默默站起来，抹着眼睛，背着手，向涝池岸边的自留地走去。

胡二提起砍刀，将猪的脊梁从中间砍开，与会计一起将两扇猪肉放在案板上，斩成一条一条的，搭配上下水和板油。队长叫着社员的名字，会计称斤两，将分好的肉，放在每家的盘子里。孩子们用手摸了摸，端着肉盘子，兴高采烈地蹦跶着回家了。

　　肉分完了，饲养室门前的热闹散伙了。社员们筹划着分到的猪肉，该咋吃才吃得长久，吃得有味。爷爷给槽头拌上草料，看着粪堆上杀猪剩下的垃圾，心里还是憋得慌。他走到饲养室后面的猪圈，看着猪槽里剩下的猪食，柴堆里猪躺卧的样子，墙上猪用脖子搓弄形成的光亮，地上垂落的猪项圈和链子，竟有了淡淡的伤感。

3. 过年

大年三十，天空飘起了雪花。

塬上人有过年几天不搅水的习惯。男人们扛着扁担，到邻家搅水，要将自家的水缸装满。然后端着簸箕，上面放着面粉和碱面，排队压面。女人们忙着煮肉，蒸包子，将自家的院落打扫得干干净净。小孩成群结队，在雪地画上线，手攥着热气腾腾的包子，后抬起一条腿，另一条腿蹦跶着，向前跺着，脚尖在方块中踢着瓦片。他们头上和眼睫毛上落满了雪花，红扑扑的脸上冒着汗，口里喘着热气，鼻下是凝固了的青黄色的鼻涕。

爸爸写得一手好毛笔字。他在家里摆好炕桌，上面放着折好方格的红纸，边上是倒上墨汁的砚台。塬上有文化的人不多，但有思想的人不少。他们就像一坛闷着的酸辣萝卜，从戏词传说和典故中，梳理着人生。没有入辙时，总觉得他们酸得透心，辣得火热，就像一群没有开化的兵俑，在沉闷中坚守着自己的底线。进入塬上人的心里，虽然间或飘动着功利的丝絮，长久地却是一个肝胆相照，需要交心的世界。塬上人信了你，砸锅卖铁跟着你；醋了你，就是蜜糖也不看上一眼。

进入腊月，塬上人蹲在田间地头，抽着闷烟，都在想自家今年春联的内容。他们不屑从年历上抄袭，坐在灶膛前烧锅，看着一明一暗的火苗，他们要将一年的感悟和对来年的期待，浓缩着放到春联中。爸爸虽然是教师,对联内容千奇百怪,好多是方言俚语,需要查字典找字,有些字字典里也找不到。

村民们站在凳子上,用面汤刷上对联。白色的雪地,赤黄的土墙,褐色的大门,门檩上鲜红的春联,使得单调空间,变得活泛起来。天黑了,家家户户的灯亮了,灯光从窗户和屋门照在院子里,映得一片片飘落游弋的雪花,晶晶闪亮。

天快黑的时候,心急的小孩,嚷嚷着穿上新衣,裤兜里揣着摔炮,见到村子里的狗和后院的猪,扬起手,就是噼啪的爆响。栓和站在饲养室前的土堆上,装上公墓鏖战时剩下的火药,他举着枪管,对着槐树的枝头,随着一声爆响,枪管喷出一溜串好像闪电一样,红光抱着白光,白光拥着蓝焰的火舌。站在门前的人,循声转过身,嗅着空气中浓烈的硝烟味。

院子里亮着黄黄的光,一家人围坐在热炕上,烫上一壶酒,普通的家庭,一碟花生米,一碟凉拌豆芽和菠菜,外加平常的腌萝卜。富裕的家庭,会有一两个凉拌瘦肉或者凉拌下水。菜是凉的,透着烈烈的醋酸;酒是热的,辣中蕴含着绵柔的醇香。外面是纷飞的雪花,是冰雪的世界,屋内是浓浓的亲情和一年辛劳后惬意的谈笑。晚辈给长辈敬酒。同族的人,踩着雪花,成群结伙,串门走动,来到户族的家里,都要脱掉鞋,坐在热炕上,喝上几杯。外面干事的人,带着礼品,给族里的长辈拜年。

孩子们围在炕前,在地上的草盘跪下,向炕上的爷爷奶奶叩头拜年。炕上的长辈,从棉衣的大襟下面,摸索着掏出帕帕,放在被子上打开,给叩头的孙子,每人一到两毛钱。边上的爸爸妈妈,叮嘱着装好钱,别弄丢了。要了压岁钱,孩子们拿起柜子上的散炮，手里夹着点着的香，来到门前，将纸炮埋在雪里，引子露在外面，哆嗦着伸出手里的香，看着抖动的香头就要和引子亲嘴，他们背过头去，直到火星吱啦啦喷起，才快步跑开。他们捂着耳朵，趔着身子，眯着眼睛，随着嘣响，雪堆被炸开，雪口泛着淡黄色，四周散落着爆竹的纸屑。

栓和他九爸从西安回来，来到栓娃家。他坐在炕边，哥长哥短地和爷爷聊着天，让他等下看他从西安带回来的新鲜。栓娃跑回家，头上盖了一层雪，喘出的气和炕洞里飘出的热气，使得睫毛上的雪融化成晶莹的水珠，眨眼的时候，掉在脸上。栓娃腼腆地叫了声九爷。栓和他九爸从军大衣里掏出几颗洋糖，给了他两颗。栓娃绽开糖果外面的纸，将糖果放在嘴里，用舌头倒腾着，不断吸着气，甜味和凉气混在一起。他将糖纸展平，放在炕边上，好奇地看着，又举起来，放在电灯下，好像在看皮影戏。他将变小的糖粒吐出来，放在糖纸上，重新包好，揣回裤兜里。

栓和拿着铁丝和钳子，走出头门，站在粪堆上喊道："快出来咧，放花了！大家都没有见过，是我九爸从西安带回来的！"

孩子们赶紧跑回家，告诉家里的大人。不一会儿，栓和家门前挤满了人。他站起来，对西安哥说："弄吧！"

西安哥点了点头。栓和捡起地上的铁丝，走到门前的杨树前，在树干上绕了两圈，打上扣拧起来。然后，慢腾腾地掏出一颗大子弹，举在手里，在空中晃了晃，对大家说："你们没见过吧！"

栓和将大子弹插进铁丝圈里，用钳子柄插进铁丝圈，搅动了几下，转过头，笑着问他九爸："行了吧？"

他九爸走过去,摸了摸,用钳子将子弹头向上敲了敲,递回钳子,抖着肩头的大衣,挥着手说:"行了!"

他九爸退后几步,翻开毛军大衣,掏出香烟,给邻里发着。他挥着手,笑着说:"大家往后站一站,这可不是爆竹,比较危险!"又指着天说:"不是听声音,主要是看天空。"

西安哥拿着手电筒,照着子弹的屁股。栓和一只手拿着螺丝刀,抵着子弹的屁股,一只手拎着锤子,来回试了试。他看了一眼九爸,见他点了一下头,锤子落在螺丝刀把上,只听嘣咻一声,一道夺目的白光,射上天空,在天空停留了一会儿,慢慢地坠落变暗了。

村子的人从来没有见过这么耀眼的光。白雪覆盖的田畴和村舍,在光柱的映照下,变得凄美泛蓝,亦如天仙配里的仙境。小孩们欢呼着,姑娘们尖叫着,老汉们吸了一口烟,不知道吐出来,愣在那里,老太太们手握着围裙,吧吧地唏嘘着。

除夕夜,村民在门前热闹了一阵子,纷纷回到家里。爷爷坐在挨着柜子的炕头,奶奶坐在炕里面,手里捡着棉衣上的短线线。爸爸坐在靠窗户的炕头,抓着窗台上洋瓷碗里的瓜子嗑着。栓娃坐在爷爷边上,手里攥着瓜子,嗑着瓜子。

奶奶将整好的棉衣和面窝窝放在炕角,指着对爷爷说:"你的,明天穿上!"

爷爷眯着眼,看了看昏黄的灯泡,松松地笑着说:"都这把年纪了,还穿新的,让人笑话。"

奶奶瞥了他一眼,撩起被子,下了炕,在门背后取出钥匙,打开柜子上的锁,揭开柜盖,一股苹果的香味,顿时弥漫了屋子。栓娃伸着头，眼睛乌溜乌溜地张望着。她在包袱中摸索了半响，拿出两个青黄色的苹果，抓出一把花生，放在碗里。爸爸在柜面切开苹果，递给父母各一块，然后分给大家。栓娃抓了几粒花生，剥开壳子，好奇地看着花生仁还穿了层绛红色的内衣，搓开皮，露出了白白的果仁。他从中间掰开，拿起半粒，咬了一半，嚼了几下，停住嘴巴，细细品味着花生的幽香。

妈妈从房间抱来一叠衣服，放在炕边上，对栓娃说："这是你的新衣服。"

她拿起一双新鞋，抖动着举起来，鞋底对磕着，让栓娃下炕，试一试。栓娃撩起被子，光着脚，挪着坐在炕边上，耷拉着的脚款到鞋兜中，站在地上，蠕动着几个脚趾头，跺着脚，踹了几下，蹲下身，勾起脚后跟，大拇指在黑色的条绒鞋面下蠕动着。爸爸抖着旱烟卷，让他脱下来，回过头说："小了，还没有穿袜子哩！"

爸爸走出屋子，拿来锤子和几块拼在一起的好像鞋子一样的木块。他把木块按照顺序，塞进鞋子里，将最后一块插进缝隙中，用锤子楔进去。一股狂风，将掩着的门扇，吹得咣当响。爸爸转过头，让妈妈给炕里加柴。爷爷听着风声，朝窗户瞭了一眼，打着哈欠说："明天要早起，将家里的雪扫干净！"

妈妈往炕洞里加上柴，用灰拨来回推了几下，一股浓烟飘了起来，呛得人直打喷嚏。她赶紧取下挂在门扇后面的扇子，对着炕洞口扇着。白雪覆盖的村子，回荡着稀疏的爆竹声。爆竹的硝烟味飘进院子，和着做饭的肉香味，让人感知到了年味。爷爷挥着手，对栓娃说："去！放几个炮，回来睡觉。"

年前，爸爸买了四十多个爆竹，除夕天黑放几个，睡觉前放几个，初一天麻麻亮的时候，还要放几个，一切都得按计划来。在外面干事的人回家，会买一串鞭炮。回到家里，孩子为了慢慢享受放炮的过程，也为了向同伴们炫耀，会将鞭炮绽开，拆成一堆散炮，点好数量，每次出门，往裤兜里装上几只。

栓娃拉开门闩，门前白茫茫一片。栓和穿着他九爸的军大衣，戴着军用毛帽子，站在雪地里，从挎包摸出一根爆竹，点着后停一瞬，在爆炸的瞬间，丢出去。爆竹在落地时，嘎嘣响起，黄光晕裹着青蓝色的心儿，更加夺目。栓娃不敢像他一样放炮，他将爆竹插在雪堆上，拿着一炷燃着的香，胆怯地点着。栓和走过来，给他示范了一下，他还是不敢。栓和笑着说："没出息，就这样的胆量，你能干啥！"

会计端着簸箕，从村子西头甩着腿走过来，见放炮的人，边走边说："压面的人真多，总算让娃明天早上，可以吃上酸汤面了！"

栓和点了一根爆竹，冷不丁地扔在他前面，突然爆响。会计没有料想到，惊得打了个趔趄，手里的簸箕在空中颠了几下。栓和笑着说："天黑，给你亮一下路。"

会计回过头，生气地说："甭胡弄！压面扬翻了，明天我带上娃，到你们家吃面。听说你妈的酸汤调得不错。"

正月初一，塬上人不走亲戚。早上，扫完院子和门前的雪，吃完酸汤面，村子的人纷纷来到门前，互相串溜着。外面干事的人，给乡里发着纸烟，讲着外面稀奇古怪的见闻。城里的孩子，成了村里孩子的中心。孩子们嘴里吮着洋糖，掏出摔炮，趁大人不注意，在人群周围摔着。太阳下，村民们聚成一团一团的，有的在地上丢方，有的在下棋，有的在打扑克，边上的人七嘴八舌地指导着。老人们围在一起，抽着旱烟，交流着庄稼的长势、粮食的价格和儿女的亲事。妇女们腰上系着围裙，头上戴着帕帕，看着孩子身上的衣服，谈论着棉花的贵贱和衣服的款式。

太阳刚偏西，村子的人开始吃午饭。一般的家庭就是几个凉拌菜，最后是一盆粉条和豆腐的炖菜，上面漂着几块肥肉。条件好一点的家庭，会有蜂蜜肉和米碗子，配上一碟油炸花生米。

正月初二是新灵，先一年有老年人亡故的家庭待客。亲戚们戴着孝帽，穿着孝服，进门上香，跪在灵堂前叩头，有直系血脉的还要哭丧。吃完午饭，在孝子的带领下，前面的人举着花圈，拿上纸扎，孝子在前面哭着，亲戚们跟在后面。来到坟头，孝子们拿着铁锨，收拾坟头的荒草，给坟堆培土。大家一起跪在坟前，边烧纸，边痛哭。火苗在凛冽的寒风中抖动着，发出嘎巴嘎巴的响声，火苗快要熄灭的时候，上坟的人跪在地上，对着坟堆叩三个头，作揖起身。

正月初三，塬上人开始走亲戚。亲戚有血亲和干亲之分，干亲是在情投意合时候认下的，有干儿子和干女子。塬上人觉得干亲本来不亲，走亲戚更要放在前头，而且不能坐一下就走，要吃上一顿饭，显得对干亲的重视。

每一个家庭都有习惯形成的待客日子。除夕晚上，老人按照亲戚家待客的日子和关系程度，分派走亲戚的任务，分发礼单。干亲和舅舅家、姑姑家及丈人家的礼单会重一些，就是两个白馒头和六到八块点心，一般的家庭是馒头加一包麻饼。家里待完客,长辈会将收到的馒头和礼单重新分配。亲戚都是串在一起的,后面待客的家庭,收回来的馒头和礼单,常常就是前几天自家送出去的。

栓娃家每年正月初四待客。清早,妈妈将院子扫干净,打开头门,开始熬汤下面。不管是寒风呼啸,还是大雪纷飞,爷爷的老外甥,总是第一个到来。外甥和爷爷同岁,小时候一起长大,共同历经了光阴的磨难。外甥比爷爷高一些,穿着大襟棉袄,宽腿老式棉裤,脚蹬老式棉窝窝,棉裤在脚踝骨处用布带子扎起来,脚面露出白色的手工缝制的袜子,腰间勒着一条腰带,头上戴着灰色的毡帽。外甥面容清瘦,焦黄的脸颊有点发黑,一双眼睛凸了出来,说话时总是带着笑容,有点结巴,急的时候嘴角会泛起白色的沫沫。

刚走进门,外甥就会扬起手,嘴里连喊几声舅。爷爷赶紧走出来,快步迎上去,对爸爸说:"快接上你大哥的篮篮!"

家里的老小,纷纷走出了屋,打着招呼。爷爷拉着外甥的手,晃着身子,亲热地说:"天这么冷,叫娃来就行了,都这么大年纪了,还要自己走一趟。"

一会儿,女子女婿和外孙们,结队到来,舅家的表哥和连襟家的儿子也来了。大家坐在院子里,喝着茶水,嗑着瓜子,晒着太阳,谈论着老人的身体、儿女的亲事和庄稼的收成。

有的亲戚,坐下来聊一会儿天,放下礼单,和爷爷招呼一声,又要走另一家亲戚。外甥坐在爷爷身边,和舅舅有说不完的话,好多话题别人听不懂,那是对逝去年华的追忆。吃过中午饭,亲戚们接二连三地走了。外甥给爷爷讲,除夕晚上,下了一夜的雪，鸡叫二遍的时候，他压完面，踩着到膝的雪，走了五里地，回到家，喝了几口开水，突然想起压面的账错了。他踩着雪返回去，重新算了账，要回了多收的五分钱，回到家的时候，天已经亮了。爷爷笑着说，不用急，开过年可以去算账。外甥用大襟前的帕帕，擦了下嘴巴，看着舅舅，嘴角泛着泡泡，嘿嘿地笑着。

太阳西坠，寒气袭人，爷爷催促着，让外甥回家。外甥家里穷，却从来没有向舅舅开口借过粮食。走的时候，爷爷将家产的枣、核桃和柿子装上一袋子，送给了他。送出村口，看着他在渠岸上远去的影子，蠕动着消失了，爷爷有点怅然若失的感觉。那是在艰难岁月中，生命的搭帮结伙，更是沮丧时，生命意志快要坠地的无怨无悔的搀扶和支撑。

过年的后半段，生产队开工了。一部分壮劳力继续去修水库，其他的社员拉着架子车，平整土地。外公外婆买下灯笼，配上一撮红红的小蜡烛，派儿子送给外孙和孙女。正月十五元宵节，孩子们挑着灯笼，在马路上游荡，一盏盏火红的灯笼，映着孩子们肥嘟嘟的棉衣和红扑扑的脸，彰显着冰冻莽塬上不息跃动的活力。

正月的最后一个晚上，塬上人有撩煌煌的习俗。天快黑的时候，每家每户在头门前，放上一堆柴火，村子的男女老少聚在门前，年轻人排成一溜。柴火点着后，熊熊的火焰趁着北风，噼里啪啦地响着。年轻人争先恐后地跑起来，跳跃过去，互相撕扯嬉闹着，火快灭的时候，如果觉得还不过瘾，就会从那家的柴垛子，抱来玉米秆，扔到火焰上。年轻人比试着，有的脱掉棉衣，红扑扑的脸上冒着汗。

栓和疯劲来了,冲击着跳动的火焰。二蛋跟着癫狂,他的棉裤胯下,冒着火星。跳过去后,他弯着腰,手不停地拍打着胯下冒着烟的火苗。周围的人,指着二蛋妈,蹲在地上,笑得流出了眼泪。火焰快要熄灭的时候,村子里的妇女和老人们走过去,在火苗上来回跨几下。撩完一家,再烧另一家,谁家的火焰高,就说明这家的人旺财旺。在兴奋的奔跑跳跃中,全村的人着实疯狂了一把,他们喘着白气,擦着汗水,抖动着汗湿的棉袄,嬉闹着回家了。

爷爷从头门背后拿起铁锨,见门前的灰烬还冒着烟,他走到马路南边的背影处,铲了一锨雪,敷在灰烬上,用棉窝窝踩了几下。栓娃感到背上的汗,顺着脊背流到裤腰处。回到屋子里,他解开裤带,勒着裤带的棉裤腰,湿了一圈。寒风从门缝袭来,他咯抖着打了个寒战,黏糊糊的汗渍没有了,一身清爽。

早春时节,正午的阳光暖暖地照在田野中,晚上冻住了的土层,开始融化了。冷热交替,多次反复,大地就像蓬松的发糕,踩上去软绵绵。过年后,大队组织社员平整土地。当大地解冻,万物复苏的时候,田间的农活也开始了。

栓和辍学了,他跟着社员们下地劳动。没有他领头,同学们就像一盘散沙,跟着学校的节奏颠簸着。下课后,二蛋坐在皂角树下的青石上,挠着头,看着突兀的裹满刺的树梢透过来的暮暮的阳光,他没有了心劲。

周六下午放学,二蛋提着担笼,来到栓娃家。栓娃站在树下,正准备解开羊的绳子,到涝池岸边放羊。他拽住栓娃的胳膊，让他去挑荠荠菜。奶奶从院子走出来。二蛋絮叨着荠荠菜疙瘩好吃。奶奶挥着围裙，拍打着身上的灰尘，挥着手，让他挑野菜。他们出了村子，踩着松软的田埂，嗅着和煦的暖风，看着杨树梢上叽叽喳喳的麻雀，嬉闹着向公墓地奔去。

麦田里，一群妇女挥着锄头，正在给麦垄松土。栓和跟在后面，像一头牛犊一样，歇息一阵，又是一阵猛刨。二蛋站在渠岸上，扬起手，喊着栓和的名字。栓和踮着脚，站在田埂上，学着孙悟空的模样，手搭凉棚，舞起了锄把。他拎着锄头，斜踩着田垄，刚跑了几步，被他妈喊了回去。他心有不甘地跟着社员后面，不时直起身，向这边打量着。

二蛋和栓娃弯着腰，盯着田垄，挑着麦丛中的荠荠菜。鲜嫩的菜根上裹着褐色的须头，躺在笼中，依旧抖动着胖嘟嘟的叶子。快到公墓的时候，他们见泛着青绿的荒草丛中，一个低矮的影子，托着架子车，在坟冢间蠕动。走上渠岸，定眼一瞧，原来是虎子拉着架子车，从地头起上土，拉到老婆坟头，在给坟头培土。

二蛋拉着担笼，想走过去，栓娃拉住他，不让他过去。培完土，虎子坐在坟堆前横在地上的锨把上，搓着干瘪的脸颊，眯眼愁苦地瞥着暮暮的日头，呆愣地看着坟头砖头压着的扑啦啦抖动的白纸，好像在和躺在下面的老婆，絮叨着什么。

虎子拉着架子车走了。二蛋和栓娃在坟冢间窜溜着，看着虎子忙活的痕迹，他们不明白他为什么总是要找江湖郎中，变着法子折腾老婆。栓和锄地到了田头，他拎着锄头，喊着二蛋的名字，跑了过来。二蛋站在坟头，晃着手里的铲子。见他们挖着小蒜，栓和挥起锄头，嗒嗒几下，刨出了几窝小蒜，蹲下去，拎着起来，弹着根须的土，递给了他们。二蛋扯着栓和的胳膊，笑着问："生产队劳动咋样？"

栓和摇着头说："队上给咱记妇女的工分，整天跟着她们劳动，没有啥意思，还是学校好玩。"

转眼提着担笼，深一脚浅一脚地来到苜蓿地，他要揪一笼嫩苜蓿，给队长的牲口解解馋。栓和撕掉小蒜的皮，拎起指头蛋大小的蒜头，咬了一颗，辣得眯着眼，嘴巴僵住了，缓过来后又开始嚼着。转眼揪着苜蓿。栓和将二蛋和栓娃叫到跟前，指着转眼说，嫩苜蓿下到汤面锅，多香呀！咱们溜过去，揪一些苜蓿藏在担笼底下。

栓和弯着腰，跑到前面，他们跟着后面，悄悄从坟冢间溜到苜蓿地，轻快地揪着苜蓿梢。转眼蹲在地垄中间，转过头来，朝身后闪了几眼。他抽出笛子，坐在地上，仰起头，对着暮暮的日头，睐溜着眼睛，吹起了《二泉映月》。

地头歇息的社员，闻声站起来，朝苜蓿地这边张望着。栓和赶紧趴在地上，臂肘撑着地面，和二蛋、栓娃匍匐着爬出了苜蓿地。他们坐在坟冢间，看见转眼正对着刚刚培过土的虎子媳妇的粪堆，晃着头，如泣如诉地抖着笛子，悲凉的笛声在暖春的原野上飘着。栓娃听得入迷，总感到怪乎乎的。

民权穿着一身淡蓝色的中山装，戴着耷拉着扇扇的帽子，肩上搭着一条蛇皮袋子。他放下手里的棍子，坐在渠岸上，抖动着颧骨上麻钱大小黑色的翘起的痣毛，龇着牙，嘿嘿笑着。他盯着转眼，空洞的眼睛中，似乎有了神。

栓和扯着二蛋及栓娃,愣愣地站起身,晃动着走了几步,弯着腰瞄着。转眼、虎子媳妇的坟头和民权在一条直线上。栓娃瞬间感觉到,他们似乎透过花花草草和和煦的春风,在蜂蝶感知的层面,隐秘地交流着。

　　二蛋缩下身,倏然躲在栓和后面,扯着他的袖子,指着虎子媳妇的坟头。栓和望过去,见两只黄鼠婆娑着睫毛,抖动着黄中泛白嘴唇上长长的须毛,怯呆地爬出洞子,蹬着后腿,蹦到虎子媳妇的坟头,蹲在压着白纸的青砖上,眯着眼睛,打量着暮暮的日头,咧着嘴唇,噗喋喷着气。

　　栓娃愕然惊呆了,他退到栓和身后,搂住他的脖子,指着黄鼠说:"两只黄鼠,都没有门牙。"

　　栓和挺直的腰,瞬间弯了下来。他惊慌地半蹲着,几个人悄悄地弯着腰,在哀伤凄婉的笛声中,溜出了公墓地。